U0944173

北京联合出版公司
Beijing United Publishing Co.,Ltd.

图书在版编目（CIP）数据

武动苍穹 . 8 / 何常在著 . -- 北京 : 北京联合出版公司，2015.7

ISBN 978-7-5502-5536-4

Ⅰ . ①武… Ⅱ . ①何… Ⅲ . ①长篇小说－中国－当代 Ⅳ . ① I247.5

中国版本图书馆 CIP 数据核字（2015）第 128854 号

武动苍穹 . 8

作　　者：何常在
选题策划：北京宏泰恒信文化传播有限公司
责任编辑：王　巍
策划编辑：万小红　张艳婷
封面设计：书舟设计
版式设计：王玉双
责任校对：张艳婷

北京联合出版公司出版
（北京市西城区德外大街 83 号楼 9 层　100088）
北京凯达印务有限公司印刷　新华书店经销
字数 260 千字　710 毫米 ×1000 毫米　1/16　15 印张
2015 年 7 月第 1 版　2015 年 7 月第 1 次印刷
ISBN 978-7-5502-5536-4
定价：25.00

目 录

01 四海归心

一众地仙清醒之后，对张翼轸和应龙感激不尽。张翼轸客套几句，提出让一众地仙前往东海暂住。地仙们自然欣然同意，又见张翼轸身为飞仙，应龙虽然难辨仙魔，不过一身修为却深不可测，众人感念救命之恩，又有容身之地，无不欢欣鼓舞。

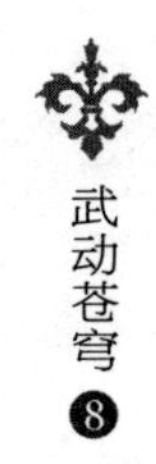

再回东海

一众地仙虽然见识过天仙、飞仙和天人，也听闻了一些天庭之秘，不过大部分却并未见过龙王，也未曾来过龙宫，是以众人大难不死之后，得知可以到龙宫一观且与龙王为友，也都心情大好，有说有笑来到北海龙宫。

饶是倾北知道张翼轸神通广大，且有青丘极力推举，还是怎么也没想到张翼轸只一开口，便让一向轻视龙族的戴风点头答应与北海结盟。而且张翼轸又带来百余名地仙相助北海，大大出乎倾北意料，更让他喜出望外，大喜之下，他几乎语无伦次，急忙命手下将一众地仙安排妥当，敬为上宾。

不提倾北如何对张翼轸心存感激，单是一众地仙对能够在北海龙宫容身也是深感欣慰，内心对张翼轸也是暗生敬意。张翼轸也不啰唆，直截了当告诉倾北要善待地仙，也叮嘱一众地仙将北海当作自家之地，莫要客套，也不必见外，更主要的是要同进共退。

倾北与一众地仙皆慨然应下，无人再有二心。张翼轸心中明白，以倾北的心机和拉拢手段，再加上一众地仙如今几乎无路可退，此次联手，当是皆大欢喜之事。

随后张翼轸和应龙也不停留，闪身出得北海，一路疾飞，半个时辰之后便置身波澜壮阔的东海之上。东海海水依旧，波涛也一如既往，张翼轸虽然离开不久，再次来到东海，内心却别有一番滋味。

微一感慨，张翼轸摇头一笑，对应龙说道："东海虽是四海之中最为温和之海，不过诸事全从东海而起，灵动掌门被罗远公所骗，无天山与东海恩怨，咫尺天涯之地，地倾东南之所，东海看似平和，却是暗藏潜流……"

应龙嘿嘿一笑，答道："四海升平谈何容易，都是表面平静，却暗中波涛汹涌，只要四海不是风起云涌就已经不错，不提也罢……只要等我渡过天劫，一切全都会迎刃而解。若是被天雷击得粉身碎骨，也是无奈之事……不过翼轸尽管放心，万一我到时难逃一死，临死之前，定会将诸多秘密全数告诉你得知。"

张翼轸哂然一笑，应龙倒也机灵，竟然听出了他的言外之意，不过仍然追问道：“应龙，难得你五行齐全，再加上控风之术，真要再到天仙之境，天地之间谁人可以拦你？”

应龙却不上当，顾左右而言他：“商鹤羽怎么还不现身来迎，难道我二人法力高强，瞒了他的感应不成？不对，商鹤羽一身修为几近天仙，应该早就有所察觉才对，为何迟迟不见现身，莫非他也随青丘出行，现在不在东海？”

张翼轸无奈一笑，说道：“应龙，你又何必与我遮遮掩掩，为何不说出你的真正身份，到底要瞒我到几时？”

应龙摇头笑笑，正要说话，忽然脸色微变，哈哈一笑，手指头上虚空之处说道：“商鹤羽，不要躲躲藏藏捉迷藏了，还是现身为好，省得我出手将你揪出来。”

话音一落，忽听半空之中一阵朗朗的笑声响起，随后人身一现，正是商鹤羽现形二人面前。商鹤羽一脸喜色，如沐春风，冲张翼轸和应龙微一点头，笑道：“故人前来，本该远迎千里，无耐身受翼轸之托，不敢稍离东海半步，所以只能在此等候二位大驾光临，失迎，失迎！”

应龙却不买账，脸色一黑，说道：“你明明躲在暗处想试探我二人神通感应，不要以为我不知道你的阴暗心思，不过是有意在我二人面前卖弄一二，怎么，难道你即日便可晋身天仙之境？”

被应龙没好气地呛了一通，商鹤羽也不恼，呵呵一笑，转身对张翼轸说道：“翼轸，方丈仙山之行是否顺利？另外，在天庭之上，可是见到了亲生父母？”

张翼轸不理商鹤羽之问，却是一脸惊讶地上下打量他半晌，然后点头赞道：“商兄修为精进不少，短短时间内居然又得一片天仙花瓣，可喜可贺。”

商鹤羽也不隐瞒，说道：“近来在龙宫，得海水灵性滋润，又心性平静，不过数月光景，却抵得上以前数百年之功，当真也是不可思议之事，说来还得感谢翼轸让我镇守龙宫。”

张翼轸哈哈一笑：“不过是无心之功，如何担当商兄的谢意？有商兄在东海龙宫，我也大为放心，再无后顾之忧。”

说笑间，张翼轸几人来到东海龙宫，见过倾东、倾颍之后，众人分别落座，张翼轸才将方丈仙山之事详细道来，随后又将北海与无天山结盟以及破除玄洲之举也

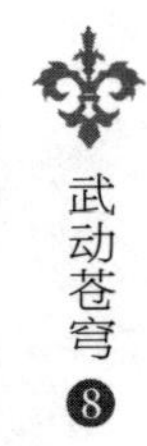

一并说出。

倾东听完，连连点头，赞道："北海之事，翼轸处理得无比妥当，可得大功一件。倾北之心，我早有猜测，他在东海之中暗中安排的眼线，早已被我识破。只是眼线一直没有不当的举动，我也并未理会……这下好了，倾北归心，四海之中，除了南海倾南之外，东海、北海和西海如今可以说是三海一心，毕竟同属龙族，远古之时，也是亲如一家，不要自相残杀为好。"

"南海……父王倒是不用挂念在心，南海龙王虽说另有心计，不过现今心生懒散之意，且他膝下无子，却有一女深得他心，而此女却又对翼轸无比仰慕，是以只要翼轸出面，南海定当一心。"

正是倾颖一脸促狭笑意，在一旁插话说道。

"倾景？颖儿说得也是，景儿这个小丫头拜翼轸为师，对翼轸格外敬重，有此层关系，南海应该无忧。"倾东也是随声附和。

张翼轸被倾颖颇含深意的目光一瞥，不免心慌，忙转移话题，问道："商兄，青丘为何突然离开东海龙宫，所为何事？"

说到青丘，商鹤羽一脸兴奋之意，忙道："青丘此人……果然非凡，令人钦佩。不日前青丘正在静坐，忽有所悟，想起千年之事，一时心意大开，无数心法和法术全部记起。千年以前青丘便晋身飞仙之境，今日也临近地仙顶峰，此时心性突破，当时便晋身飞仙之境。当时正好我在他左右，在他飞仙初成之时为他护法，掩藏冲天的仙气，是以青丘飞仙虽成，并未名列仙班，天庭也无从得知……"

青丘飞仙大成之后，也未多说以前之事，只是闭关数日，出关之后，突然提出要去斩杀罗远公。商鹤羽和倾东不解其意，追问究竟，青丘笑而不答，只说斩杀罗远公是为其一，另有重大谋算，也是最为关键之事，却是为了张翼轸！

五行元剑

不过最后青丘挨不过二人的不停追问，还是多少透露一二，说是张翼轸自方丈仙山之上应该无功而返，只因他在人间之事未了，不能在天庭有所作为。他此次出行，便是为张翼轸铺路搭桥，待翼轸回转之时，就可以尽快让一切顺利走向正途，不必再等候时日。

“青丘所说之事，其实我也猜到一二，他此去定是以斩杀罗远公为名，再以其飞仙身份，可以号令天下道门之中的散修或是中小门派，恐怕不用多久，就会追随者众多。到时时机成熟，若能趁机正好斩杀了罗远公，那么在天下修道之士心目之中，除了三大道观之外，青丘当为第一人，无人不从无人不敬！再凭青丘的能言善辩，别说前来相助翼轸，就是组成天下第四大道观，也是小事一件……呵呵，不知老龙的想法，可是让翼轸称心？”

张翼轸点头赞许：“龙王所言极是，青丘智谋天下无双，为人又谨慎隐忍，此次无天山与北海之所以结盟顺利，而北海主动归顺，也是全赖青丘相助。”

倾东显然对青丘甚是看重，打趣说道：“翼轸，老龙识人无数，论运筹帷幄，无人可在青丘之上，你得青丘追随左右，大计可成。不过老龙冒昧一提，待翼轸大事已办之后，可否令青丘多与老龙走动，常来东海龙宫与我纵论局势？”

青丘深得倾东之心，张翼轸早已得知，听他这么一说，当即笑道：“龙王见笑了，说的哪里话！不管翼轸是否成就大事，或是家人团聚，东海龙宫也是如同自家一般，怎会舍弃？”

倾东笑容之中颇多几分无奈，说道：“翼轸飞仙大成，说不定还天仙有望，到时即便灵霄宝殿不容，无明岛和无根海恐怕也可随意去得，怎会还滞留凡间？仙凡之间还是大有差别，天庭之上，日月之光、亭台楼阁、仙果汁浆都远胜凡间无数，你看天庭飞仙无数，又有几人愿意久居凡间？”

张翼轸微微一愣，看向商鹤羽，商鹤羽点头一笑，说道：“龙王说得不错，飞仙一旦飞升天庭，就会迷恋天庭的美妙和欢乐，无人再留恋世间。只因比起天庭之美好，凡间之地无比拙劣，无论居住之所还是美味佳肴，绝对是天壤之别，更何况天庭之上仙气浓郁，可令飞仙修行迅速，早日晋身天仙之境。所以飞仙飞天之后，除非确有不得已之事，一般极少有人再重返世间。”

说完，商鹤羽又自嘲地一笑，说道：“如我一般安心久居凡间的飞仙并非没有，却是不多。飞仙也好，天仙也好，都贪恋天庭之妙，或是追求更高境界，世间之地再无可留恋之处。便如地仙一成，自然不会再同凡人天天谈论如何引气入体一般，

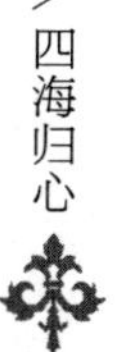

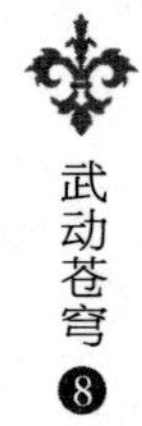

毕竟境界差距太大，难有相通之处。”

此点张翼轸倒也赞同，想了一想，忽然笑了，说道：“至于日后我是久居天庭，还是长住世间，现今谈起却是为时过早。不过青丘却是可堪大用之人，以后龙王想与青丘畅谈，只管向他开口即可。”

有张翼轸亲口一诺，倾东大是放心。随后张翼轸又将囚禁地仙的四洲之事一说，商鹤羽自告奋勇地说道：“我也有些时日未到无天山了，正好四洲之中元洲也在北海，我一人前往元洲，将一众地仙救下再说。”

张翼轸担心商鹤羽一人难以应对，商鹤羽却信心满满，说道：“就算有两名飞仙，不过依我推测也顶多是寻常飞仙，不足为虑。另外到时我先路过无天山，借上数十名地仙和神人同行，定保一举成功。”

如此也好，张翼轸微一思忖，让商鹤羽救下地仙之后，最好让他们先往三元宫，再分散到天下三大道观之中。商鹤羽一口答应。

随后张翼轸转向应龙，说道：“我二人前往瀛洲，如何？正好瀛洲也在东海之上，倒是不远。”

应龙自然没有异议，张翼轸也不耽误，向倾东和倾颍告辞，和应龙闪身之间便来到东海之上。二人在东海之上巡视半晌，各自施展控风之术，终于在东海的东北之处发现一处隐藏的人洲。

张翼轸按捺不住心中的疑问，问道：“应龙，金木水火土五行之中，论无坚不摧之力，非金力莫属。论绵绵不绝之势，自然当为木力。而元风之力不在五行之中，在我看来，若同样修至大成之境，元风之力又远高五行之力，却是为何？”

应龙沉思半晌，才谨慎地答道：“我也不瞒你，翼轸，先前我一直对你隐瞒身份，掩藏神通，其实也并非有意而为，而是我自九天之上被人突袭打落凡间之时，受了重伤，非但修为大减，同时神识受损，以前许多通天神通或是法术都无法记起，只有模糊印象，再也没有真切的感悟，所以也不好向你说起真实身份之事，只有等我渡过天劫，神通大成之时，才可完全恢复清明，忆起前事……”

张翼轸点头称是：“我也有此想法，推测其实你也对自身来历只知其一，不知其二。从你施展各种操纵天地元力之术的手法来看，似乎也是信手拈来，其实却是突然想起，是也不是？”

应龙一脸无奈，点头说道："不错，打斗之时，总有意外之感，令人又惊又喜，却又更加迷惑……不过你方才所说唯控风之术最为上乘，我也有同感。上次铁围山你被天雷击顶之后不久，我忽然想通一事，便是天雷之中的力量本源，竟然是风之力！既然我身具控风之术，而天雷又源于元始之风之力，同源而生，肯定有破解之法。其后我苦思冥想，试图找到化解天雷之法，不过……却没有丝毫所得。"

张翼轸自然知道其中玄机，若是天雷之法如此轻易便被破解，也显得当初创造天雷的一众天仙太过无能，况且天雷虽然本源之力是风之力，不过也是假借天命，由天地之威而成，个中玄妙之处，也非一日之功可解，急不得。

当下将心中所想说给应龙，又劝慰应龙几句，让他暂且放心，凭他二人之力，即便天雷突降，虽说不能完全渡过，至少也可保应龙不死。再加上二人精心钻研天雷之秘，终有一日或许会解开天雷奥秘，从而可以从容化解天雷之威。

应龙自然知道张翼轸的关切之意，也是心中一暖，说道："翼轸有心了！"

下一刻，二人同时施展控风之术，方圆千里之内，一切纤毫动静尽收于心，无一遗漏。在张翼轸和应龙强大的元风之力的侵袭之下，很快便自虚空之中突兀现出一处庞大的虚影，随后虚影变实，隐天遁地之术告破，瀛洲现形！

瀛洲显露在天地之间，顿时便有人发觉。片刻之后，两道人影疾飞而至，现身张翼轸和应龙面前。当前一人虎背熊腰，颇有大将气势，手中一把丈长银枪，手腕一抖，激起无数枪花，"咄"了一声，厉声问道："来者何人，胆敢来此仙家福地放肆，活得不耐烦了吗？"

应龙上前回话："此地可是瀛洲？"

"不错！"

"你可是看管地仙的飞仙？"

"正是！"

应龙哈哈一笑："是就好，省得错杀。受死！"

一扬手，竟是金木水火土五把元力剑同时凭空凝聚而成，分成五路，直取来人全身要害之处。

见应龙举手便打，来人直气得暴跳如雷，手中银枪纷飞如雪，将周身护得严严实实，打算将应龙的五把天地元剑全数化解。

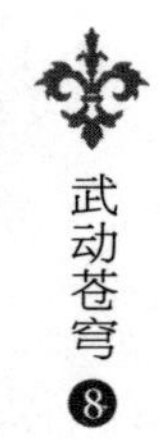

不料刚刚升起护体仙气，手中银枪化为一团银影，陡然之间却失去五把元力剑的影踪。来人一愣，还未反应过来，忽见头顶之上一把精纯无比的纯白之剑自天而降，一剑便将他当场洞穿！

五行齐全，五剑合一，是为五行元剑！应龙大展神威，一招之下，便将一名飞仙当场诛杀。

来人仙体被五行元剑刺穿，顿时化为乌有，灵体随即生成，正要逃逸，却见五行元剑由白变黑，又由一化五,五把元力剑再次一分一合，生生将其灵体当场绞碎。

形神俱灭！

好个应龙，不但神通略有增长，且手段比起以前更加干脆利落，心肠也更加狠绝。

张翼轸却多少有些于心不忍，毕竟飞仙难成，况且在此看管地仙也是奉命行事，虽说有过，过不致死。想到此处，张翼轸正要出手劝阻应龙，不让他再痛下杀手，以免天劫降临之时心劫过重，不料还未开口，另一飞仙见状，大喝一声，手持双刀朝应龙疯狂冲来。

应龙岂肯退让？当即也是仰天一笑，手中纯白之剑蓦然化为土黄之色，却是五行聚集，相生相助，五行运转呈生生不息之势，五行元剑之中四行隐没不见，凸现元土之力，化为土性之剑，名为五行土剑，比起单纯的元土之剑威力不可同日而语。

只见应龙先是一剑斩掉来人双手，随后一剑斩去其项上人头，再反手一挥，如法炮制，五剑合一，又将此人彻底杀死，连再入轮回的机会也不曾给对方留下。

片刻之间便诛杀两名飞仙，应龙猛然浑身气势大涨，头顶之上一道红光直冲向天，只见他双眼通红，仿佛无法压抑内心的嗜杀之意，随后脸露狰狞之色，回头看向张翼轸，冷冷说道："有人敢挡我应龙者，杀无赦！"

天雷之力

不好！

张翼轸心中大惊，应龙心魔发作，万一真要一时发狂，不分敌我，向他出手也有可能，正思忖如何应对之时，猛然之间一道一丈粗细的天雷凭空生成，一闪而落，正中应龙头顶。

应龙正是心劫初起之时，心中怨恨难平，怒火滔天，天雷又来得过于突兀，是以猝不及防之下，被天雷击个正着，顿时惨叫一声，呆立当场，犹如石化一般。

张翼轸万分震惊，急忙闪身上前，见应龙全身完好，只是双目呆滞，不言不语，如同死去。张翼轸吓得魂飞天外，急忙神识一扫，又用手一探，察觉应龙既无外伤，又无内伤，全身不见一丝伤痕，这才放下心来。

不过虽然不见有伤，应龙却是如中了定身法，一动不动，任何张翼轸呼唤或是施展控木之术为他疗伤，全都无济于事。本以为前来瀛洲即便不会轻而易举攻破，至少也不会有何损伤，不想应龙急躁之下，突遭天雷击顶。如此看来，天雷确实如一把高悬应龙头顶的利剑，不知何时会直接取他性命，马虎不得。

只是天雷击顶，有时声势浩大，有时又凭空生成，令人防不胜防，也是无比头疼之事。

张翼轸心意一动，将应龙卷起，闪身来到瀛洲之上。瀛洲大小与玄洲相仿，也是山青水秀、云雾缭绕的仙家福地，祥气弥漫，令人心生喜悦之意。张翼轸顾不上欣赏眼前美景，刚刚一步迈入瀛洲，忽然心生感应，微微一愣，随即站定身形。

不多时，便见十余人从四面八方包围过来，将张翼轸和应龙围在中间。为首之人是一名身材高大的女子，柳眉一横，对张翼轸怒目而视。

“你是何人，敢来毁去瀛洲的隐天遁地大法，究竟受何人指使，又打的什么鬼主意？”

张翼轸也懒得与一众天人啰唆，直接说道：“方才两名飞仙已被我二人除去，眼下瀛洲只有尔等天人……十余名天人，并非我的对手，要想活命，速速逃走即可。”

女子一听大吃一惊，难以置信地打量张翼轸半晌，质问道：“你也不过是飞仙之境，怎可能斩杀两大飞仙？难道是身边的昏迷之人？不管如何，既然你敢置天条于不顾，公然诛杀奉天命在此办要事的飞仙，我等虽然不如你法力高强，也要替天行道，将你拿下交由天庭发落。”

话一说完，女子手一挥，其余天人全部闪身近前，各自亮出法宝，将张翼轸围得严严实实，不由分说一齐攻来。

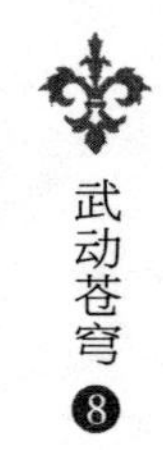

张翼轸分神卷住应龙，想起应龙的五行剑术，心念一动，操控天地元力，瞬间凝聚而成五把元力剑。虽然没有元金之剑，不过有元风之剑代替，五剑围绕全身上下翻飞，将一众天人挡在身外。

惊见张翼轸此等神通，以女子为首的天人都面面相觑，脸露骇然之色，止步不前，不敢再攻。张翼轸自知真要打杀起来，不出数招便可将十数人杀个干净。不过依他所想，这些天人其实只是被人蒙骗受人利用而已，杀之可惜，能不杀最好放过，也好不与他们的父母结仇。

见一众天人心生惧意，张翼轸也不迟疑，蓦然右手一伸，声风剑自体内跃出，随后气势一放，天命之火脱剑而出，形成一道撼人心魄的剑影，倏忽间在一众天人眼前掠过，直将他们惊吓得纷纷跳到一边。尤其是为首的女子显然识得此火的厉害，惊叫出声：“你不过是小小飞仙，怎会操纵天命之火？”

张翼轸淡然一笑，故作神秘说道：“尔等是奉命行事，我又何尝不是身负重大使命？五洲之事事发，天帝无比震怒，命我下凡前来处置为首之人，你等不过是受骗上当，是故不予追究，还是快快逃命去吧！”

为首女子顿时愣住，忽然冷冷一笑：“想要骗我上当，哼哼，没门。五洲之事乃是天帝亲自下命，由三名天官和数十名天仙、飞仙共同执行，怎会是私自行事？你到底何人，报上名来。”

三名天官和数十名天仙、飞仙，看来来头不小，声势浩大不说，实力颇为惊人。又微一思忖，张翼轸摇头叹息：“不知阁下大名？阁下有所不知，五洲之事本是三名天官假传天帝之命，其实是为一己之私，试图暗中组建自己的一方势力，如今被天帝发觉。天帝大为震怒，先派我前来说服为主，若是不成，可以当场诛杀，不必留情。怎么，你等还是不信？若非如此，我不过是飞仙之境，为何却有天命之火傍身？此为天帝特意赐我天命而成！”

此话一出，为首女子半信半疑，想了半晌，才迟疑答道：“我名花非，阁下姓甚名谁？你方才所说，可是当真？”

张翼轸从容一笑，点头说道：“千真万确！只因在我看来，尔等天人也是无辜，本无叛逆之心，却被他人所用，一着不慎，难免落个形神俱灭的下场。而我有不少天人友人，不忍看到各位因此丧命，所以好言相劝……莫要再执迷不悟，三天官已经被天帝下令拿下，不久将会诏告天庭，其罪当诛。”

花非一时踌躇，“哦”了一声，沉吟不语，过了半晌，猛然抬起头来，眼露喜色，说道：“如此说来，我等有幸得遇贵人，今日可逃一死，先行谢过阁下的大恩大德。”

张翼轸点头说道：“不必客气，尔等离去即可，日后应当弃恶扬善，才可避免再次大祸临头。不过若是花非告知三天官现今藏在何处，当是大功一件，我可禀报天帝，将功赎罪！”

花非与众人相视一眼，微一思忖，犹豫说道：“既然阁下清楚此事的来龙去脉，而天帝已然知道三天官之事，三天官怎敢再冒犯天颜，逆天行事？他们应该主动向天帝投诚才对。而阁下身为飞仙，且是天帝钦命之人，怎会向我等小小天人问询三天官下落？”

见花非心生怀疑，张翼轸暗道晦气，转念一想，又开口相问：“三天官见势不妙，乘机逃跑，如今不知身在何处。既然花非不知三天官下落，可否将他三人姓名告知？只因天帝命我下凡前来处理五洲之事，来时匆忙，并未言明三位天官之名。”

花非脸色一变，随即右手一挥，十余名天人分散开来，各自全神戒备，亮出法宝，蓄势待发。张翼轸见被花非识破，也不多说，全身气势大涨，手中声风剑一挺，笑道：“难道各位也违抗天命不成？”

花非气愤至极：“你根本不是受天帝指派而来，到底是谁？原来想从我等口中套出三天官之名，不要痴心妄想，没门儿。没想到你身为堂堂飞仙，也会使出宵小伎俩……今日受你愚弄，我等天人虽然法力不济，与要誓死与你周旋到底。”

张翼轸却是摇头叹息一声，说道：“尔等莫要再执迷不悟，难道非要逼我痛下杀手不成？”

花非突然醒悟过来，大叫一声：“啊……你是张翼轸？你就是杀害秀才小五之人？”

张翼轸见事已至此，情知也无隐瞒的必要，点头承认。花非顿时脸色大变，当下双手一错，手中火焰汹涌，直朝张翼轸扑来。

天人修为相当于地仙之境，即便是千年地仙，与如今的张翼轸相比，也有云泥之别。张翼轸不想痛下杀手，奈何十余名天人全是同归于尽的打法，再加上有应龙

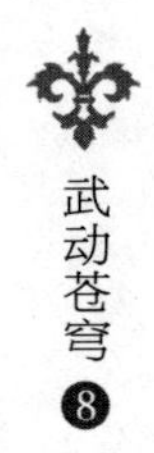

拖累，要想从容脱身也并非易事，除非一剑一个将十几人杀个精光。

打斗多时，张翼轸也是耐心渐失，杀心流露，将心一横，也罢，既然准备连天帝也要反了，何必在意再多上几名飞仙仇敌？张翼轸一旦想通，心意大开，声风剑威势外放，正要一举将一名天人斩于剑下，忽然之间一股无名气势凭空生成，犹如虚空裂开，从中突现无边狂暴之力。此力狂放肆虐，可摧毁万物，可撕裂天地。

张翼轸心神大震，此力他无比熟悉，正是天雷之力。

只是四周空空，不见劫云，也没有天雷及顶，怎会凭空生成天雷之力？究竟发生何事？

他微一愣神，忽见一直紧闭双目的应龙蓦然睁开双眼，眼中精光大盛，放射森然寒光，湛蓝如水，纯洁如碧。光芒如两道天雷，一闪没入虚空之中，紧接着，虚空之中传来天雷迸裂之声，噼啪之声不断，犹如水波漫延。再看十余名天人全部被波及在内，连一丝声响也来不及发出，片刻之内，全数殒命，连一丝灰烬也没有留下。

随后应龙闪身傲然立于虚空之中，仰天大笑："风之力，天雷之力，原来如此，哈哈哈！"

张翼轸负剑在前，心中惊骇万分，忙问："应龙……你，掌控了天雷之力？"

应龙收回全身气势，自得地一笑："不错，方才天雷击顶，我任由天雷之力侵入体内，与体内的风之力相互呼应，嘿嘿，虽然差点因此丧命，被天雷之力撕裂。不过好在我硬挺过来，感悟到天雷之力的本源所在，再与体内风之力融为一体，哈哈，从此以后，天雷再也无奈我何！"

张翼轸大喜过望："好极，如此说来，你此后只等天雷降临，到时便可从容渡劫成功，一飞冲天，从此重返天庭，再也不受天地规则所限？"

应龙点头称是，掩饰不住一脸得意之色。

张翼轸心念一动，猛然想起一事，忙问："天雷之力与风之力，难道真是源自一体？"

南海归心

应龙也不隐瞒，如实答道："不错，根据我刚才的感悟所得，风之力才是天地之间最至高无上的力道，远高于天地元力和仙力。不过如果不能追根溯源，且在你没有晋身天仙之境以前，风之力至多可修至与天仙仙力相当，即便能够稍微超越，也是相差无几，想要一举破除天仙仙力，并无可能。一旦你晋身天仙境界，自会领悟到风之力本源所在，也能操纵风之力进而感悟到天雷之力。"

说到此处，应龙忽然脸色一暗，继续说道："可惜的是，现今对天雷之力与风之力的融合，我也只是略懂皮毛，要是等我恢复全盛之时的神通，将天雷之力完全收服为已所用也不在话下。"

张翼轸也感慨道："好在你也因祸得福，方才天雷一击，却让你神通大涨，倒是让人始料不及，怕是天帝也懊恼得很！只是，应龙你方才下手过于狠绝了，这些天人修为有限，也不会掀起大风大浪，你举手之间将他们全数杀死，也是不该。"

应龙却不服气，说道："管他是否该死，既然挡我二人道路，总要有一人出手将其除去，你心存仁慈，就只有由我出面扮作白脸。"

张翼轸哑口无言，只好无奈一笑。二人随后闪身来到瀛洲之上，不多时便找到囚禁地仙之处，随即也不耽误，施展飞仙神通，将一百余名地仙的离魂术全数化解。

一众地仙清醒之后，对张翼轸和应龙感激不尽。张翼轸客套几句，提出让一众地仙前往东海暂住。地仙们自然欣然同意，又见张翼轸身为飞仙，应龙虽然难辨仙魔，不过一身修为却深不可测，众人感念救命之恩，又有容身之地，无不欢欣鼓舞。

其后张翼轸和应龙又在瀛洲之上搜寻一遍，确认再无遗漏之时，才和众人一同返回龙宫。

倾东早知张翼轸破除瀛洲之后，定会将地仙带来东海居住，不过亲眼见到百余名地仙莅临龙宫，还是无比高兴。倾东生性喜好热闹，又好与人交友。百余名地仙之中，定有足智多谋之人可以与他相谈甚欢。如今青丘远去，倾东无比落寞，终于见到众多能人异士来到东海龙宫，怎不让他大慰平生。

倾东大喜之余，当即传令下去，东海龙宫要大宴宾朋。至此，东海不但有魅妖

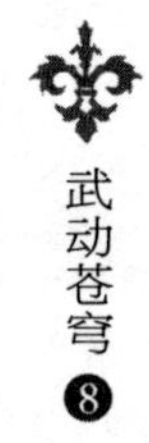

蓝魅在此，又平添一百余名地仙，盛况空前。

按下众人相见寒暄不提，再说张翼轸和应龙只一商议，立时决定即刻前往南海，破解流洲，同时让南海归心。当下将此事与倾东一说，倾东也不阻拦，说道："倾南生性喜欢宝物，为人又颇为自负，翼轸自可小心行事，许之以利，再加上有倾景这层关系，倾南又非笨人，知晓利害关系，要是再不答应，就是无可救药了。"

张翼轸又对倾颖交代一番，让她在东海谨防天庭来人，若有闲暇，可以与一众地仙之中讨教一二，说不定这些地仙之中也有天纵之才，也好得一些助力为己所用。倾颖一口答应，让张翼轸尽管放心，她自会将东海照应周全。

尽管心中不忍让倾颖因他之故而身心劳累，张翼轸却又无法说出太多的安慰之话，只好细心叮嘱几句，随后和应龙闪身出得东海龙宫，一路疾飞，半个时辰之后，便来到南海之上。

南海一如既往细雨纷飞，不但张翼轸感慨万千，想起倾景和在南海之上初见炎洲之时的迫切与震惊，便是应龙也是微一愣神，一笑说道："南海是我二人相识之地，也是我应龙潜心修炼躲藏之处，不料再次来到南海，多少还有些怀念当初在珊瑚谷的岁月。"

一提珊瑚谷，张翼轸道："应龙，你是如何从九天之上被人打落凡尘，又如何选择在珊瑚谷之地隐藏不出？难道珊瑚谷中有何隐情不成？"

应龙嘿嘿一笑，答道："要是我能记起如何自九天之上被人偷袭打下凡间，恐怕也能恢复全盛之时的神通了。至于为何选中珊瑚谷，倒不是因为谷底有何宝物，而是此处冷热交汇，正好有助于我疗伤。"

"如此说来，你当初刚刚下凡之时，也特意在世间转了一转，才在南海之底找到如此一处宝地？"

"那是自然，中土世间以及四海之地，几乎被我探查一遍。四海之中的南海珊瑚谷、东海地老池、北海天荒地以及西海定海石我全部去过，虽说这几处在四海水族看来无比凶险，其实也并无多少可怕之处，不过是天地所成的一些莫名危机。"

张翼轸心道，以你应龙之能自然不以为然，对于修为不过地仙的四海水族来说，却是性命攸关之地，马虎不得。

"说来你一身五行齐全，又会控风之术，如此通天修为，一身可抵五名天地灵兽，甚至还要强上许多，究竟是何方神圣？”张翼轸旧话重提。

应龙摇头一笑，手指上天说道：“天地不容天地灵兽，如我这般具备五行之术，在天帝眼中，更是要除之而后快。不管我是谁，也不管谁是我，只要有此本领，必定会被人所害。”

张翼轸悚然而惊，这么说来，待他自身价值被天庭认定无用之时，只怕便是他丧命之日！

应龙显然也想到此点，冲张翼轸点头说道：“其实你眼下与我情景相同，现在天帝老儿按兵不动，应该是另有打算。何时在他眼中我二人全然无用之时，到时我二人便在劫难逃了。所以说，翼轸，你要尽快提升自身修为，而我只等渡过天劫，只有自身神通可以通天彻地无人可敌之时，才可确保无虞。”

张翼轸虽然不太同意应龙所说，不过也并未反驳，人各有志不可强求，他还是不愿与应龙多做无谓争论，况且增进修为，多些自保之力，也是应当。

二人说话间来到南海偏西之处，蓦然之间同时心生感应，随后又一齐施展控风之术，与上次化解瀛洲之法相同，不出片刻，隐匿行踪的流洲顿时显形。

流洲现身，却不见有飞仙或是天人来迎，张翼轸二人也不停留，飞身来到流洲之上，赫然发觉除了一众囚禁的地仙之外，竟是无人看管。二人急忙解开众人的离魂术，问起究竟发生何事，为首之人自称胡烁，说是刚刚两名飞仙及十余名天人还在此地，突然之间不知何故竟是一哄而散，四散而逃，不知去向。

张翼轸与应龙相视一眼，心中明白应是天庭之上传讯，让此地飞仙和天人避开二人锋芒，毕竟应龙杀伐果断，先后一名天仙和数名飞仙因他二人身死，此事传到天庭之上，定会引起震惊。

张翼轸与众人只一商议，众人无不同意他的安置。当下也不多说，张翼轸先让一众地仙在流洲之上稍事休息，他和应龙移形换位，不多时来到南海龙宫之中。

倾南见张翼轸意外来临，又惊又喜，又见张翼轸仙气缭绕，竟然成就飞仙之境，更是敬佩万分，与张翼轸寒暄几句，急忙向他问起倾景下落。张翼轸将倾景拜师之事一说，倾南听了大为欣慰。

张翼轸见时不我待，直截了当将当下局势一说，倾南听了黯然无语，坐到龙椅之上，沉默半晌，才点头说道：“本王虽然偏安南海，不过也并不是一心闲散，不

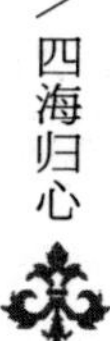

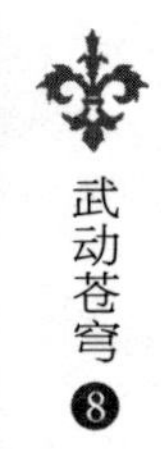

问世事。金翅鸟与龙族恩怨以及龙族的兴衰变迁，本王其实也是心知肚明，只是苦于实力不济，不敢与天庭抗衡罢了。既然翼轸身为景儿师傅，又让东海、北海结盟，如此看来西海归心也是铁定之事，三海一心，怎能独独没有南海？四海本来一体，南海怎会自绝于水族？还请翼轸转告其余三海，南海自今日起，唯东海马首是瞻，愿与三海永结同心，亲如一家。”

得倾南亲口一诺，张翼轸大喜，当下说道：“南海局势虽然比起其余三海要安稳许多，不过也难保不会被飞仙侵袭，我与应龙自流洲之上解救了一百余名地仙，可以暂时安住南海龙宫，为南海排忧解难。”

倾南一听大喜过望，当即应允。张翼轸又主动提出稍后他会寻到倾景，劝她回转南海。倾南听了更是感激不尽。

张翼轸得到倾南认可，这才回到流洲之上，带领一众地仙来到南海龙宫。倾南虽然闲散多年，不过同时上百地仙来龙宫做客，这在南海龙宫之中，是前所未有之事。何况百余地仙之中，日后定有成就飞仙之人，以倾南的心智，自然不会放过结交日后飞仙的大好时机，当下传令下去大摆宴席，款待众人。

张翼轸挨不过倾南的再三请求，只好与应龙一起，与众人同坐一席，把酒言欢。酒过三巡，张翼轸告别倾南和一众地仙与应龙一起直奔西海而去。

西海之上晴空万里，天空没有一丝云朵，炎热无比。二人马不停蹄，一路找到聚窟洲所在，顺利解除隐形，发现聚窟洲之上除了被禁锢的地仙之外，也并无看守之人。将地仙解救之后，打听之下，果然看守之人早二人一步逃走，似乎有人抢在张翼轸前面通风报信。张翼轸也懒得推测究竟何人，或许正是花非口中所说的幕后之人——三天官之一也未可知，反正他与应龙只顾说服一众地仙，听从他的指挥，一行人浩浩荡荡直奔西海龙宫而去。

元洲浪高

一行一百余人来到西海龙宫之上，忽见海水翻滚之间，倾巍带领无数人马跃出水面。倾巍一见来人是张翼轸，顿时喜笑颜开，向前施礼说道：“我当是谁，原来是妹夫来此！怎么好大的做派，带领这么多人，吓我一跳，还以为是谁人前来攻打西海！”

一声“妹夫”让张翼轸脸色微红，急忙说道：“倾巍兄好久不见，风采依旧。今日前来，有要事相商。”

倾巍见张翼轸说得慎重，也不敢怠慢，急忙将他迎入龙宫之中。张翼轸与倾西见礼之后，开门见山将来意一说，倾西更是爽快无比，一口答应下来：“有此好事老龙岂能错过？翼轸，你当真是四海之福，这些时日，老龙正在上愁，按照我的推算，龙族与金翅鸟之间的争战又要来临，虽然有你与颍儿和无喜公主的关系可以周旋一二，不过天庭定会有其他方法从中挑拨，或许还会用强。还好，还好，不想翼轸竟然想到这般应对之策，以后老龙就可以安心入睡了，哈哈！”

倾巍见状，不由竖起大拇指赞道：“倾颍妹子被称为四海第一公主，果然不假，别的不说，单说选婿的眼光就是天下无双。早在翼轸初入道门之时便与翼轸交好，如此长远目光，莫说四海，只怕天地之间也无人可以与她相提并论，嘿嘿，如今我对倾颍妹子，那是佩服得紧。”

张翼轸脸色一晒，转身对倾西说道：“不知龙王对如今局势有何高见？”

倾西打了个哈哈，说道：“老龙不过是小小龙王，虽然身为西海之主，说实话，在飞仙眼中，与凡人也是一般无二，更遑论高居灵霄宝殿的天仙、天官，更是不将老龙放在眼中。好在老龙在凡间多年，闲时也多琢磨世间局势。世间之地，看似位处低下，远远无法与高居天下的天庭相比，不过世间之地乃是天庭、天魔的根本所在，所以眼光长远者自会知道，得世间者，得天心！”

张翼轸默然点头一笑，却听倾西继续说道：“飞仙者，高居天庭之上，为成就天仙听命于天帝，自以为天福乃是天帝所赐。其实大错特错，天福本是天地自成，凡是顺应民心，得天意，助万民之人，只要顺乎天道，自有天福可得，哪里非要天帝所赐？就如天道无言，却包容万物，成就天地之间无数规则，比如凡人的生老病死，比如轮回大阵的无可抗拒，便是天帝和天魔也无法改变丝毫。此为天地之威，万物法则，先天而成，自然而为，无可替代。”

应龙眼露赞赏之色，说道：“说得好，龙王有此见解，心性高妙，不在飞仙之下。可惜了只是天生神人，否则若得人身入道修行，不愁飞仙大成，天仙可得。”

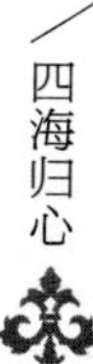

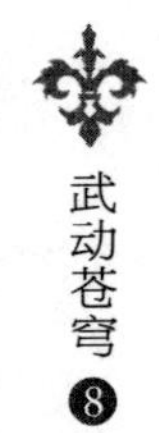

倾西哈哈一笑，说道："人身看似百无一用，天生羸弱，又无神通，其实人身又最为难得。话又说回来，世间得人身者何止千万，却大多虚度光阴，沉迷于人间的欲乐之中，最后时辰一到，坠入鬼途，遭受千万年日夜不停的逼迫之苦，到时追悔莫及，悔不该有人身之时多精进修行。可惜一失人身，万劫不复。我虽然身为天生神人，又为西海之主，不过万余年寿命，寿终之后，若有机缘或许还可下世再得人身，相信可以入道修行，要是有幸成就飞仙，飞升天庭之后，或许还有望与阁下相会。"

应龙对倾西颇有好感，听倾西一言，心思电闪间，双目微眯，双手平伸，片刻之间，自双手之间形成一团氤氲之气。应龙自得一笑，说道："龙王，放开神识，既然今日你开口许愿，我正好在此，不帮你一帮也说不过去……疾！"

应龙手中气团倏忽间飞到倾西头顶，盘旋三圈，蓦然直落而下，将倾西全身包裹在内。顿时，倾西犹如身坠烈火之中，浑身火光一闪，如全身火燃。饶是倾西修行多年，自认意志坚定，也一时被烈火及身，烧得痛不可言，险些惊叫出声。

强忍难以言说的痛楚，倾西依应龙所说，神识大开，任由氤氲之气侵入神识，弥漫全身，不多时便将全身自内到外洗涤一遍。随后氤氲之气一收，倾西只觉周身一松，如入瑶池之地，遍体生爽，舒坦之意无法言表。

应龙见一切顺利，解释说道："我在龙王的神识之上封印了修行之法，同时又替你增添了几分上升之力，确保殒身之后神识不坠入鬼途。只要你得了人身，七岁之时封印便会自行解开，到时记起前事，定会精进修行，一生成就天仙大道。"

倾西岂能不知其中好处？当即大喜，向应龙深揖一礼，说道："多谢阁下的大恩大德，不知阁下究竟是何身份，为何老龙只一见面，便心生亲切之感，犹如同根而生？"

应龙大手一挥，不以为然地说道："相遇即是有缘，既然龙王是与翼轸交好，我应龙又看龙王顺眼，出手点化一二，也是正常。至于我自身来历，不必多问，日后自见分晓。"

倾西是何等聪明之人，也不多问，急忙将一众地仙安置妥当，又令倾巍好生款待。西海龙宫一时热闹无比，自不必提。

张翼轸挂念商鹤羽独自前往元洲之事，也不在西海逗留，辞别倾西之后，便和应龙急急朝北海而去。二人全力飞空之下，疾如闪电，来到北海之上，四下搜寻一番，没有发觉元洲所在，也没有察觉商鹤羽行踪。

二人心生不祥之感，急急飞身来到无天山之上。问及商鹤羽，戴风也是一脸讶然，说是并未见商鹤羽来此，张翼轸大惊失色，难道商鹤羽出事了不成？

应龙猛然惊醒："不好，流洲和聚窟洲之上的飞仙和天人恐怕并非闻风而逃，而是接到元洲传讯，前往元洲会聚一起，共同应对商鹤羽！"

恐怕还真是如此，张翼轸怦然心惊，当下顾不上向戴风等人多说，即刻与应龙闪身来到北海之上，二人全力施展控风之术，笼罩千里方圆，搜寻元洲所在。

北海浩渺无边，二人搜寻半晌，也没有发现一丝迹象，不由暗暗担心。张翼轸毕竟仙力不太浓厚，自东海到南海经西海再来北海，一路奔波不停，仙力有些难以为继，竟是心生乏力之感。应龙看得真切，笑道："看来要是你与我打斗，远不是我的对手。"

张翼轸点头："不错，非但仙力深厚远不如你，且我操纵天地元力之能比你尚有不如，况且我不会控金之术，偏偏控金之术又是五行之中最为无坚不摧之力……"

应龙听出了张翼轸的弦外之音，嘿嘿一笑："翼轸，并非我见外不肯传你控金之术，只因在我神识之中，五行之术仿佛与生俱来，与我源自一体，并无感悟可得，全是信手拈来便可施展开来，要我说出要领之处或是如何让你学会，却是不能，似乎是……"

"似乎是记忆传承而得，可是如此？"

"正是，正是。此种感觉无比亲切又无比古怪，亲切之处在于感觉与我同源而生，不分彼此。古怪之处却是既熟悉又陌生，或许正是因为遗忘了许多往事之故，唉，不提也罢，也是一件糗事，丢人！"

张翼轸却是心中掀起滔天巨浪，若是真按照应龙所说，天地五行与他同源而行，岂非说明他由天地五行所成？单是一种便可以成为天地灵兽，比肩飞仙的存在，若是五行齐全，难道应龙是天地初开之时的混沌之处生成？

这……也太过骇人听闻了！

张翼轸难以按捺心中的惊骇之意，正要开口问个明白，忽见应龙脸色一变，手指前方说道："前方有变！"

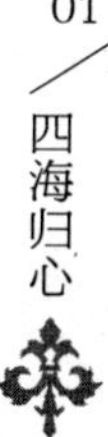

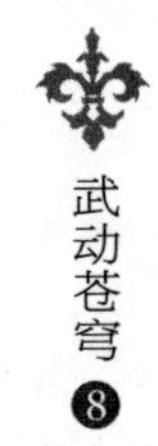

说完，又冲张翼轸神秘一笑："你身有灵丹妙药，为何不服？前方有六名飞仙和数十名天人，依你现今情形，怕是不敌。"

张翼轸被应龙点醒，忙从身上取出还仙丹，也不迟疑张口服下。还仙丹刚一入口，只觉一股庞然巨力瞬间注满全身。还仙丹所蕴含仙力过于充沛，张翼轸无法将其全部束缚在体内，眼见多余仙力直冲头顶，就要逃逸而出，消散于空中，应龙见状及时出手，一掌击在张翼轸头顶之上。

应龙一掌即出，掌力之中隐含天雷之力，顿时将还仙丹的仙力硬生生压回张翼轸体内。张翼轸只觉一股排山倒海般的沛然之力倒灌而回，体内几乎难以承受其狂乱的冲击撕裂之意，险些爆体。幸好经过紫金钹的炼制之苦，张翼轸心性远超常人，才闷哼一声，强压心中恶意，勉强站稳身形。

刚一站定，便见应龙凭空消失。张翼轸也不怠慢，稳定心神，也紧追而去。片刻之后，二人一先一后来到场中，只见六名飞仙当空而立，将一人团团围住。

正是商鹤羽。

商鹤羽神色淡定之中微有一丝紧张，猛见应龙和张翼轸意外现身，不由苦笑一声，说道："本想以我一人之力立下战功，谁知出师不利，竟然被六名飞仙围攻。要不是你二人及时赶到，恐怕今日想要从容脱身也是不易，惭愧！"

应龙哈哈大笑，将六名飞仙逐一打量一番，却对商鹤羽说道："鹤羽说的哪里话，正好你将几人引来一处，省得我再分头去找，也是麻烦。既然今天大家好不容易聚在一起，说什么也不能放过如此大好良机，诸位，你当凡间之地说来便来，说走便走？记住了，从此以后，想要下凡，先要问过我同意才行……今日便是尔等陨落之时！"

究竟何人

应龙口出狂言，引得六名飞仙冷笑不止。

一人越众而出，扫了应龙和张翼轸几眼，眼中掠过一丝惊讶之色，微一拱手说道："在下雪夜，请问来者何人，为何逆天行事，难道不怕天谴？"

应龙微一点头，说道：“尔等在此囚禁地仙，以离魂术控制他人心智，要说此举上应天意下顺民心，如同放屁无疑！我几人前来解救地仙，除暴安良，才是真正的顺天而行。”

被应龙粗话一骂，雪夜竟然脸色微红，迟疑说道：“在下只是奉命行事，不做他想，也不想与你争论个是非曲直出来。你三人都是飞仙之境，绝非我六人对手，要是认输，现在可以自行离去，我等可以保证暂时不追究此事。至于日后天帝是否下令将尔等除去，也是后话，与我无关。”

雪夜此说倒也真诚，可惜应龙并不买账，举手便打，却见张翼轸从身后闪出，冲他使个眼色。应龙不好当面拂张翼轸之意，只好扭头转到身后，与商鹤羽并肩而立。

张翼轸对雪夜微一点头，问道：“雪夜兄，想必你也清楚，就算尔等是奉命行事，不过此举有违天和，有悖天规。上天有好生之德，天地有大善之美，万物各得其所，方是天地勃勃生机。若是天帝顺应天道，自命为替天行道，怎会做出此等大悖天理之事？其中定有异常，说不定乃是三天官私传天命，行此违逆之事，实则只为一己之私。”

雪夜一听此话顿时脸色大变，后退数步，大摇其头说道：“绝无可能！三天官本是天帝最信任之人，且为人持重，深受天庭所有天仙和天官敬仰，威德和神通仅次于天帝，怎么可能会假传天命？你是何人，怎敢在此妖言惑众？看我不将你拿下，绑到灵霄宝殿问罪！”

张翼轸自不退让，淡淡一笑，问道：“照你说来，三天官如此受人敬重，为何不光明正大地行事，非要将地仙哄骗至此，再以离魂术控制心神，此种手法与魔门有何区别？”

雪夜涨红了脸：“这，这，这是天官的神机妙算，且用心高深，我等区区飞仙怎会妄自揣测上意？你……你休要胡说一通，再不退让，定斩不饶。”

张翼轸见雪夜乱了阵脚，脸色一沉，问道：“雪夜，既然你口口声声说三天官如何上得天心，依我看来，三天官比起北布尚且不如，若是比起九天官，更是差之千里。”

雪夜急急辩解道：“北布不过是小小的北天官，怎能与三天官相提并论？九天官虽然也是深得天帝信任之人，不过若论威望及神通广大，也与三天官不能相比。”

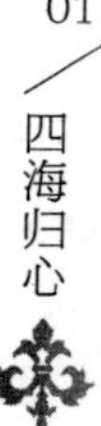

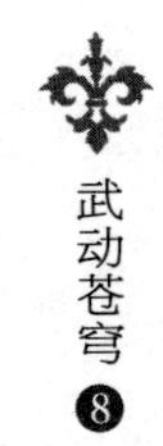

张翼轸心道，三天官在天庭之上比九灵还要高上几分，来头不小，微一思忖，干脆直接问道："也罢，我稍后便直飞天庭，当面质问三天官此举究竟所为何故，看他们如何作答！"

雪夜尚未答话，猛然从他身后闪出一人，此人生得面目狰狞，犹如屠夫，说话粗门大嗓，冲张翼轸嚷道："咄，小小飞仙，无名之辈，也敢口出狂言要当面质问三天官，当真是可笑至极。就算是天帝，也要对三天官礼让三分，就凭你，连三天官之名也不配得知。"

张翼轸也不恼，淡笑问道："说得也是，想必阁下比我高出许多，可是知道三天官尊姓大名？"

来人将眉一横，脱口而出："我当然知道三天官名讳，他们是……"

话一出口又顿时愣住，挠头半晌，忽然又咧嘴一笑，不好意思地说道："怪事，说来说去，一直尊称三天官，竟然不知道三天官究竟是哪个，怎会有如此古怪之事？"

说完，他也不理会张翼轸，扭头去问身边之人。几名飞仙都是大摇其头，竟是无一人知道三天官到底是哪三名天官！

雪夜沉思片刻，忽又一时惊醒，说道："我等飞仙受天官之命，接受的是正宗的传天令，且其上有天帝特有天命印记，绝对不会有假。既然受天命得天令，就理应奉命行事，替天行道……不管阁下是谁，想要以此说动我等退缩，却是万万不能！"

张翼轸见问不出关键之处来，也不多说，右手一伸，淡漠说道："既然各位明知有错，却不知悔改，如此，尽管出手便是！"

雪夜倒也礼数周到，先是冲张翼轸施了一礼，随后才后退数丈之外，一挥手，身后五名飞仙依次闪出，将张翼轸、应龙和商鹤羽三人围在当中，另外数十名天人也分列在外围，远远警戒，谨防三人逃走。

见此情景，张翼轸回身对应龙和商鹤羽一笑，说道："看来今日我三人都要以一对二，不知二位可有信心？"

应龙笑着点头，商鹤羽颇为自得地一笑："方才以一对六讨不了好去，现在对付二人，要是再败岂非无能？嘀，商某好歹也是经历大风大浪之人，岂是眼前这些在天庭安逸已久的小辈可比？”

此话一出，顿时惹得六名飞仙大为恼火，几人不由分说，自觉分为三组，朝三人围攻而来。

其余天人自知以他们的神通也插不上手，所以肃立周围，静观其变。

围攻张翼轸的正是雪夜和方才的粗壮大汉。雪夜的法宝是一件一尺长短的短剑，大汉的法宝是一根狼牙棒，二人一左一右，一柔一刚，杀气腾腾与张翼轸战在一起。

张翼轸刚刚服下还仙丹，一身仙力虽然被应龙强行压制在体内，却并不安分，左冲右突总想逸出体内，让他好不难受。正好雪夜二人攻来，张翼轸正求之不得，也不施展声风剑，不催动天命之火，只凭一身仙力与二人周旋，竟然也打了个旗鼓相当。

相比之下，商鹤羽和应龙就要轻松许多，二人轻松自若，不费多少力气便抵挡了两名飞仙的进攻，且渐渐占据了上风，看样子不出一时三刻就能取胜。

张翼轸却是要吃力不少，与他对战的二人，一人刚强霸气，一人阴柔难缠，二人正好呈互补之势，相得益彰，竟然配合默契，令他一时难以应对，数次险些被二人所伤。

不过张翼轸却强压声风剑的战意，并不催动声风剑，而是在二人的夹击之下，乘机将体内雄厚却并不听话的仙力一一理顺，并且将多余的仙力全数攻击而出，反正留着无用，说不定还有危害。

也幸好有此一招，不多时张翼轸便将全身仙力稳固，一身修为也逼近飞仙顶峰。张翼轸的修为变化看在雪夜二人眼中，都万分震惊，不清楚张翼轸施展的是何种骇人的神通，怎会越打修为越高?

正当二人大惑不解之时，张翼轸猛然之间感到心神大震，同时头顶之上一股黄光直冲天际，随后全身云雾缭绕，正是突破飞仙修为达到飞仙顶峰的迹象。见此诡异之事，雪夜二人心中大骇，急忙对视一眼，意欲在张翼轸仙气凝固之前将他杀死，以免日后大患。

不料二人还未施展全力，只听数声惨叫传来，急忙定神一看，却是另外四名飞仙先后陨落，被应龙和商鹤羽二人悉数杀死。商鹤羽还手下留情，并未将灵体绞碎。

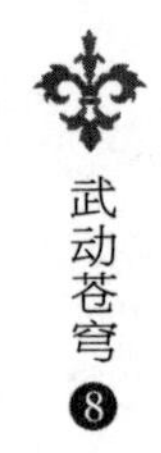

应龙却是毫不迟疑，将两名飞仙灵体也一并湮灭。

惊见此等情景，雪夜二人再无斗志，急忙转身便跑。张翼轸于心不忍，不过也是明白不能放过二人，当即双手伸展，如白鹤亮翅，须臾间双手之上各自形成一把晶莹剔透的元力剑，其上蕴含元风、元木、元水、元火、元土之力，以风力代替金力，暂时而成五行元剑，随即轻喝一声："风力无敌，元力无比！"

双把元力剑疾如闪电，一左一右正正将雪夜二人钉在当场，一穿而过。随后元力剑一闪而没，消失于二人体内。再看二人眼露难以置信之色，随即大喊一声，仙体爆裂而亡！

仙体一爆，灵体即现，应龙见状就要上前将二人灵体绞碎，被张翼轸一拦，却是晚了一步，天地轮回大阵已然发作，顿时将二人灵体吸入轮回。

六名飞仙全数覆没，数十名天人如惊弓之鸟，呼啸一声，四散而逃。应龙正要追赶，张翼轸叹息一声，说道："应龙且慢……天人受自身体质所限，再难有所成就，且放他们一条生路，不必非要赶尽杀绝！"

应龙嘿嘿一笑："算了，既然翼轸开口相求，我也不必非要杀人，受累不说，还平白增加心劫。倒是你，商鹤羽，怎么不主动出手截杀天人？看来还是比我狡猾几分。"

商鹤羽不以为忤，说道："若非生死相逼，我轻易不出手杀人，终归杀人增加变数，杀劫过重，连天福也可以折损。"

应龙听了，"哼"了一声不再说话。

随后，张翼轸三人闪身来到元洲之上，救下一百五十余名地仙。众人对三人感激不尽，愿意誓死追随。张翼轸和商鹤羽好言劝慰，又耐心开导，只有应龙对地仙不感兴趣，也不闲着，独自一人在元洲搜寻一遍，尽管一无所获，不过也总算有事可做。

正当众人要随张翼轸前往无天山暂做停留之际，忽然一人从众人之中闪身上前，冲张翼轸施礼说道："阁下看似正气凛然，实则不然，也是鸡鸣狗盗之辈，暗中做一些偷偷摸摸之事，不算好人！"

张翼轸顿时愣住："此话怎讲？"

妄自猜测

此人生得骨瘦如柴，犹如竹竿一般，仿佛被风一吹便会倒地一样。

“阁下一身淡然之气，冲正温和，绝非数十年之功可得，大异常人，一眼望去温润如玉，清洁如石，如万年玉石精华。且看阁下年纪轻轻已是飞仙之境，即便天纵之才，也绝无弱冠之年便成就飞仙之人，依此推测，阁下定是寻到何等秘法，暗中炼化木石化形以增进功力。要是我没有看错的话，阁下所炼化的木石化形，定是万年温玉！”

见此人道破万年温玉之名，张翼轸为之一惊，忙问：“未请教阁下大名？”

“方天化！”

“方兄从何得知万年温玉之事？”

“恕难奉告！还请阁下如实相告，是否因一己之私而炼化万年温玉以便增进功力？”方天化一脸愠怒。

“呵呵……”张翼轸见方天化人瘦如柴，性情也如瘦竹一般耿直不屈，不由心生好感，答道，“不瞒方兄，在下曾得一位木石化形的友人厚爱，将他本体温玉佩戴身上一些时日，由此得它滋润，沾染一些万年温玉灵气也在所难免。至于在下修成飞仙一事，另有原因，不便明说。不过炼化温玉之说，并无其事，自然不认可阁下的指责。”

方天化半信半疑：“得万年温玉认主而不将其炼化，世间还有如此真性情之人？那温玉化形之人现在何处？”

“他现今成形而出，化为我的模样，在我爹娘身边尽孝。”

“木石化形入世炼心，经历人伦之情……妙，妙不可言。有此入世之心，又得人情滋润，有了人气人心，成形之后的天劫威力便可大大减少！”

此话一出，张翼轸怦然心惊，急问：“方兄可知木石化形天劫如何化解？我眼下正担忧玉成天劫在即，正苦思良策帮他渡劫。”

“此话当真？”方天化一脸惊喜，不敢相信地问道。

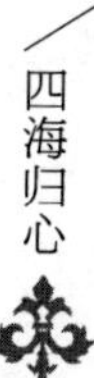

“怎会有假？玉成与我情同手足，我二人乃是患难之交，帮他渡劫本是天经地义之事，有何惊奇？”张翼轸不解方天化为何如此。

方天化痴呆半晌，忽然后退数步，冲张翼轸长揖一礼，说道：“方天化多有得罪，还望恩人勿怪！只因方某来元洲之前，曾与一人相识，并得此人恩惠，救我性命。而此人正是万年温玉所化，由此方某对木石化形心生感念，憎恨所有贪图木石化形灵性之人。”

原来如此，张翼轸忙扶起方天化，感慨说道：“方兄不必计较，在下与木石化形交往甚多，深有体会。不知当初救下方兄之人，现今如何？”

方天化长叹一声：“只可惜他未渡过天劫，灰飞烟灭于天地之间，可怜，可叹！不过他在渡劫之前，心有所悟，说是木石化形虽然化形为人，却是未得人性不沾人气，若是入世历练得凡心，将一身飘然之气沾染人间烟火，最后再从人间的污浊之气中脱颖而出，才是木石化形的大成之境，到时自可避免天劫降临，可如常人一般修至飞仙之境……只可惜，他有所感悟之时却为时已晚，最终还是被天雷所杀，令人扼腕叹息。”

听闻之下，张翼轸也是一时痛惜，想起与玉成的相知相伴，与画儿在一起的青葱岁月，也是感慨良深。

幸好有了方天化关于木石化形渡劫之说，张翼轸心中大安，盘算四海五洲事了之后，一定到太平村看望玉成，待顺利化解玉成天劫之后，再说其他。

一行人在张翼轸的带领之下，先在无天山稍事停留，得知无天山一切安稳，诸事无忧之后，张翼轸心中稍安。他让商鹤羽镇守无天山，准备亲自带领一众地仙前往中土世间，将一百五十余名地仙分散在天下三大道观之中。灵空听闻此事，嚷嚷着要回三元宫，说是他想念灵动。

张翼轸转念一想，正好省了他的事，让灵空率领一众地仙先回三元宫安置下来，他和应龙即刻前往王屋山寻找倾景，同时张翼轸也有意再探赤浪身份。如此安排一番，众人都无异议，只是应龙与张翼轸寸步不离，惹得灵空大为不满。

“我说千应老儿，你与翼轸这般亲近，究竟打的什么鬼主意？”

应龙故作神秘：“我自有妙计，哪里会对你明说？”

灵空恼怒之下作势欲打，应龙一闪跳到一边，淡然说道：“我不与人仙交手，自贬身份！”

张翼轸制止二人打闹，心中清楚应龙虽然领悟了天雷的本源之力，尽管先前信誓旦旦说是可以轻松抵挡天雷，实际上心中并无必胜的把握，毕竟上次天雷异变，应龙心中没底，不定到时会有何等威力天雷降临，有他在身边及时出手相助，肯定可以多些成功渡过的可能。

戴婵儿也不强留，只是叮嘱再三，交代张翼轸莫要逞强，有力让应龙出，打不过就及时逃跑。应龙虽然对戴婵儿所说不满，不过也只是撇撇嘴，没有反驳。

按下其他之事不提，只说张翼轸和应龙一路疾行，直奔王屋山而去。不过此次二人并不着急，只以正常速度行进，走了半晌才来到王屋山脚下，二人边走边说，说起世间之局以及天庭之事，二人越说越觉疑点众多。

且不说张翼轸亲生父母之事，直指幕后之人是天帝无疑，连同世间五洲之事，也是事事指向天帝，难道真是天帝暗中纵容天官行此违逆之举？真是如此的话，天帝又何德何能高居九天之上，为天地之间万仙表率，天上地下万物之主？

张翼轸心中虽然不愿承认种种不端之事都是天帝暗中指使，不过又找不到更加有力的反驳之言。应龙却是对天帝是最大坏人深信不疑，说道：“不必再想，定是天帝老儿无疑，肯定是他躲在暗处，为了应对天魔的威胁和无根海、无明岛的背叛，便出此下策将世间的地仙全部圈养起来，以免这些地仙成就飞仙之后飞升天庭，到时各寻居住之地，并不为他所用。飞仙大多闲散，飞升天庭之后，一心成就天仙或是有心担任天官者有之，大多数却只是在灵霄宝殿稍做停留，便各自前往三仙山或是无根海、无明岛，各得其所，各为其主。是以天帝也不能笼络全数飞仙，更不能让所有飞升的飞仙为他所用，更何况，还有许多飞仙并不飞升天庭，躲在凡间不出。”

张翼轸自然知道应龙与天帝有仇，怨恨天帝将他打落凡间，想到此处，忽然心中掠过一丝疑问，忙问：“应龙，你一直猜测是天帝将你打落凡尘，但是照你所说，你在九天之上，神通广大连天帝和魔帝也退让三分，天帝怎会甘冒巨大风险，亲自出手偷袭你？”

应龙气呼呼地说：“当时的详细情景我也想不起来，只是依稀记得被人突袭之下，猝不及防才坠落凡间。试想，天庭之上除了天帝之外，还有何人有如此神通，

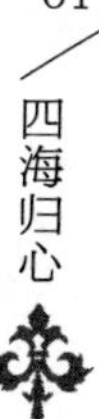

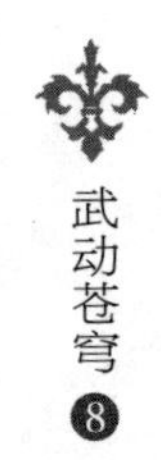

能够一击得手？即便是魔帝亲自出手，拼了全力也未必能奈我何！天帝却是不同，他可以借助天地之威，同时辅以天地大阵，威力自然不同凡响，再加上当时我不加防备，是以才有现在的劫数。”

张翼轸沉吟片刻，说道：“我看未必真是天帝出手……在我看来，天帝是天地之主，好歹也身负天命，即便少有私心，至少也远比魔帝公正大义，否则心不正行不端，天道也不会容他！况且天帝自诩一人之心可代天心，更不会自贬身份暗中出手害你，此事恐怕另有玄机。”

应龙却不认同：“不对，肯定是天帝所为。若非是他要置我于死地，将我打落凡间之后，何必非要开启天雷阻挠我重返天庭？再者上次在铁围山之中，如果不是天帝暗许，何人能够私自更改天雷？翼轸，你是飞仙不假，不过并不是说飞仙一定心向天帝，何况天帝老儿绑你亲生父母，如此不共戴天之仇，你还要替他说话，当真气杀人也。”

张翼轸倒也并未因为自身是飞仙之故，才对幕后之人是天帝一说心生怀疑，而是不知何故，总觉事情颇多诡异不解之处，以堂堂天帝之尊，竟然会行此圈养地仙的宵小行径，手段也过于下作了一些。毕竟天帝身具天威，若要让飞仙为己所用，有的是法子，何必大费周折，非要惹得天怒人怨将五洲之地变为地仙怨恨之地，岂非自绝于世间的修道之士？

此举，非但大异常理，且无比低劣，以天帝之智，不可能做出此等得不偿失之事。莫非真如他先前欺骗花非之时信口开河所说，真是三天官假借天帝之名，私自行事？

此等想法无从证实，除非亲见天帝才可得出结论，否则只是妄自猜测。张翼轸暗叹一声，先不管五洲之事究竟何人所为，反正事已至此，五洲已破，飞仙被杀，就算幕后之人不是天帝，以他现今情形，恐怕也不被天帝所容。

等等，张翼轸骇然一惊，万一五洲之事并非天帝所为，说不定囚禁他亲生父母之事，也不是天帝之命，而是另有他人。真是如此的话，何人如此胆大妄为，敢背着天帝做出如此大逆不道之事？更为奇怪的是，以天帝之能，难道丝毫没有察觉不成？

千年旧事

张翼轸胡思乱想半晌，也难以做出判断。他想了一想，忽又摇头一笑，暗道怎么今日突然糊涂起来，处处替天帝着想，一心为天帝开脱？管他是谁做出绑他亲生父母和圈养地仙之事，即便不是天帝，他身为天地之主，就是被人蒙骗，也有不查之过，负有不可推卸的责任。

张翼轸按下心中的狂乱心思，抬头一看，却原来他和应龙已经置身王屋山之中。随即微一定神，认定赤浪的藏身之处，当前一步飞身而出。

应龙紧随其后，二人快如闪电，片刻之间便来到赤浪与倾景所在的山谷之中。

二人现身山谷，奇怪的是，赤浪没有丝毫反应。张翼轸微微一愣，蓦然发觉到异常，还是应龙修为高深，抢先说道："此地有两名飞仙气息，还有一名龙女！两名飞仙正要打斗在一起……"

出了何事？

张翼轸与应龙急忙闪身到山峰之上，只见一处开阔之地，有二人相对而立，杀气冲天，不远处有名女子一脸急切，正大声劝解："师傅，青丘道长，你二人有话好说，都与翼轸师傅交好，这样大打出手不太好吧？师傅，要是让翼轸师傅知道你欺负青丘道长，他一定会非常生气。青丘道长，要是翼轸师傅知道你打我师傅，他肯定也不会高兴。因为你打我师傅，就相当于打我，不给我面子！"

快语如珠乱说一通，左一个师傅，右一个翼轸师傅，换作常人定会大为头疼，不知道她到底说些什么。不用说，此人定是南海四公主倾景！

场中二人张翼轸也全都认识，正是赤浪和青丘。

青丘一脸狠绝之色，浑身气势涨到极致，显然已是气急，他手中绿玉杖遥指赤浪，决绝地说道："赤浪，当年我对你信任有加，委你于重任，你却与天媪子勾结，将我害死……我何曾亏待你半分，你却这般对我，究竟为了什么？"

赤浪一脸愧色，叹息说道："青丘，实不相瞒，当年我是一时糊涂，听信天媪子谗言，无意之中酿成大错……当时天媪子说潘恒与你交好，你二人明为修仙，实

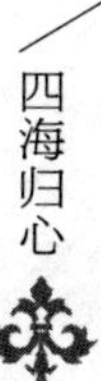

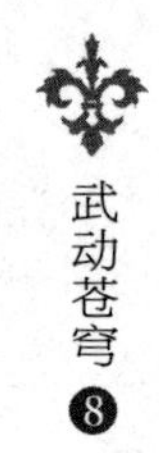

为魔心，我一听之下顿时气极，也没有细想其中是否有诈，便暗中……事后我追悔莫及，放弃飞升天庭，一直滞留世间，也是因为自知罪孽深重，无颜久居天上，所以才甘愿留在世间，做一个天地散人。”

青丘却不为所动，冷冷一笑：“说得倒是好听，你哪里是一时糊涂，明明是被天媪子美色所迷，才甘愿上当受骗。你明知她身为魔门中人，却轻信她的鬼话将你的至交好友杀死，岂是一句糊涂便能轻巧抹过？再说你自称无颜飞升天庭，就算在世间做一名天地散人，为何在此不看管潘恒，任由潘恒自一天柱之下从容脱逃？而罗远公在清虚宫为害天下道门，你近在咫尺却不管不问，枉你身为飞仙，却无善恶之分，更无惩恶扬善之举，赤浪，你还有何颜面活于天地之间！”

赤浪涨红了脸，几次想要争辩却始终无法说出口，终于长叹一声，颓然说道：“也罢，你要怎样随你处置，我不还手便是。既然铸成大错，再强行分辩也是徒劳，不如闭口不说……动手吧！”

说完，赤浪闭目等死。

青丘一咬牙，手中绿玉杖一挺，就要将赤浪毙于杖下，忽听一人轻喝一声：“青丘且慢，且听我一言！”

正是张翼轸出声制止青丘。

张翼轸出声，应龙也不闲着，闪身来到青丘面前，若是青丘仍然悍然出手，他便出手拦下。不料青丘一听张翼轸开口，顿时绿玉杖一收，止步不前，转身对张翼轸说道：“想必翼轸也在一旁听得清清楚楚，如赤浪这般寡廉鲜耻之人，明知有错却死不悔改，不但不将功赎过，还躲在此处逍遥自在，留下何用？”

青丘其实早已发现张翼轸和应龙现身，也是有意让二人听个明白。

赤浪其实也早就发觉张翼轸二人到来，黯然无语，只是冲张翼轸微一点头，闪身一旁。倾景却是喜出望外，飞身来到张翼轸近前，嚷道：“师傅，你总算来了，要不景儿就实在无法可想了。他二人非要打个头破血流出来，你说让景儿帮谁？帮谁都不对！幸好英明神武、天下无双、法力高强、神通广大的师傅来此，景儿总算不用再操心这些小事了，唉……”

倾景还是一如既往将一顶高帽免费奉上，随后又嘻嘻一笑，挽住张翼轸胳膊，一脸轻松。不过待她看清应龙之后，突然脸色一变，恍然大悟：“我当是谁，原来是你……”

应龙一见倾景认出他来，暗叫晦气，急忙笑脸相迎：“景儿，别来无恙！”

“景儿？”倾景双手叉腰，双眼一眯，语气不善地说道，“景儿是你能随随便便叫的吗？应龙，当初在南海之底珊瑚谷之中，你偷偷摸摸逃走，就是不想兑现当时的承诺吧？无妨，我倾景虽然只是小小神人，不过也是开明大度，不和自称天地之间无人可比的应龙一般计较，就饶你一次。”

应龙一听顿时语塞，支吾半晌，突然将胸一挺，昂首说道：“我应龙既然话一出口，就没有再收回的道理。就算当时并非完全依靠你二人之力渡劫成功，也是有得了便宜之实，我认！以后倾景公主有何吩咐，应龙自当照办，绝不推托。”

倾景眨眼一笑，调皮地说道：“算了，应龙，我不过和你开个玩笑，莫要当真。只要你以后尽心尽力帮我师傅，时刻保他周全，我也无话可说了。”

“这个自然，这个自然……”应龙忙不迭应下，偷偷看了张翼轸一眼。却见张翼轸安步来到赤浪面前，微一施礼，说道：“赤浪，在下先行谢过阁下照顾倾景之情。至于你与青丘的恩怨，我方才也听到一二，毕竟当年之事已经久远，你与青丘再有不共戴天之仇，也冲淡了许多。所谓知错能改善莫大焉，青丘为人我也了解一二，他所气也并非全因你当年暗中害他之事，而是恼你千年已过，你却心灰意懒避世不出，只知逃避不知进取，如同行尸走肉！”

说到此处，张翼轸声音一紧，猛然厉声说道：“身为飞仙，若是并无过错，也无亏欠，自可自在逍遥于天地之间，上不用为天帝请命，下不用为万民求福。而你明知当年有错在先，却只知消极避世，明为天地散人，实为天地罪人，碌碌无为一无是处不说，还令天地心寒怎会有你这般飞仙自在于天地之间？天地有知也会为你所作所为汗颜！”

赤浪被张翼轸一顿训斥，也不还口，浑身颤抖，满头大汗，几欲发狂。应龙瞧得真切，暗中全神戒备，唯恐赤浪突然发难。青丘也是悄然拦住赤浪去路，与张翼轸、应龙一起，三人成掎角之势，正好将赤浪封死，无路可逃。

过了多时，突然赤浪仰天长啸，放声大哭：“天意弄人，天意弄人！张翼轸，当年之事一是因我被天媪子美色所迷，二来也是因为天媪子许诺，可以将控金灵兽炼化为我所用，助我一步跨入飞仙顶峰。我铸成大错，其实并非全是被人蒙骗，也

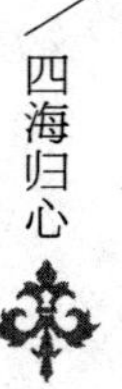

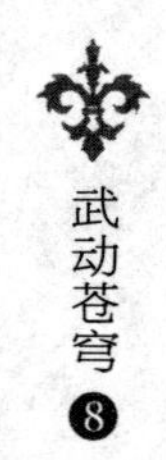

是因我贪心之故！”

此言一出，非但张翼轸大吃一惊，连青丘也是一脸惊愕，不解地问道：“赤浪，控金灵兽也是因你而死？在我记忆之中，控金灵兽本是被天兵天将所杀，怎会又与你相干？”

赤浪惨然一笑：“控金灵兽所居之地咫尺天涯，本是我从你口中得知。天媪子千方百计从我口中套出控金灵兽下落，又以控金灵兽炼化之后可以让我功力大增为饵，诱我上当。我一时私心作祟，也是一心想要在修为之上将你超越，所以以你之名将控金灵兽骗出咫尺天涯，最终导致他被天兵天将所杀，被从天而降的铁围山禁制，最后炼化殆尽。”

倾景忽然插话说道：“不对，天媪子本是魔门中人，为何你给她通风报信，最后杀死控金灵兽的却是天兵天将？”

赤浪叹息一声，看了应龙和青丘几眼，这才说道：“据天媪子所说，天庭之上有数名天仙本是天魔假扮而成，不但瞒过所有天仙天官，连天帝也蒙在鼓里。当时下凡的天兵天将其实是魔心仙体的天仙所派，或是另有其他玄机也不得而知，总之，此事大有隐情。只是当时我醉心于提升修为，对于天庭之上的仙魔之争不感兴趣，并未细问。”

竟有此事？

不止张翼轸震惊当场，应龙、青丘和倾景都是一脸惊诧，目瞪口呆地看着赤浪，不敢相信他的说法。如此说来，天魔连天仙也可以假冒，岂非过于骇人听闻？照此推算，连天帝都能瞒过，寻常天仙乃至天官更是无从辨别，更何况张翼轸等人不过是飞仙之境，又该如何区别仙魔？

众人一时良久无语，还是张翼轸猛然想起一事，问道：“赤浪，你与青丘恩怨暂且放到一边，先说说千年以前的仙魔大战究竟是何等情景？”

02 照天镜

照天镜镜面朝上，蓦然间光芒大盛，一道光柱直照天际，将笼罩一天柱千年之久的云雾逼开，现出一个方圆数丈的大洞。透过大洞一眼望去，只见一天柱直入云霄，不见最上端究竟通向何处。

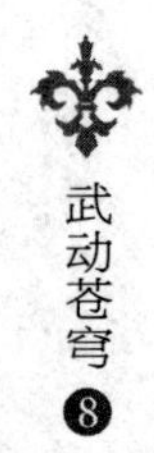

千年一诺

话说千年以前，中土世间虽然有修道修魔之分，不过一向仙魔互不干涉，也没有道义之争，互相不闻不问，各自修行，只求成就仙道或是魔道。

不知何故，忽有一日魔门大举进攻道门，当时的道门领袖乃是中土第一高手、刚刚晋身飞仙之境的青丘。青丘与其好友赤浪一起，率领中土道门全力抵挡魔门攻势。赤浪也是新晋飞仙，虽然修为比起青丘稍逊一筹，不过在中土世间也算顶尖人物。在二人的大力抵抗之下，道门尽管损失惨重，不过也死死挡住了魔门的脚步，没有让魔门一统中土世间。

谁知没过多久，青丘意外身死，赤浪又下落不明，中土道门失去两大支柱人物，顿时再难抵挡魔门的进攻。眼见中土道门危在旦夕，正要被魔门一举覆灭之际，有师徒二人横空杀出，力挽狂澜，拯救中土道门于水火之中，此二人正是潘恒和罗远公！

潘恒与罗远公悍不惧死，力拼数名魔头，尽管二人身负重伤，却也将魔门精英几乎残杀殆尽，魔门因此元气大伤，最终不得不以惨败告终，从此隐形遁世，才有中土世间千年的安宁。

而潘恒师徒功成之后，潘恒在前往王屋山途中，却被一名天仙从天而降的一天柱镇压，日夜受九幽之火的煎熬。罗远公见师傅救下天下道门，却落得如此下场，愤而入魔。中土道门经此一战，青丘陨落，潘恒被压，罗远公入魔，赤浪避世，顶尖人物全数销声匿迹，因此再无良师，且仙魔大战之中，无数道门典籍被毁，由此造成中土世间千年以来，修道之士难有成就。

“罗远公在清虚宫为害天下道门，潘恒自一天柱从容脱逃，虽然离我不过咫尺之遥，只因千年以前之事，我一是看不清天地之事究竟谁是谁非，仙魔又有何区别？二是当年潘恒师徒也不知拯救了多少修道之士，天下道门都欠他师徒二人恩情，所以我不便插手。再者，我本身自知当年交友不慎，行为不端，犯下滔天大罪，哪里还有颜面假装正义之士？是以只是出手救下清虚宫等人性命，同时折损了天媪子三十年功力。唉，现在想想，当时并未出手杀死天媪子，也是对她恨不起来，心生怜悯。想当年天媪子修为通天，闭月羞花，不想现今落得这般下场，也是让人感叹世事无常。”

赤浪将当年一天柱之事一说，张翼轸才知道原来当年赤浪还出手救过清无等人，保了清虚宫，不管如何，此举也算功德一件。

张翼轸感慨一番，原来潘恒和罗远公还有当年的义举，也是令人敬佩。只是为何上天不公，潘恒明明救下天下道门，却被天仙镇压于一天柱之下？难道说暗中下手的天仙是天魔假扮不成？即便是，天帝为何不管不问，任由治下之人胡作非为？

不过仍有不通之处，天媪子当时与潘恒是敌对之势，为何见她与潘恒之间似乎渊源颇深，并非潘恒自一天柱脱身之后才走到一起？况且千年以前潘恒是仙家之人，千年之后却是天媪子前往王屋山将潘恒放出！就算天媪子再神机妙算，恐怕也不敢断定潘恒脱困之后，一定会转而入魔……其中定有玄机！

不止张翼轸想到此节，青丘也是心思缜密，质问赤浪：“就算你所说属实，但天媪子与潘恒之间交往甚深，显然是早有共识，其中定有隐情。再有当年若非你中途背叛道门，也没有今日道门之难，赤浪，虽然你有救助清虚宫之举，不过并不能抵消你当年所犯之错，还是要死。”

赤浪说出当年秘密，如释重负：“我闲散已久，本是存心逃避，现在想来还是自欺欺人，错便错了，不会平白消失，也不会因为不再去想而当作没有发生过。今日被你寻到，也是上天有眼，青丘，尽管下手便是，我一生未做一件值得自豪之事，要是死在你的手中，也算死得其所。”

青丘“哼”了一声，绿玉杖绿光闪过，直取赤浪额头。赤浪站立不动，一脸淡然笑意，闭目待死。张翼轸无奈摇头，此事是青丘与赤浪生死恩怨，他即便有心饶赤浪不死，却又难解青丘心中之恨，只好心意一动，将倾景锁定，以免倾景向前相助赤浪，被青丘误伤。

眼见赤浪便要被青丘毙于杖下，猛然间却见青丘止住身形，在赤浪身前站定，长叹一声，说道：“千年已过，我也夺舍重生，若是再对此事耿耿于怀，也难成天仙之境，罢了……赤浪，你我二人恩怨从此一笔勾销！”

赤浪一愣，随即突然诡异一笑，答道：“哪里这般容易说了就了……”话音未落，蓦然欺身向前，双手一伸，竟然一左一右搭在青丘肩膀之上，随后只见赤浪浑

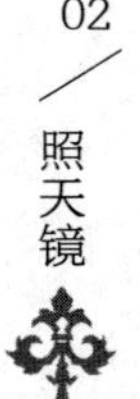

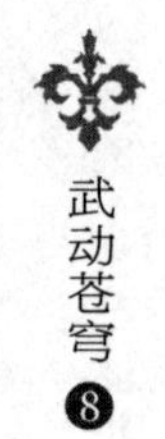

身红光大盛，一身仙力催动到了极致，将青丘全身笼罩在内。

张翼轸顿时大惊失色，不想赤浪竟然反戈一击，只当他真心悔过，不料还是贼心不改，将青丘拿住！这还了得，张翼轸当即闪身向前，与此同时，应龙也是心动身到，二人近身赤浪身侧，同时悍然出手。

“且慢！”

猛然听到青丘一声断喝，张翼轸和应龙唯恐有变，伤及青丘性命，二人急忙同时住手。却见青丘一步自红光之中迈出，手中绿玉杖一晃，红光顿时消散不见，再看青丘非但没有丝毫受伤，反而修为大涨，一步越入飞仙顶峰之境。

发生何事？

赤浪惨笑一声，浑身气势一收，顿时站立不住，坐在地下，神情颓然，修为至少折损一半，只相当于新晋飞仙。见此情景，张翼轸心中大震，已然猜到究竟发生何事，不由暗暗摇头。

青丘微一错愕，随即向前扶起赤浪，苦笑说道：“赤浪，你何必如此？其实你也清楚我的性情，既然前来寻你并且与你说个明白，便是已经原谅你当年的所作所为，否则依我青丘脾气，定会将你暗中杀死，不给你说话的机会。”

赤浪勉强一笑：“青丘，我当年不如你，千年之后还是不如你，不过今日我已是口服心服。论计谋，我无法与你相比。论心性坚韧，我也比你差了许多，更不用说心胸宽阔，纵论天下。好在千年以来我日夜修行，一身修为比你高了许多，现在传了大半给你，总算可以了却一桩心事，还你一份情义。虽说远不能补偿我对你的伤害，总算略胜于无，眼下你的修为远高于我，想要杀我易如反掌，下手便是。”

青丘眼神迷离：“我不杀你，不过我有一个条件，你必须答应才行。千年之前我二人情同手足，千年之后，一切都已是烟消云散，我青丘仍当你是我的至交好友，只是你必须和我一起听命于翼轸，为他的大计效命。”

赤浪抬头看向张翼轸，说道：“赤浪惭愧，没有颜面再当青丘兄弟，不过若是翼轸有命，定当誓死听从。”

张翼轸不禁感叹，青丘此人当真是用心良苦，杀了赤浪也于事无补，不如留下为己所用，也是一大助力。想到青丘处处替他着想，张翼轸无限感激地看了青丘一眼，青丘却是不动声色，点头示意。

张翼轸也是清楚青丘心中所想，当下说道：“也好，既然赤浪与青丘一笑泯恩怨，且赤浪与景儿身为师徒，也是有缘，不如赤浪便和景儿直回南海，从此常驻南海，为南海座上宾，一是可以时刻传授景儿神通；二是镇守南海，也好保南海一方平安。”

赤浪点头称是：“赤浪即便身死，也定当保护南海周全，翼轸但请放心。”

张翼轸也不客气，又交代几句，说是南海有百余名地仙，让赤浪好生照应，可以引导地仙多加修行，赤浪一一应下。

倾景见张翼轸自作主张将她支回南海，颇为不满，正要耍赖不同意，青丘在一旁说道：“倾景公主，翼轸大计需要四海平定，四海一心，如今东海有倾颖、北海有倾化、西海有倾巍，只有南海无人，不知倾景公主可否担此重任？”

倾景一听急忙点头：“南海之中，舍我其谁！不过师傅你可要答应我，常来看我。”

张翼轸笑道：“常去看你容易得很，不过我飞仙已成，指不定何时便能成就天仙。你不过是神人，寿命终究有限，如果不能勤奋修行，突破神人体质限制，与我总归还是天地之隔。不要总想我去看你，且看你自己有没有本领修成飞仙，前往天庭寻我。”

倾景嘻嘻一笑：“师傅，要是我修成飞仙，飞升天庭找到了你，你是不是再也不赶我走了？”

张翼轸点头。

“这么说来，只要我飞仙一成，就能与师傅形影不离了？好，赤浪师傅在此，青丘道长在此，应龙在此，三位都是前辈高人，可是听清楚了翼轸师傅所说，到时等我飞升天庭，天天与你在一起，可是不许反悔。”

三人都笑而不语，张翼轸这才听出倾景的弦外之音，一脸尴尬，忽然又下定了决心：“只要你有如此决心和毅力，何愁万事不成？我答应你就是！”

青丘谋略

倾景顿时眉开眼笑：“咯咯，师傅，你难逃我的手掌心！”

众人无不莞尔。

赤浪从身上取出一物，交到张翼轸手中，说道：“翼轸，此宝送你，虽无大用，可以助你探明真相。”

张翼轸接过一看，正是照天镜，急忙推辞不受，赤浪却道：“不必客套，收下

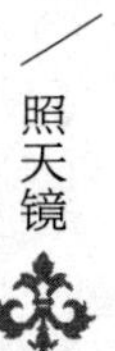

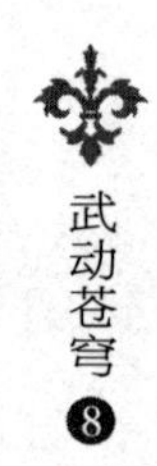

便是。此镜另有神通，对你可有大用。”

“怎么说？”

“此镜可用来收取一天柱！”

张翼轸顿时惊呆：“此话怎讲？”

“我居住王屋山中，对清虚宫之事了如指掌，一天柱被清无掌门转赠与你，我已是心知。此镜其实在我手中并无多大用处，不如让你将一天柱收取，也正好一偿清无夙愿。”

“莫非一天柱真是宝物不成？”张翼轸心有疑惑。

赤浪笃定地说道：“应该不假，一天柱自天而降，又在世间矗立千年，下接九幽之火，上承九天仙气，千年来日夜不停，如今定然已得阴阳平衡之妙，即便原先并非宝物，现在也被天地炼化成宝。”

张翼轸微一点头，随即将一天柱来历说明，赤浪听了更是连连点头：“方丈仙山也是天材地宝所成，自仙山之上取出，又在世间屹立千年，得天气地气和世间元气，此宝也是一件难得之物，不取可惜。”

张翼轸接镜在手，赤浪随后将使用之法倾囊相授。

青丘见赤浪真心相托，也是心生安慰，将赤浪拉到一边交代几句，赤浪听了不停点头，一脸凝重，显然谨记在心。不多时，赤浪返回张翼轸身边，又交代几句，便要与倾景一同前往南海而去。

临走时，倾景依依不舍，不过还是信誓旦旦地说道：“翼轸师傅，记得在天庭等我，看我到时如何缠着你！”

张翼轸尴尬一笑，青丘打趣说道：“翼轸，依我看，这小丫头不好对付，比起倾颍和戴婵儿都要麻烦一些，你可要小心了……”

张翼轸强自镇静：“怕什么，神人突破自身体质修成飞仙之体，谈何容易？我不过是借此哄她一哄，让她先回南海，安心修行。”

青丘和应龙也不多说，一笑置之，正好张翼轸心中疑问，问起青丘为何突然想起要去追杀罗远公，青丘笑道：“个中缘由我想翼轸也猜测一二，正是借除魔之名笼络天下修道之士……青丘不才，此事已经大有眉目，现在我新收的弟子正在筹划天下第四大道观四海阁，不用多久，天下散修的修道之士和游方道士，都会蜂拥而至，纷纷主动要求加入四海阁！”

张翼轸愕然："新收的弟子……他是何人？"

青丘神秘一笑："此人说来与翼轸还颇有些渊源，姓倾名洛，为东海二太子。"

倾洛？张翼轸不由拊掌大笑："妙极，青丘此举可谓一举数得，既可约束倾洛，又可借倾洛龙子身份，令天下修道之士心生向往，拉拢人心可得事半功倍之效，同时也让四海阁之名名副其实。"

青丘赞道："翼轸比起以前，成熟沉稳了许多，果然是可堪大用之人，不枉我费心费力为你布下世间之局。眼下四海一心，无天山也不再兴风作浪，天下三大道观多受翼轸恩惠，也无二心。再有五洲平定，只等四海阁扬名世间之时，到时翼轸升任四海阁掌门，只怕三大道观也会臣服。"

张翼轸一听大惊失色："我不过是后生小辈，怎敢忝为四海阁掌门？岂不折杀我也？万万不可，不管是青丘还是商鹤羽，都远比我更适合四海阁掌门之职，便是应龙……"

应龙见张翼轸说到他，急忙将头扭到一边，说道："翼轸当掌门，我做护法。翼轸不当掌门，我也跟随左右。要是让我当什么四海阁掌门，休想。世间之地，并非我久留之处。"

青丘也在一旁劝道："翼轸莫要推辞，说到为人持重，老谋深算，你自然不如我。说到法力高强，见多识广，你也比不上商鹤羽。不过你出自中土世间，乃是一众修道之士心目之中最得机缘之人，且年纪轻轻便成就飞仙，如此成就天地难寻。最为重要的是，四海阁取四海升平之意，试问世间之人，谁人有你与四海关系密切？你身为东海快婿，南海和北海公主之师，又救过西海太子之命，便是东海龙王也自叹不如，何况我等。再者说了，四海阁之名，便是取意自铁围山打破之后，中土世人与四海再无隔阂，从此不分中土还是四海，如同一家。"

青丘侃侃而谈，说得合情合理，连应龙也连连点头："想不到小小世间也有如此可以运用匠心之处，青丘，应龙倒要对你高看一眼了。"

青丘呵呵一笑："应龙莫要小瞧世间之地，天庭再好，若无世间凡人修行，何人可飞升天庭，壮大仙家势力？即便天魔也是视世间之地为必争之地，不可不察。"

应龙一向轻视世间，连地仙也不放在眼中，对凡人更是不屑一顾，并非青丘三言两语便能改观，当下只是轻哼一声，将头扭到一边，不再说话。青丘见状，摇头一笑，也不多说，转身对张翼轸说道："翼轸，天庭之行，可有斩获？"

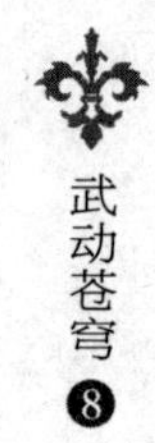

张翼轸将方丈仙山之事一说，青丘听了深思片刻，说道："与我所想大致相同，不过箫羽竹与王文上态度颇堪玩味，怕是二人另有所图。至于天帝，想必是要借你之手除去其余灵兽，不过说到底，灵兽倒也没有太大威胁，犯不着天帝为之操心，即便烛龙现今也不足为患，天帝为何按兵不动，又有何谋算……翼轸，你定有重大秘密瞒着我等，是也不是？"

未名天之事张翼轸一直隐藏至今，未对任何人提起，被青丘点破，微一沉吟，说道："青丘猜中了，我在东海被罗远公击伤之后，流落到灭仙海，在灭仙海中得遇商鹤羽……其实在灭仙海之外，别有天地，另有奇遇。不过救我之人有言不得透露几人行踪，是以我严守承诺，不敢外露。"

青丘点头表示赞同："既然有诺在先，且又是救命恩人，理应守口如瓶。若我没有猜错，救你之人定是神通广大，可以比肩天帝的存在！"

张翼轸点头不语，青丘哈哈一笑："这就对了，说来说去，灭仙海之后隐藏之人，才是天帝的心腹大患，才是天帝苦寻不得之人，正是因此，天帝才对你放而不杀，也不捉拿，任由你在世间布局，只待时机成熟，何时那人重现于世，便是摊牌之日。如此说来，翼轸，你还有机可乘，比我预料之中，还要好上几分。"

"那是自然，翼轸有我应龙相助，天地之间有何大事可以难倒？只要等我天劫一过，顺利飞升天庭之后，到时风云变色，看谁敢奈我何？"应龙听了半天，才知张翼轸还隐藏有一个天大的秘密，居然还有世外高人潜藏于方外之地，而他应龙并非天帝最为担惊受怕之人，不由心生不服。

青丘自然知道应龙心高气傲，不过在听张翼轸说到应龙五行俱全之时，也是大为惊讶，向应龙拱手施礼说道："我虽然恢复千年之前的记忆，一身修为也临近飞仙顶峰，不过从未见过五行俱全之人，更是无法看透阁下的真实身份，想必阁下也是大有来历，令天帝也心神不安。"

应龙得意地一笑："不错，只待我重返九天之后，不将天宫闹个天翻地覆就不是我应龙性情！青丘，你足智多谋，且对我说说，我有几分把握可以渡劫成功？"

张翼轸暗觉好笑，应龙关心则乱，竟然向青丘问起渡劫之事，青丘再是审时度势，也未见过应龙渡劫之时的情景，更不清楚天雷威力，又如何能得出结论？

青丘却是装模作样地打量应龙半晌，又围着张翼轸转上数圈，忽然点头说道：

“有一分和十分的可能。”

应龙大惊：“如何说？”

青丘嘿嘿一笑：“我看你面色大安，心神稳定，此为十分之象。不过又见你后背之上无比惶恐，心中不安，又是一分之象。”

应龙被青丘唬住，急忙问道：“青丘先生尽管直说，愿闻其详！”

“说来也是简单，要是你一直跟随翼轸，勇往直前，自然心神坚定，渡劫不过是寻常之事。若是你心存二心，转身而去，心生反意，自然到时天雷及身，心慌意乱之下，断无幸存之理。”

应龙一愣，随即明白过来，原来青丘所说后背，是指背叛之意，当即哈哈一笑，说道：“青丘道长不必多虑，应龙与翼轸经历生死，已是生死之交，绝无与翼轸背道而驰之理，哈哈。”

张翼轸这才明白青丘本意，心道青丘如今还真是尽心尽力为他着想，他何其有幸，得青丘辅助，也是得天独厚的便利。

几人又说笑几句，张翼轸这才详细问起青丘追杀罗远公之事。青丘也不隐瞒，将他从东海龙宫出来，一路行走一路替张翼轸铺平道路详细道来。却原来青丘将中土世间走了一遍，也笼络了数百名人仙和数十名地仙，待他一直走到关西城外方丈山之时，意外发现了罗远公的下落。

塑形之法

罗远公不知何故竟然一人躲在此处修行，被青丘意外发现行踪，二人不由分说大战一场。若以法力高强，青丘尽管成就飞仙，也远非罗远公对手。不过一是因为罗远公旧伤未好，二是青丘的梦幻泡影大法过于神奇，二人争斗半天不分胜负。罗远公不敢恋战，打斗片刻之后借机逃走，青丘追了数万里后失去他的气息，只好作罢。

青丘一路追踪罗远公到了南海之上，却意外地遇到了红枕。

“红枕？青丘，你是否将她打伤？”张翼轸心中一沉，自上次铁围山之中红枕被青丘骗走，迷失心智，也不知现今是何等情景。

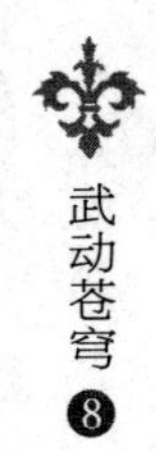

青丘神色一黯，摇头说道："没有，红枕与我……相见不相识，她行色匆忙，在南海之中疾飞如电，与我错身而过，只是看了我一眼，问我了一句话然后便不见了踪影。"

"她说了什么？"

青丘面有愧色："红枕问我，可否知道她的身世之谜。说来还是当初我在铁围山中为她所设的心劫，如今她是心魔发作，如同疯癫一般。"

张翼轸叹息一声："红枕一向命运不济，眼下落得如此下场，你我二人难辞其咎！青丘，何时若是再见到她，可以将她擒下，我二人寻些法子将她治好，你说可好？"

青丘点头应下，应龙却不以为然地说道："心劫发作，心魔入体，只可凭自身心性压制，外力断难有效。红枕此女也悟性极高，入了魔门倒也无妨，一旦成就了天魔也是了得。只可惜心智失常，恐怕此后再难有所成就。"

不多时，张翼轸三人现身清虚宫之中。三人陡然凭空出现，引得清虚宫弟子惊叫连连，正要示警之时，有人认得张翼轸，急忙向前施礼，口称"上仙"。张翼轸笑道："三元宫弟子张翼轸前来求见清虚宫掌门。"

话音刚落，便见数人急匆匆而来，当前一人正是现任掌门天清，其后是天灵和成华瑞。几人寒暄一番，由天清将三人引入大殿之中，宾主分别落座，张翼轸这才说出来意。

"此次前来是为收取一天柱之事，同时也来探望天灵道长，看他如今伤势如何。"

天清当即表示一天柱本来已是张翼轸之物，随时可以自行取走。至于天灵之伤，天有掌门前往东海长洲取仙药灵养芝已回，正在潜心炼化，眼下正在紧要关头，应该不出数日便有眉目。

成华瑞现今修为大成，一般仙气缥缈虚幻，介于鬼仙与飞仙之间，大异常情，惹得应龙和青丘频频注目。末了，还是应龙按捺不住，闪身来到成华瑞面前，也不管是否失礼，直接问道："这位小友，你一身修为颇为古怪，究竟是怎么回事？既有鬼仙气息，又超地仙之境，难道是传说中的神仙？"

张翼轸吃了一惊，忙问："应龙，你怎会知道神仙一说？"

"神仙一说由来已久，不过几千年来在中土世间失传而已。以神识修炼而入仙称之为神仙，大成之后，可以不飞升天庭，久居世间，是以被天庭和天魔所不容。

他们认为若是神仙之术大盛，飞仙和天魔将会大大减少，于是天庭和天魔联手将世间的神仙全数转为鬼仙，并将所有神仙之术毁去，从此世间再无神仙一说。”

青丘点头答道：“神仙一说我也略有耳闻，不过过于久远，并不信以为真，今日一见，竟然真有此等不可思议法术，好！不知华瑞小友可否将此法传授与我，我可将此法在世间大力推广，让更多的修道之士转修此法，可多一些成就的机缘。”

成华瑞立时大喜：“在下求之不得！”

几人又探讨一番天下局势，天清感念张翼轸对清虚宫的恩情，同时也对张翼轸平定五洲之事大为赞赏，当场表示日后清虚宫定会与三元宫和极真观一起，维护天下道门的安定，配合张翼轸的大计。青丘趁机提出四海阁一事，天清惊讶之余，也是点头认可，认为天下三大道观在中土道门之中虽然威名赫赫，不过千年以来并无建树，若有四海阁横空出世，能为中土世间带来全新气象，也是天下修道之士之幸。

张翼轸又将地仙之事说出，说是将有五十余名地仙来清虚宫坐镇，天清听闻之下欣喜异常。青丘见时机成熟，笑道：“说来我还一个不情之请，不知天清掌门可否应允？”

青丘如今是飞仙身份，天清自然礼敬三分，忙道：“青丘道长但说无妨。”

“四海阁成立之后，我有意请华瑞小友前往四海阁任护法一职，主持传授神仙之法，可让世间有志于神仙之道的修道之士共同修行精进，不知天清掌门意下如何？”

如此好事，天清哪里会不同意，当即欣然应下，成华瑞也是喜出望外，向前一步深揖一礼谢过青丘。青丘推辞不受，说道：“华瑞小友不必多礼，你我也算故人，相识已久，再者将神仙之法推而广之，有利于天下万民，何乐而不为？”

众人一时相谈甚欢，正商议前景之时，忽听门外一人高喊：“成了，成了！”

话音未落，只见一人从外面跌跌撞撞进来，状若疯狂，手中高高扬起一个玉瓶，一脸兴奋：“灵养芝已经炼好，可以替天灵疗伤，重塑形体了。”

正是天有。

天有匆忙进来，一抬头发现张翼轸等人在此，先是一愣，随即大喜：“翼轸也在，正好，正好，可以助我一臂之力，帮天灵塑形。”

张翼轸含笑点头，正要说话，青丘长身而起，一步来到天有身前，手一伸就将灵养芝拿在手中。天有见状大惊，伸手去抢，却蓦然发觉全身动弹不得，心中大骇：

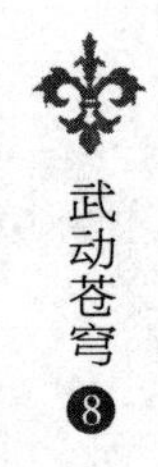

“你……你是飞仙？”

惊见此等巨变，天清等人纷纷起身，冲张翼轸微一拱手：“翼轸，这是……”

张翼轸虽然心中惊愕，不过也清楚青丘为人，伸手制止众人向前，一步来到青丘面前，轻声问道：“青丘，发生何事？”

青丘双眼含泪，凝望手中玉瓶，哽咽说道：“当年若有此物，控金灵兽也不用被铁围山炼化，完全可以再塑形重生。只可惜，当时我无法救他。”

张翼轸安慰青丘几句，蓦然心念一动：“灵养芝真有如此功效，可以令天地灵兽塑体化形而出？”

青丘稳定心神，冲天有愧然一笑，将手中玉瓶还给天有，说道：“失礼，勿怪。”

然后才对张翼轸点头说道：“单单凭借灵养芝的灵性，自然无此奇效，不过灵养芝却是不可或缺的关键所在。只凭灵养芝，为凡人重塑肉体还是可行，为天地灵兽及飞仙重塑形体却是力犹不及。但是若有一件飞仙法宝，比如我手中的绿玉杖，再得灵养芝之助，炼化之下，便可令一位失去仙体的飞仙重获仙体。”

张翼轸一时心中大为震撼，急急回身向天有说道：“天有道长，不知你手中灵养芝可有剩余，可否借我一用？”

天有难为情地说道：“我去长洲采摘而回灵养芝本来不多，又多次炼化失败，已经所剩无几，只怕正好只够天灵之用。”

张翼轸也不强求，笑道：“无妨，稍后我前往长洲再采摘一些便是。”

“长洲之上的灵养芝除了被我采摘的之外，已经再无可用之物，只因灵养芝千年一熟，正好我赶到采摘时节，讨要了一些。想要再得，恐怕要千年之后了。”天有一脸无奈。

张翼轸大失所望，呆立片刻，失神地说道：“也罢，看来是机缘未到，不可强求。”

青丘不解：“翼轸要灵养芝何用，莫非此物对你至关重要？”

张翼轸勉强一笑，摇头说道：“算了，不提也罢，容我再想他法。”

忽然人身一闪，天有只觉手中一空，便见玉瓶平白消失不见。定睛一看，只见应龙将玉瓶抢在手中，翻手藏好，哈哈一笑说道：“既然是翼轸想要之物，拿来便是，何必啰唆！”

天有顿时气极：“你是何人，怎敢在清虚宫放肆，强抢宝物？”

张翼轸哪里会容忍应龙如此无理，脸色一沉，说道：“应龙，不得无礼，快将玉瓶还给天有道长。天下道门本是一家，不可有恃强凌弱之事，更何况此宝是天有道长炼化所得，我等怎能强行据为己有……快快还给天有道长，不得有误。”

应龙嘿嘿一笑，也不答话，身形一闪来到天灵身侧，猛然出手，一掌朝天灵头顶拍下。应龙是何等修为，天灵不过人仙之境，别说躲闪，连动都无法动上一下，就被应龙一掌击中。

应龙一击得手，身形再晃，一扬手竟然将天灵扔到空中，双手齐出，五行之力自双手之上源源不断泻到天灵身上。天灵痛入骨髓，偏偏又被应龙全身禁制，身不能动口不能言，身受万般煎熬之苦。只一眨眼，身上已被应龙打了不下几十掌。

五行所归

众人见此情景无不大惊失色，天清等人虽然自知不是应龙敌手，眼见天灵被人残杀，也是气血上涌，纷纷放出法宝便要对应龙大打出手。张翼轸见状不及多说，心意一动，天地元力蓦然发作，形成一道数丈方圆的屏障，生生将众人挡在外面，再也无法前进一步。

天清情知与张翼轸差距过大，只是天灵被制，气愤难平，喝道：“张翼轸，即便你是飞仙，可以举手间毁掉清虚宫，你也不可欺人太甚。不念三元宫与清虚宫交往，你也应该念及与华瑞之谊，怎能任由手下在清虚宫行凶？莫非你还要与天下道门为敌不成？”

张翼轸哈哈一笑，见成华瑞虽然也是起身戒备，不过并未亮出法宝向前，知道他心中笃定，不相信他会做出杀人夺宝之事，于是冲成华瑞微一点头，说道：“还是华瑞兄与我心意相通……诸位少安毋躁，应龙虽然秉性高傲，不过并非残暴嗜杀之人，他此举定有深意，我可担保天灵道长性命无忧。”

众人一听才放下心来，纷纷收回法宝。再看此时应龙已经收手，将浑身紫气缭绕的天灵放回地上。天灵刚一落地，便疾步向前“扑通”一声跪在地上，竟然开口说话，感激涕零：“多谢上仙再造之恩，天灵铭记在心，永世不忘！”

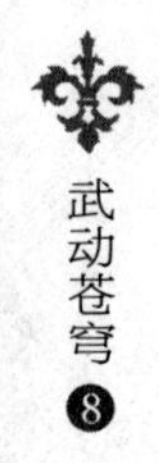

此时张翼轸已经收回法力，天有趋步向前，一把拉住天灵，上下打量半晌，不敢相信地问道："天灵，你，你一切安好？当真……是你？"

但见天灵全身紫气弥漫，朗朗星目，貌如少年，周身上下淡然出尘，别说与先前丑陋的天灵判若两人，便是与尚未毁容之前的天灵相比也有天壤之别，犹如时光倒流，眨眼间回归少年之时。

此等功效，远胜天有的灵养芝何止千倍。天有呆愣半晌，也是当即跪倒在地，老泪纵横："多谢上仙！上仙恩比天高，贫道先前多有得罪，惭愧。"

应龙性子高傲，对世间之事一向不以为然，今日猜测到张翼轸用意，悍然出手助天灵重塑形体，本意其实是不便明抢灵养芝，以此举换取灵养芝也算公平交易。不想众人却是热切感恩，真情流露，应龙也是一时木然，呆立片刻，心中蓦然一暖，急忙上前将天灵和天有二人扶起，说道："既然诸位是翼轸熟识好友，方才不过举手之劳，不足挂齿！"

话虽如此，应龙助天灵重塑肉体，不但化解清虚宫众人心中一大遗憾，且应龙神乎其神的法术也令在场所有人等暗自赞许。随后天清、成华瑞等人也纷纷向前，喜极而泣对应龙深表谢意。应龙虽然不善应付常人之间的礼节，不过众人发自肺腑的感激之情却是心中感知得一清二楚，不免心生异样之感。

天灵迟疑片刻，猛然下定了决心，再次跪倒在应龙面前，说道："天灵恳请上仙收我为徒！上仙对天灵恩重如山，天灵愿终生为徒，侍奉左右！"

应龙一听急忙推辞，青丘悄然一笑，劝道："应龙，世间之地虽然多居凡人，不过凡人乃是天仙和天魔的根本所在，不可轻视。你与翼轸有约在先，即便日后重返天庭，与世间也有纠葛不断，不如顺势收下天灵为徒，以后行走世间，也好有个照应。再者说了，就算你高居九天之上，若有世间根基，再有万民敬仰，可得天福护身，谁人胆敢再与你为敌？"

青丘一语说中应龙心事，张翼轸也笑道："好事，当是好事一件。应龙不妨应下，天灵道长悟性奇高，颇有出人意料之举，且心性坚韧，是可造之才。"

众人也纷纷替天灵求情，应龙被众人恭维加赞叹，蓦然下定决心，大声说道："好，今日我便收下这个弟子……天灵，从此以后，必须唯我之命是从，管他天帝还是天魔，都不如我说话算数。"

众人莞尔，天灵却郑重答道："谨遵师命！"

应龙也是一时高兴，哈哈一笑："天灵，方才我以为五行之术助你重塑肉体，也是看你机缘已到，只差一步便要成就地仙。地仙一成，肉体便有所转变，不必再非要执着肉体之身。不过若无肉体，飞仙也是难成。此中玄机在于不左不右，不贪恋又不全然看空，你自己领悟去吧！"

天灵应声退下。

应龙手一扬，将玉瓶扔给张翼轸，无奈说道："为了灵养芝，竟然让我意外收得一个徒弟，但愿此药可当大用……不过灵养芝只可当作最后点睛之用，关键之物你可想好？"

张翼轸怡然一笑："量天尺！"

应龙点头赞道："妙！"

二人随即一时大笑。

众人在一旁面面相觑，不清楚他二人究竟说些什么，连青丘在一旁也是暗自猜测半晌，却一无所得，只好不再去想，见张翼轸也不点明，心知定有隐情，是以也略过不问。

张翼轸三人辞行之时，天灵以追随师傅左右为名要一同随行，应龙出乎意料一口应承下来。天灵大喜，向天清、天有等人一一拜谢，欣然上路。张翼轸又与成华瑞多说几句，交代他用心将神仙之法传播开来，若有需要之处，他定当全力相助。张翼轸又将吴沛之事说出，成华瑞听后大为心慰。

"待我神仙之法大成之时，可以通阴阳，随时可以进入鬼仙洞天，到时再入青冥洞天一观，看看吴沛落的是何等下场。"

说到阴阳之术，张翼轸怦然心惊，立时想到应龙的五行生生不息之法，随即对成华瑞私语几句。成华瑞听后一脸畏惧之意，连连摇头："应龙前辈法力高强，我修为不过飞仙之境，怎敢在他面前放肆？不可，万万不可。"

张翼轸却是故意高声说道："华瑞，应龙此人看似心高气傲，其实也是极其平易近人，性子随和且又生性善良，最好与人交友，但说无妨。"

应龙在一旁听得真切，眼睛一翻，说道："翼轸，又打我应龙什么鬼主意，尽管使出，我还怕你不成？"

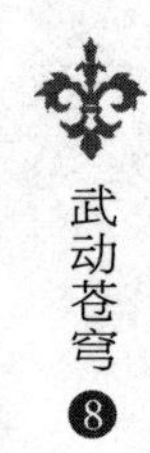

张翼轸恍然一笑："应龙，华瑞有一个阴阳相融术的口诀想请你指点一二，他苦思良久无法参透其中玄机。"

"阴阳相融？"应龙顿时大惊，"万物归五行，五行归阴阳，阴阳相融术乃是天地之间至高无上的大法之一，此人修为不高，怎会身具阴阳之术？"

被逼无奈，成华瑞只好上前施礼，答道："回应龙前辈，此术是我自鬼仙的青冥洞天之中从一位鬼仙前辈之处所学，只是粗浅地知道法理，并没有领会其中深意，更没有运用自如。"

应龙顿时好奇心起，忙道："无妨，且说来听听。"

成华瑞将阴阳相融术之法悉数说出，应龙在一旁边听边沉默不语。成华瑞说完之后，约莫过了一炷香时间，他一直呆立当场，如同石化一般。众人都一言不发，静候一旁，不知应龙得了什么玄机。

蓦然，应龙一飞冲天，浑身气势一涨，竟然整个人化为一团流光，疾飞而去。只听轰隆一声，清虚宫大殿屋顶被应龙穿透，顿时被他的气息激得粉碎，片刻之间，整座大殿轰然倒塌，化为齑粉。

好在众人都非常人，大殿一倒，站立原地不动，也是四周纤尘不染，无数灰尘被全身气势激荡到一边。不过众人都对应龙此举大为惊讶，不解他为何毁坏清虚宫大殿。正当众人寻不到应龙身影之时，忽见眼前一花，倒在地上粉碎如沙粒的木料突然自行从地上跃起，随后以不可思议之势全部恢复如初，在众人的目瞪口呆之中，大殿复原如常，甚至比先前还要崭新许多，重新出现在众人面前。

紧接着人影一闪，应龙现身众人面前，哈哈一笑，破天荒地冲成华瑞拱手施礼，说道："承蒙小友点破，我的五行之术终于五行归二，晋升为阴阳相融术，如此一来，就是天仙下凡也无奈我何，妙极！"

说完，又冲张翼轸施礼说道："翼轸，应龙从今以后口服心服，再无二心，与翼轸同进共退！只因在我看来，你福泽深厚，身边之人全是能人异士，尽管修为不高，不过却各有奇异之处，非同一般，日后也各自大有作为。嘿嘿，我应龙在你左右，说不得也能多得些好处。话说回来，也确实自从南海之底与你相遇以来，不是逢凶化吉，便是遇难成祥，总之一切妙极。"

一番话说得众人哄堂大笑，应龙也难得地和众人笑在一起，一脸兴奋之意。张翼轸看在眼里，心中暗暗惊奇，应龙此番变化不但气势大变，变得令人看不透修为，如同寻常凡人一般，而且心性也开朗随和许多，此中变化一时令他猜测不透。

因一时兴起将清虚宫大殿弄倒，虽然其后又将其复原，应龙也觉得过意不去，毕竟收了天灵为徒。这般一想，应龙不由分说，动念之间施展阴阳相融术，将清虚宫大殿扩展一倍有余，且多加了不少修饰，极尽富丽堂皇、巍峨庄严，众人喜不自禁，连连谢过应龙好意。应龙大手一挥，挥手间卷起天灵，尾随张翼轸和青丘，飞空而去。

几人不多时来到一天柱之处，张翼轸让青丘与天灵远离，只留应龙在身旁，随后取出照天镜，催动口诀，准备收取一天柱！

凡心可渡

照天镜镜面朝上，蓦然间光芒大盛，一道光柱直照天际，将笼罩一天柱千年之久的云雾逼开，现出一个方圆数丈的大洞。透过大洞一眼望去，只见一天柱直入云霄，不见最上端究竟通向何处。

换作以前，张翼轸还真会认为一天柱直通天庭，现今却是心中清楚，天地之间有一道不可逾越的鸿沟，并非世人想象之中寻常的天高地低，而是天地之间自有规则无法跨越。一天柱再高，也无法达到九天之上。

不管如何，有赤浪的照天镜在手，张翼轸不必多想一天柱之高，心意大开，催动照天镜疾飞而起，如一道流光一闪便穿过大洞之处，直冲云霄。片刻之后，从天际隐隐传来雷声，随即大风一起，将一天柱周围的云雾全部一扫而空，紧接着哗啦啦一声，天降倾盆大雨。

大雨一降，张翼轸浑身迸发红光，将雨水全数挡在十丈之外，一人独立空中，飘然风雨中。此时天昏地暗，天地之间一片汪洋，一天柱如大海之中一处高高矗立的山峰，岿然不动。张翼轸站离一天柱千丈之外，犹如急风暴雨之中一片树叶，若非应龙离得近，几乎无法看清漫天风雨之中，尚有一人屹立如松，形影漠然，气势坚定！

张翼轸静立片刻，感应到照天镜之上传来的一丝回应，心中一喜，随后身影一

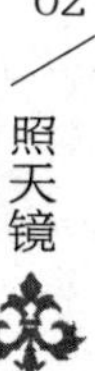

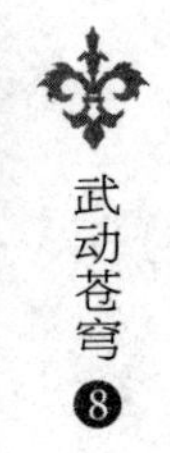

闪，以不可思议之势绕行一天柱七圈，猛然站定身形，双手分开，一手指天，一手指地，大喝一声：“上天入地，尽收手底！”

随着张翼轸声音一起，忽听一阵惊天动地的巨响传来，只见一天柱晃动三下，然后慢慢收缩，由数十里粗细渐渐收为数丈粗细，余势不减，越变越小，最后竟然变成一根粗细如同手指的三尺小棍，被张翼轸拿在手中，如同孩童手中的玩物，让人再难相信这就是原本顶天立地的一天柱！

一天柱两端各有一个明亮耀眼的装饰物，金光闪闪，煞是好看，正是照天镜所化。

应龙看了半晌，却道：“天地造化无比神奇，这一天柱也是一件难得的宝物，可以随意调节大小，妙用无穷。只是在我看来眼下还是大了一些，可否再化小些，若是能化为银针大小，随身携带却是方便了许多。”

张翼轸微一点头，心意一动，再次催动口诀，手中一天柱应念变小，眨眼间变为一枚银针大小，拿在手中，令人叹为观止。此时青丘和天灵也近身向前，得知张翼轸手中银针便是一天柱之时，不免张口结舌，不敢相信天地造化之物如此神奇莫测。

几人观赏片刻，张翼轸又演化一番，变大变小，随心如意。最后张翼轸将一天柱藏在身上，别在衣袖之内，倒也轻松自如。

此间事了，微一思忖张翼轸让青丘和天灵一起，先行返回东海，他和应龙前往太平村面见玉成，化解玉成天劫，算算时日，玉成劫数应该就在数日之内。

天灵也不多说，向张翼轸和应龙辞行，与青丘转身离去。应龙远望天灵离去的背影，沉思良久，忽然说道：“还别说，天灵此人做事干脆利索，颇有我的风格，收他为徒，看来也并非坏事。”

张翼轸表示赞许：“那是自然，当年便是他一眼看中红枕，认为红枕必有成就，当即收红枕为徒。”

应龙微微惊讶：“不错，天灵此人还当真有些眼光……我助他脱胎换骨，不出几日便能成就地仙之体。依我推测，成就飞仙也并非难事。”

二人说话间，飞空迅捷，已然来到太平村外。张翼轸近乡情怯，思忖再三，决定还是不现身与爹娘相见，世事如梦如幻，大凡常人可得心安既可。他当即心意一动，化为玉成模样。应龙得知张翼轸心意之后，因为他不曾有人间之情，是以并不理解张翼轸所想，不置可否。

二人来到村中，应龙遥望太平村的后山，脸色微变，赞道："此地紫气冲天，灵气逼人，也算是世间一处宝地。"

张翼轸心中感慨，若非此处灵气浓郁，也不会将青丘引来。若没有青丘厉鬼之事，他和红枕也不会急急出村逃避，世事变幻莫测，何人可窥天机？

敲响久违家门，爹娘的声音从里面传来："门开着，请进。"

张翼轸推门而入，景色依旧，映入眼帘的是爹娘的面容，还有玉成淡然如风的模样，也有张柏子清瘦拙朴的笑容。

不提爹娘一见"玉成"的惊喜，张翼轸收敛心神，寒暄过后，与玉成和张柏子借故出得家门，来到村外的树林之中，张柏子本体之树的生长之处。

玉成难掩一脸喜色，上下打量张翼轸半晌，说道："翼轸果然了得，如此飞仙大成，看来天仙之境也是指日可待，可喜可贺。"

张翼轸向应龙介绍玉成和张柏子，应龙只是微一点头，并不说话。玉成看不透应龙修为，朝应龙施礼完毕，便急急对张翼轸说道："爹娘一切安好，翼轸不必挂念，只是我日前忽有所感，却原来木石化形还有天劫及身。"

张柏子也是一脸愁容，说道："玉成说起此事，老朽听了也是大为惊讶，心中无比害怕。不能成形之时担心本体被人毁去，从而烟消云散。不想成形之后，还有天劫之忧。我等木石化形为何如此天弃地嫌，天地为何如此无情，非要将我等赶尽杀绝？"

应龙对此深有感触，此话一出，应龙插话说道："贼老天不开眼，故意使坏。木石化形也好，天地灵兽也罢，都是天地所生，为何不能生存于天地之间，非要用天雷杀之？可见天帝老儿也是自私自利、心胸狭窄之人……你二人莫怕，木石化形天雷威力不大，我替你二人挡下便是。"

"当真？"张柏子顿时大喜过望。

"生死之事，岂可戏言？"

得应龙一诺，张柏子急忙向前深施一礼，说道："多谢上仙成全，小人感激不尽。不过小人尚未成形而出，天劫还不知何时降临，不知上仙可有妙法推算出小人天劫之日，好让小人到时前去寻找上仙。"

应龙哈哈一笑，见张柏子为人胆小却又懂得及时避害趋利，也是有趣，正要开

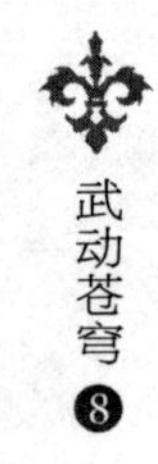

口说话，却听张翼轸轻笑一声，说道："张伯不必多虑，我此次便是为木石化形天劫之事而来……"

说话间，张翼轸心意一动，施展控木之术，张柏子本体柏树被他控木之术控制，立时木气大涨，由数丈高猛然生长至数十丈之高，随后又迅速回落、收缩，最终化为一株一寸高矮的小树。张翼轸再一动念，小树拔地而起，飞到他手中。

将手中小树转交给张柏子，张翼轸笑道："交给张伯作为纪念，从此彻底脱离本体所限，自由自在于天地之间。"

张柏子愣神半晌，才猛然醒悟过来，微一感应，果然与本体之间一缕无法割断的联系已然消失不见，浑身上下说不出来的自在轻松，他顿时喜不自禁，就要跪拜感谢，却被张翼轸扶起："不必如此虚礼，张伯，你与我同姓，又在爹娘身边照顾他二人周全，算是一家之人。既然情同家人，就理应亲如家人，要是再虚情假意，岂非显得疏远作假？"

张柏子老泪纵横，点头说道："说得也是，老朽入世以来，深得世间之情，常对玉成说，我等木石化形形影相吊，虽生于天地之间，却孤单一人，与天地形同陌路。还好老朽无意之中跟随玉成在太平村中入世，时日一久，也是领悟到得人气炼凡心，才让我等木石化形真切地感受到人情世故，也领略到既然得了意识有了生命，就该多些世情，入世而行，再由世而出，才不枉为人一场！"

张翼轸连连赞叹："张伯有此感悟，不愁天劫可渡。"当下将他在元洲之时方天化所说之话如数讲出，又将他这些时日以来的一些想法和见解一并道来。

"玉成，张伯，你二人入世修行，正与天道相合，天雷即便降临，也是威力不大。再有我与应龙在一旁守护，可保无忧，你二人尽管放心便是！"

应龙微一沉吟，问道："玉成，可知你的天劫何时来临？"

玉成微一感应："应该就在两三日内。"

应龙转身对张翼轸说道："好，这几日我二人便在林中安居，等候玉成天劫。"

张翼轸情知应龙如此关心玉成天劫，也是有意参看一番，近旁观看玉成天劫是何等威力，又与他的天劫有何不同，他好多些心得经验，以备不时之需。

说是两三日，张翼轸和应龙一连等了六日也无动静。二人也不着急，闲来在家中与爹娘说些话常，或是上山随意漫步，或是与村中人闲谈，享受难得的清闲时光。

说来也怪，应龙也一反常态，不急不躁，也不再一副高高在上的姿态，不但和玉成和张柏子相谈投机，还和村民能闲聊半晌，也不厌烦，村民说起乡村逸事和民间传闻他也是听得津津有味，让张翼轸大为惊奇。

第七日头上，一大早便见晴空万里，看似是一个绝好的天气，张翼轸和应龙却是心中莫名感到空中传来威压之意，二人对视一眼，心中清楚，玉成的天劫即将来临。

天道难悟

总不能让玉成在太平村渡劫，去哪里为好？稍一思忖，张翼轸心中有了主意。

片刻之后，在张翼轸的带领之下，一行四人来到太平村山后当初青丘的藏身之处。此处人迹罕至，一片开阔之地，正好可以施展手脚。

尽管有张翼轸和应龙照应，玉成还是不免心中忐忑，毕竟事关自家性命，不得不小心从事。张翼轸和应龙一左一右分列两旁，准备随时出手相救。张柏子也是局促不安地远远站到一旁，神情比玉成还要紧张三分。

过不多时，天空劫云渐多，形成一层厚实却低矮的云层，压人欲低。不过劫云虽然吓人，在应龙的感应之中，却并无太大威力，与他在南海珊瑚谷之时的天雷相比，充其量不过百分之一。

劫云持续足足有一个时辰，蓦然云层一收，化为一道乌黑云烟，粗如三尺，一闪便将玉成包裹在内，随即只听云烟之中雷电之声大作，天雷竟然以不同寻常的方式赫然发作。

张翼轸全神戒备，准备随时出手相救。不料过了半晌，只听得雷电之声噼啪作响，而在感应之中，玉成安然无恙，非但没有出声求助，反而似乎颇为受用，在云烟之中上下翻腾，犹如云气随行。其后不久，玉成忽然一声欢喜啸叫，从云烟之中一步迈出，一脸欢快之色，拱手说道："多谢翼轸和应龙照应，玉成渡劫成功。"

什么？怎会有如此轻松渡劫之事？应龙瞪大了眼睛，不敢相信地打量玉成半晌，见他果然气质大变，似远还近，真幻不定，显然已是大成之境，至少相当于飞仙之

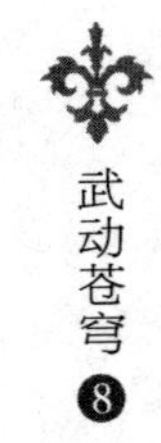

境。虽然境界相当，神通不如飞仙广大，不过却是实实在在脱离生死之身，成就不死之体。

这哪里是抵挡天雷，分明是天降祥瑞，助他成就不死之身才对。应龙心生愤恨不平之意，怨恨老天对他不公，说道："翼轸，此事大有古怪……为何玉成渡劫如此轻松，而我应龙却是天雷一道紧接一道，不死不休？"

张翼轸微一沉吟，说出心中所想："玉成入世历练，已得人气已生凡心，如同凡人无二。天雷虽然可以捕捉到他的一丝木石化形的气息，不过一旦天雷及体，感应到他体内的世间之气以及入世之心，直与常人无异。天雷又非天仙，以为玉成或许只是寻常地仙成就飞仙，是以依据天劫法则，自行减弱天雷之威，转而变为助他成就飞仙之体。"

应龙感叹："恐怕还真是如此……想不到玉成本来有意成全他人好事，最后却是成全了自己，莫非天道循环，便有至高之理暗含其中不成？"

张翼轸尚未答话，忽然之间天空之中风起云涌，瞬间又形成一层厚厚的劫云，铺天盖地又朝几人压来。

应龙大惊："难道是我的天劫降临？不对，为何我一点感应也没有？"

"翼轸救命……"只见张柏子慌慌张张跑到近前，一脸苦容，"此为我的天劫……提前降临！"

张翼轸微一定神，说道："张伯不必惊慌，有我和应龙在此，定当全力助你渡劫。"

应龙大感意外的同时，心中竟有一丝兴奋之意，当下说道："张柏子，只管小心应对天雷便是，我倒要看看，木石化形本是顺应天地而生，天劫会有多大威力！"

张柏子苦笑连连："我一生谨小慎微，只求存活于天地之间，从无过错，更无行凶杀人，平常更是连一只蚂蚁也不敢踩死，要再是天雷击顶，将我当场击杀，试问天地之间还有公正可言？天道是否真是大公无私？"

话未说完，忽见电光一闪，一道天雷以无比迅捷之势正正击中张柏子头顶，只听张柏子惨叫一声，浑身焦黑如炭，呆立当场如同死去一般，一动不动。

事发突然，张翼轸和应龙还以为天雷尚需酝酿片刻才会降临，不料竟然也是突然袭击，二人都不及出手相救，顿时心中大骇。

闪身近前，张翼轸微一感应才放下心来，张柏子全身无伤，神识稳固，并无一丝受损。正要出手助他一二，又见张柏子蓦然怪笑一声，一下跳起，大叫："原来如此，原来如此。此雷并非天劫，并非天劫……"

应龙心中大奇，一把抓住张柏子，问道："天雷击顶，不是天劫又是什么？莫非你被天雷打糊涂了？"

张柏子喜形于色，只差一点便要手舞足蹈："老朽也原本以为天雷击顶必死无疑，不想天雷如一道甘霖，从头顶直入体内，将体内浊气和污秽之意全数一扫而空，且将无数纯粹清净之气注入，如今我只觉说不出来的自在快乐，当真是飘飘欲仙……"

天雷变为天露，竟有此等怪事？应龙张大了嘴巴，愣了半天，突然抬头望天，破口大骂："贼老天，死老天，为何同为天雷区别如此之大，你成心和我过不去是不是？好，就等着，有朝一日我应龙一飞冲天，看我如何大闹天宫！"

张翼轸笑道："应龙不必如此，玉成和张伯二人虽然渡劫轻松，不过隐患仍在，飞升天庭之后，据说还有一次大天劫，几乎无人幸免。而你却是不同，只要渡过此次天劫，从此天地无限无人可管，是以不可同日而语。况且他二人天劫虽过，形体虽换，修为却并未增进多少，依我看来，合玉成和张伯二人之力，才可相当于一名普通飞仙。"

话虽如此，应龙仍是懊恼无比，一人在一旁生气半天。

张翼轸心中隐有担忧，玉成和张伯成功渡劫，二人便可飞升天庭，该如何安置爹娘？前思后想一番，心中有了主意。

"玉成、张伯，你二人何时飞升天庭？"

玉成看了张柏子一眼，张柏子欲言又止，玉成心中清楚张柏子所想，说道："张伯一直向往九天之上，早有意飞升天庭安享天福，我想张伯怕是早就迫不及待想要白日飞升……不过我却不想升天而去，还想滞留凡间，有心做一名寻常凡人，依旧看日升日落，与亲人一起走完一段人间仙路！"

玉成有感而发，全是肺腑之言，说得情真意切，张翼轸感应到玉成的拳拳真心，不由心中大动，一把抓住玉成双肩，叹道："玉成此心，顺应世间之道，深得人情三昧，翼轸敬佩。此心一得，可比飞仙大成。"

玉成怆然一笑："我与翼轸相知已久，若要独自飞升天庭，与其在天庭之上做

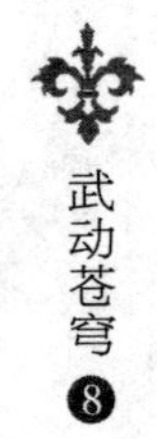

一名闲散飞仙，还不如久居世间，为翼轸大计出一份力，尽一份心。”

听到此处，张柏子一脸惭愧之色，近前正要说话，张翼轸劝慰说道：“张伯不必多想，我与玉成之间情义深厚，非寻常可比。且人各有志，张伯自可飞升天庭，不必介怀。不过我有一言还望张伯记取，自灵霄宝殿登录名册之后，不必久留，可到方丈仙山长住，远离是非。”

张柏子叹息一声：“翼轸，我……”

张翼轸淡然一笑：“不必多说，我当初救你，并未事先说明非要你跟一直跟随在我左右，你是自由之身，来去自如。”

张柏子愧然一笑：“翼轸大度过人，心性坦荡，老朽铭记在心。他日翼轸到天庭若是有事，老朽定当全力以赴，绝不推辞。”

沉思良久，张翼轸对玉成说道：“玉成，不如你与爹娘前往三元宫居住，毕竟你如今天劫已过，即便不飞升天庭，也会被天庭探知。三元宫本是世间道门砥柱，可保平安。”

“我也有离开太平村之意，不过并未想好到底前往何处……三元宫也是不错，好，我与爹娘前往三元宫，一是可以互相照应，二来可与三元宫诸位高人共同论道，也是妙事。”

当下张翼轸又与玉成商议一些细节，比如如何瞒过爹娘，玉成还和以前一般以他的模样出现在三元宫，此中隐情只可让灵动等少数几人知晓，玉成与爹娘可以居住在小妙境上，若是可行，不妨让爹娘学一些粗浅的吐纳之法，以便延年益寿，如此等等，说了半个时辰有余。

张柏子在一旁也未闲着，与应龙闲聊，随意问起天庭之事，一脸向往之意。应龙却是大大贬低天庭及一众飞仙，说是天庭尚不如世间美好，飞仙更不如凡人有情有义，总之天庭之上也是稀松平常，远不如想象中妙不可言。

被应龙一顿痛斥天庭的种种不端之处，听得张柏子一脸无奈，心中后悔怎么一时兴奋竟是问起应龙天庭之事，尽是扫兴之言，让他心中颇不痛快。只是碍于应龙身份，他又不好明说，只好强打精神点头称是，一颗心却早已飞到了九霄云外。

稍后，张翼轸和玉成商议完毕，近前对张柏子说道：“张伯，眼下诸事已了，你自可即刻飞升，不必久留。”

张柏子正等此话，拱手谢过张翼轸，一脸喜色，心意一动便飞空而起，直冲云霄。不想刚刚飞起不过数十丈之高，忽觉一股大力从天而降，生生将他压回地面。

不等张柏子有所反应，应龙和张翼轸同时脸色大变，抬头望天，齐声喝道："来者何人？"

倩影芳踪

张翼轸和应龙同时心生感应，只觉自虚空之中凭空生成一股沛然之力，虽然庞大却并无杀意，只是强行将张柏子截下，令他无法飞空。

自然以张翼轸二人的神通，清晰地感知到虚空之中巨力生成之处，有一人凭空现形。此人身形虽然笼罩在云雾之中，不过却依稀可辨是一名女子。

应龙闪身便要向前迎敌，张翼轸出声阻止："应龙且慢……来人不是敌人！"

说话间只觉一股清香传来，随即云雾一散，七彩光芒一收，一人现出人影。只见她俏脸带喜，满脸喜悦之意，生得花容月貌，眉目如画，当前一站，九天仙女犹不能及，直如九天玄女下凡。

不是画儿又是何人！

"画儿！果然是你……"张翼轸强压心中五味杂陈之感，一脸淡漠之色，上前问道。

"不错，是我，主人师兄！"画儿多了几分成熟，少了一些天真烂漫，不过神色之间还是一如既往对张翼轸流露亲切、依赖之意。

张翼轸却不敢与画儿亲近，唯恐她突然出手，行意外之事。画儿此次却是格外谨慎，站在张翼轸三尺之外，淡如青山，静如虚空，笑意微露："主人师兄不必担心，画儿此次前来，一是还你镜界；二是借机转告玉成和张柏子二位，切切不可飞升天庭，如今局势，滞留凡间即可！"

张翼轸无比讶然，惊问："画儿何出此言？"

画儿并不作答，只是目光蕴含威严之意，扫向玉成和张柏子。玉成和张柏子被画儿目光击中，顿觉全身无力，再也生不起丝毫反抗之意，不由自主心生臣服之感，

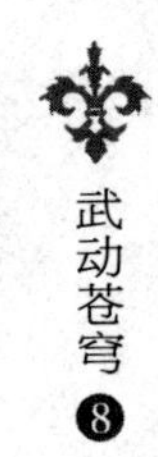

二人竟是一齐躬身答道："谨遵上命！"

不但张翼轸吃惊不小，连应龙也是大吃一惊，向前说道："你这个女娃又是何人，怎能号令木石化形？"

一语点醒张翼轸，画儿不也正是木石化形吗？只是为何同为木石化形，她怎会只凭威势便让玉成和张柏子心生顺从之意，且连一丝反抗之心也没有？

不等张翼轸发问，画儿嫣然一笑，答道："主人师兄不必惊讶，画儿奉命前来，特来转告主人师兄一句忠言：'行到水穷处，坐看云起时！'若是主人师兄矢志不渝，莫愁前方无路，自有柳暗花明之日。"

张翼轸听得一头雾水，问道："画儿，你奉何人之命，又身负何等使命？另外，为何不让张伯飞升天庭？"

画儿一脸素然，无喜无悲，手一挥，镜界飘然飞到张翼轸手中，随后身形冉冉升起，一直升到半空，画儿才轻启朱唇，无限感慨地说道："主人师兄，画儿无比想念先前在主人师兄身边无忧无虑的岁月，当时青衫虽薄，形影虽单，却是世间美景尽收眼底，万事万物不过我心。现今身处九天之上，天外之天，尽管道不尽的锦华美妙，却是高处不胜寒，无人可怜，画儿也是难展笑靥。切记，画儿所做一切，全为主人师兄着想，即便身不由己之际，也是思君意切之时……主人师兄，画儿好想回到你的身边！"

话音未落，画儿身影渐渐淡去，眼见便要消失在虚空之中，却听应龙大喝一声："想来便来，想去便去，真当世间之地无人不成？"

应龙身影如电，疾飞到画儿身侧，双手一错，斗转星移大法施展开来，意欲将画儿收入其内。不料感应之中却是空空荡荡，眼前明明有人，却是可见不可得。应龙大惊，方才虽然看不透画儿修为，不过他也并不认为画儿是天仙之境，即便是天仙，也不可能在他手中一招逃脱。

再看画儿，恍然冲应龙一笑，说道："应龙，待你重返天庭之时，自会知道我是何人……我家主母命我向你问好！"说完，又转向张翼轸，蓦然嘻嘻一笑，流露天真烂漫之态。

"主人师兄，后会有期，莫要忘了画儿才是，否则画儿会哭鼻子的！"

芳音缥缈，芳踪已然消失不见，只余空中一缕清香飘荡不散，犹如昨夜残梦未醒，令人不胜感慨。

画儿一去，应龙自空中落回地面，犹自不解："这个女娃一身修为似高还低，看不真切，最怪之处在于她明明近在眼前，却又如远在天际，不，堪比天庭之远，甚至还在九天之上！翼轸，我忽然想起，当初我也曾见过画儿，为何她变成这般模样？她究竟何人？"

张翼轸无奈一笑，不知如何作答，沉思片刻，只好将画儿之事简略一说，问道："听画儿的语气，她背后之人应该与你相识，可是知道她的主母是谁？"

应龙大摇其头："我要是知道就好了，可惜没有一丝印象，才是最头疼之事。"

张翼轸转念一想，问起玉成："画儿你也见过，为何方才听她一说，你和张伯都这般顺从？"

玉成脸上惊愕之色未去，急忙说道："说来也怪，画儿只一现身，我便觉有无名威压令人无法自抑，仿佛发自内心生起臣服之心，愿为她牺牲性命也在所不惜。"

张柏子也急急说道："不错，我本来满心期待立时飞升天庭，只听她一开口，当即便在内心深处毫不犹豫答应下来，并且不敢有丝毫违抗之意。翼轸，我与玉成一起同往三元宫，听画儿之话，不再升天。"

画儿怎会有如此威势可令二人心甘情愿听从，且难升一丝违逆之心？真是咄咄怪事。张翼轸百思不解，连应龙也是连连摇头："画儿这个女娃怪异得很，我的斗转星移大法竟然对她无可奈何，当真令人费解。不是说大话，就算一名天仙在此，以我如今修为，斗转星移一旦施展，他也不敢正面碰撞，至少也要退避三分。"

张翼轸和应龙都猜不透画儿来历，只好略过不想，只是张翼轸心中对画儿却始终挥之不去一缕遗憾和惆怅，想恨恨不起来，只余一丝理不清道不明的思念萦绕心间，久久不散。

应龙对张翼轸手中镜界颇感兴趣，拿在手中端详半晌，最后挠头说道："此物仿佛以前见过，不过又记不清楚究竟何用，只依稀觉得此物堪比天地法宝。"

张翼轸却不相信："此物是我父母所留，他二人不过是飞仙，怎会有天地法宝？绝无可能。或许只是他二人的随身饰物而已，送我保留只为做个念想。"

既然张柏子也不再飞升天庭，张翼轸便让他和玉成连同爹娘一起，即日起程前往三元宫。张柏子欢欣应下，对飞升一事再无丝毫想法，只顾兴冲冲收拾行装，和

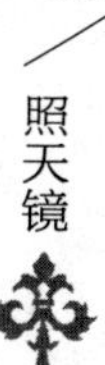

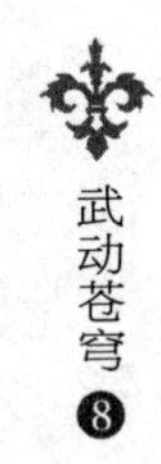

玉成说起三元宫之时，一脸向往之意。张翼轸看得暗暗称奇，不知画儿为何有此等魅力，一言一出，便令对天庭无比向往的张柏子彻底断绝飞升之想，也是了得。

张翼轸和应龙微一商议，决定先玉成一步返回三元宫，一是与灵空见面，看看地仙安置一事进行得如何，二是提前和灵动等人说明玉成之事，也好有个准备。玉成听了也是表示赞成，当下张翼轸也不耽误，辞别二人，与应龙疾飞来到三元宫。

二人不想惊动众人，直接现身三元宫正殿之中。正好三元宫灵动、灵性、灵悟、灵静和灵空全部在此，正在商议安排一众地仙之事，见张翼轸二人突然现身，众人顿时又惊又喜，纷纷近前相问。

张翼轸含笑一一作答，应龙与众人不熟，不过也颇有耐心和众人寒暄，在人情世故之上大有进步，灵空瞧得惊奇，讶然问道："好个千应老儿，怎么今日难得转了性子，在三元宫中装起了好人……莫非你有何企图不成？"

应龙哈哈一笑："灵空老儿，这就是你的不对了，我应龙走得正行得端，从来不会谋算别人。诸位都是翼轸的师伯，理应以礼相待，此是人之常情，何奇之有？"

灵空"哼"了一声，眼皮一抬，说道："我身为翼轸授业恩师，怎么不见你对我以礼相待，相反却总要和我作对，是何道理？"

应龙讪讪一笑，如实答道："说实话，其实在最初之时，我一见你灵空老儿，还心生亲切之感，不过不知何故，时间越久，对你越是心生厌烦……说厌烦有些言过其实，但是心中总有莫名的不安和担忧，总之是看你左右不顺眼，上下惹人嫌！"

话未说完，灵空一跳老高，大叫："千应老儿，你，你欺人太甚。我灵空为人虽然喜好夸大其词，不过总体而言却是一个再好不过的好人，你小小长虫生性心胸狭窄，见不得我处处讨人欢喜，事事风头盖过你，所以你心生妒意，对我怀恨在心，是也不是？"

应龙先是一愣，随即朗朗大笑："妙，妙极，灵空。你所言不差，确实是我的过错，这便向你赔个不是，消消气，可好？"

灵空正准备与应龙大吵大闹一通，不料应龙出人意料甘拜下风，倒让灵空大为惊奇，只好收回气焰，"咦"了一声，又仔细打量了应龙几眼，突然惊叫出声："千应老儿，你凡心已得，人气入体，傲气渐消，不简单，怎么会突然之间气质大变，如此一来，何愁天劫不渡？"

03 一笑泯恩仇

张翼轸笑道：“说得也是，天地之间万事机缘莫测，也是无比玄妙。想起先前多少与我打打杀杀之人，最终却并肩而立。而与我自小一同长大的红枕，终了竟是入了魔道。世间变幻，谁人可测天机？”

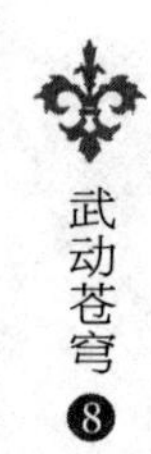

灵空何为

对于灵空总是冷不丁冒出惊人之语一事虽然早已见怪不怪，不过此话一出，应龙还是差点跳将起来，急急一把抓住灵空，问道："灵空道长，此话怎讲？"

灵空眼皮也不抬，竟是打了个哈欠，摇头说道："些许小事，不必再来问我，跟着我的徒弟张翼轸，自有你的好处可得……从无天山来三元宫一路走得累了，说不得也要睡上一觉才成。翼轸，为师这便休息去了。"

灵空说完，也不理会应龙一脸愕然，扔下众人扬长而去。

不提应龙如何心思茫茫，胡思乱想，但说张翼轸与一众师伯寒暄完毕，先是见过了跟随灵空前来三元宫的一众地仙，交代了一些事宜之后，又将玉成之事说出，灵动听了自是大喜，说道："小妙境如今一直安好，一切井井有条，来人便可安居，不必担心。"

张翼轸谢过灵动师伯好意，蓦然间心意一动，有心要亲自前往极真观一趟，便将心中想法说出。灵动听了点头赞同，说道："也好，你亲自带数十名地仙前去，显得郑重，也好令极真观之人安心。"

张翼轸点头应下，正要和应龙动身起程，忽听灵空大喊："翼轸，等我一等，我与你同去极真观。"

"师傅，难得你老人家亲自出马，莫非是想去极真观与真平会面？"张翼轸打趣说道。

灵空一反常态，点头承认："不错，正有此意。我与真平相识已久，且她对我始终有情有义，即便我与她不能相守，也总要感念她的一腔痴心，给她一个交代才是。"

应龙竖起大拇指，赞道："说得好，身为男儿要心胸磊落，有所担待，灵空，此举令人赞叹，在下佩服。"

灵空冷冷一笑："少套近乎！不要认为只凭几句好话便能将我打动，好让我在你天劫来临之时帮你一帮。"

应龙正要发火，忽然摇头一笑，转身走到一边，不再反驳。

张翼轸暗暗发笑，与一众地仙打过招呼，当前一步飞空而起。因为照顾一众地仙之故，飞空之势不快。饶是如此，灵空御剑而行，跟在身后，也是累得气喘吁吁，却偏偏倔强不肯让张翼轸帮他。张翼轸不解其意，不明白为何灵空如此坚持，寻常可是巴不得省事，让别人带他飞空。

一行众人浩浩荡荡，一连飞行两个时辰才到极真观地界。离极真观尚有数十里之时，便有数人飞空前来相迎，听张翼轸自报家门，来人才放松戒备之意，即刻返回极真观禀报。不多时，只见无数祥云升起，极真观以真明为首，“真”字辈高人全部飞空来迎。

少不得又与众人寒暄客套一番，待来到大殿坐定，张翼轸说明来意，真明自然欣然应允。如今他正为天人之事发愁，听闻张翼轸不但将五洲平定，且还送来五十余名地仙镇守，怎不欣喜若狂，对张翼轸更是感激不尽。

闲话少提，但说将众人安排妥善，张翼轸又与真明等人说起四海阁之事，真明也是感慨万千，说道：“三大道观千年以来，徒有虚名，实则并无统领中土道门之能。四海阁若能横空出世，也是中土世间所有修道之士之福，且青丘道长本来就是千年以前道门领袖，现今再替翼轸主持四海阁之事，也是众望所归，极真观上下定当唯命是从。”

真明自华山一战之后，对张翼轸感怀至今，同时也是心性大变，对飞升天庭以及统领天下道门之事再无想法，转而全心全意修身养性，只求早日证得不死之身。眼下见张翼轸平定五洲，又四海归心，天下三大道观之中，三元宫自不必说，清虚宫肯定也是对张翼轸言听计从，他极真观深受张翼轸大恩，哪里还会犹豫半分？

更何况真明分析天下局势，只有张翼轸等人才可以力挽狂澜，他不过是小小地仙，难有作为。

按下真明心思不提，再说大殿之上连同极真观高人在内，共有十数人在座。灵空得了空子，趋步向前，当众对真平深施一礼，说道：“真平道长，灵空有礼了。”

真平急忙站起还礼：“灵空道长有何指教？”

“哪里，真平道长客气了。灵空此来是特意向真平道长致谢！”

“谢我什么？”

“感念真平道长对灵空一向的错爱，灵空此次前来，有几句话不得不讲。”

“此事早已过去，不必再提，不过嘛……但说无妨！”真平脸色微变，不过即

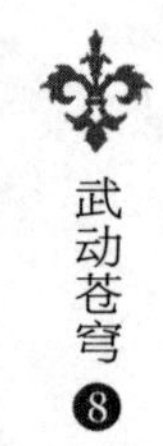

刻恢复平静。

灵空一本正经，脸上再无嬉笑之意，说道："倒也并非灵空自恃身份，或是故作高深，实乃世间之事，看似简单，却有莫名玄机暗藏。你我二人并无仙侣之缘，强求不得，所以我不得不辗转逃避，愧对真平道长一片深心。真平道长道法高深，假以时日成就飞仙也不在话下，灵空却是无比愚笨，此生别说飞仙，连地仙也是难成。与其仙凡相隔，不如永不相望。"

真平渐渐动容，叹息说道："眼下我心思已淡，只向飞仙不求尘缘，灵空道长不必再说，你我之间事情已了，再无遗憾。"

灵空脸上正形消失不见，忽然嘻嘻一笑，酒糟鼻耸动几下，自嘲一笑，说道："如此甚好，如此甚好！了却了一桩心事，可以安心了。话说我好久没来极真观，这厨房之地……没有改造吧？"

众人大笑。

真平却是若有所思，不明白灵空为何突然与她主动说明此事，难道他又有何出人意料之事不成？凝视灵空片刻，又黯然摇头。

在极真观稍稍停留半晌，张翼轸与应龙辞别真明等人，准备前往东海与青丘会面，商议下一步如何打算。灵空嘟囔着要去无天山，说是想念他的灵空峰。张翼轸也不阻拦，认为灵空不过是不想回三元宫被灵动看管，反正他左右无事，就随他去吧！

一路之上，张翼轸与应龙商议何时重返天庭，应龙沉思片刻，答道："你现今虽然修为已到飞仙顶峰，不过仍不是天帝或是魔帝的一招之敌，不如待四海阁成立之后，再等我渡过天劫之时，我与你一同飞天，到时可助你一臂之力。"

张翼轸一想也是："对了，还有魅妖天劫之事未曾寻到解救之法，稍后回到东海，我二人仔细探讨如何化解一众魅妖的危机。"

应龙点头称是："魅妖既然生而为妖，天降天雷也是正常。不过如你所说，你曾以控水之术为她们洗涤身体，化去魅惑之意，按说控水之术本是顺应天地之法，不应被天雷捕捉，为何魅妖仍为上天不容？"

张翼轸无奈一笑："木石化形生性纯朴善良，也有天劫及身，何况魅妖？既然不是天道不公，定是天雷无眼。"

"好一个天雷无眼！哈哈……"此话深得应龙之心，不禁仰天大笑。

二人来到东海之后，也无须再向众人多说，青丘早已向倾东言明一切。张翼轸心系蓝魅安危，令倾颍唤出蓝魅，见她神色如常，修为隐隐达到飞仙之境，道："蓝魅，你如今修为增进不少，可有天劫感应？"

蓝魅恭敬答道："只有一丝模糊之感，应该在数月之内降临，却不知具体期限。"

怎么又是如此？张翼轸一时踌躇，拿不定主意，青丘知道他心中担忧，说道："翼轸，且听我一言。现今局势，我等处于劣势，只可守不可攻。眼下天庭并无动静，若非正在调兵遣将，便是期待最佳时机，或是天帝、天魔、无明岛和无根海四方都不敢轻举妄动，倒也正好便宜了我们。所以你也不必着急飞升天庭，否则反而可能落入他人盘算之中。四海阁之事由我和倾洛主持便可，你眼下最重要之事便是将魅妖一族安置妥当，还有若是可行，可将玄冥和毕方拉入我方势力之中，同时也好保全他二人性命。要是我猜测不错的话，天帝对我等动手之时，也不会放过玄冥与毕方二人。"

青丘一语点醒张翼轸，猛然想起先前九灵对他的行踪了如指掌，即便不能穿透玄冥天和沧海桑田的自成天地之处得知玄冥和毕方的具体所在，却也能清楚知道他二人位于何处。说来二人的藏身之处暴露还是因他之故，所以青丘所言极是。

当下主意既定，又向青丘等人交代一番，遂与应龙、蓝魅一起，顺水而行，由东海经南海直奔西海而去。

三人都有控水之能，是以在水中行走不比飞空慢上多少，两个时辰便由东海来到西海。几人也不停留，直接由西海飞入沧海桑田。

应龙是首次来到沧海桑田，一切都感到新奇，不时问东问西。蓝魅自是知无不言，她对身具控水之能的应龙有本能的惧怕之意。应龙倒是对蓝魅这个水生之妖毫不为奇，更对沧海桑田的神奇之景大感兴趣。不多时三人来到蓝田海中。

按下蓝魅向一众魅妖如何解释不提，但说张翼轸和应龙微一商议，决定在此等候魅妖天劫来临，毕竟此地魅妖众多，按照蓝魅所说，怕是不出几日便会有人渡劫。

说来也巧，二人只待了一日，次日便有一名魅妖引发了天劫。晴空无云，不过张翼轸和应龙仍能感应到虚空之中天雷之力在暗暗聚集。待天雷自天而降之时，不等张翼轸出手，早已按捺不住的应龙飞身向前，一把竟将天雷抓在手中，然后随手一捏便将天雷化为一股风之力，最后炼化吸收殆尽。

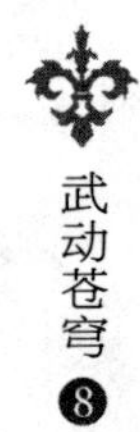

毕方出世

“天雷威力不大，不过其中蕴含天命之火，正好克制魅妖的水性之体。若要化解所有魅妖的天劫绝无可能，但若是让她们学会控火之术，可有自保之力。不过嘛……”张翼轸乘机在一旁瞧得真切，说出心中想法，微一停顿，又道，“不过魅妖是水性之体，若要学会控火之术，恐怕并无可能。”

“哧……”应龙一声轻笑，反驳说道，“此言差矣，凡人之体本是五行所成，根本没有五行之属一说。魅妖虽然由水而生，表面来看是水性之体，不过若是深究，水是天下至善之物，可化润万物，自然也可以生火。若是运用到极致，任何一种五行之力皆可以以一代五，不被相生相克所限。”

张翼轸恍然大悟：“对呀，你应龙身具五行，又能超越五行而控风，现今更是初得阴阳相融之妙，领悟五行之力和五行渊源自然远超常人。既如此，不如由你来传授蓝魅控火之术，待她学会之后，再传与魅妖之中修为高深之人，从而互帮互助，不离不弃，可以确保所有魅妖渡过天劫。”

应龙苦笑一声：“不想我不但出了主意，还要亲自动手才成，等于自食其果。”

“话可不能这么说，你助魅妖一族渡劫，全数魅妖都会感念你的大恩大德，试想也算是福德之事。更何况魅妖一族也与木石化形并无太多不同，怎能见死不救？”

蓝魅在一旁听得真切，怎能不领会张翼轸意图，急忙向前跪倒在地，说道：“蓝魅率领所有魅妖谢过应龙前辈的救命之恩！”随着蓝魅话音一起，只见数百名魅妖齐齐跪倒在地，一起高呼。

应龙不免头大，急忙心意一动，一股水流涌起，将全数魅妖一同卷起，说道：“既然翼轸相托，我就勉为其难，帮尔等一帮。不过我有言在先，渡劫之后，应当听从翼轸之命，不得有误，否则应龙手下绝无活命之理！”

别的不提，但说应龙动念间以控水之术将所有魅妖托起，水生之妖与水天然亲近，用水之道自然有得意之处，却对应龙之举全无一丝抵抗之力，数百魅妖无不心中骇然，对应龙心生惧意。

张翼轸倒也并非刻意恩威并施，只是他对魅妖的魅惑之能深有体会，心知一旦魅惑人间必成大害，是以不得不再三敲打。

魅妖轰然应下，无人再敢心存他想。应龙见时机已到，也不耽误，将蓝魅与一众魅妖聚在一起，悉心传授控火之术。本来以魅妖体质，若依常理，在未渡过天劫之前，断无可能学会控火之术。不过应龙本身五行齐全，且神通广大，指点魅妖如何以水化火，以水生火，竟然在短短数个时辰之内，让以蓝魅为首的七八名魅妖初步掌控控火之术。

应龙按下性子，在沧海桑田一连待了三日光景，每日都细心对一众魅妖说法，看得张翼轸连连点头，暗赞应龙与以前相比，果然大为进步，或许是受玉成影响，又或者也是时机成熟，凡心已得，不再一副高高在上与世隔绝的姿态。

第四日头上，张翼轸感到时机已到，就和应龙一起告别蓝魅等人，前往沧海桑田深处寻找毕方。张翼轸心中没底，毕竟沧海桑田之地宽广无边，自成天地，而毕方所在之处又过于玄妙，如果不是他刻意现身，他与应龙只怕寻上十天半月也难以发现。

果然如他猜想一般，毕方避而不出。应龙再是神通广大，在此天地之威面前，也是束手无策。好在张翼轸灵机一动，心生一计，对应龙如是这般交代一通，应龙听了心生疑问："此计可行？"

"值得一试！"

二人依计而行，同时施展控木之术，令天地之间方圆千里以内的木气全数聚集一处。张翼轸和应龙乃是天地之间极少数可以控木之人，二人又修为高深，同时全力施展之下，威力非同小可，转眼间千里之内的木气被二人席卷一空，全部聚于一尺之内，形成一团闪烁着青朦之色的木气气团。

如此纯净沛然的木气凌空悬浮于沧海桑田之上，毕方身为控木灵兽，怎能没有丝毫感应？果不其然，片刻之后，忽见眼前一团青气一闪，一个声音冷漠地响起："张翼轸，你再来沧海桑田，莫非还要与我纠缠不休不成？难道你请了帮手助你，我就怕了你吗？"

人影一闪，正是清瘦的毕方现身眼前。

张翼轸忙上前施礼："张翼轸见过毕方前辈，先前一别，一向可好？"

毕方上下打量张翼轸数眼，眼露震惊之色，倒退两步方才站稳身形，骇然说道："你已然……飞仙大成？怎么可能，如此短时间内修为临近飞仙顶峰，张翼轸，难不成你有非凡际遇？”

毕方脸上震撼之色未去，转身微一感应应龙，更是大惊失色，险些无法站稳身形，骇然说道：“阁下又是何方神圣，怎么一身五行齐全，难道你是传闻中的天地圣兽？”

应龙笑着摇头：“何来天地圣兽一说，从未听过。我名应龙，不是哪方神圣，不过是翼轸的随从罢了。”

毕方一脸的难以置信：“张翼轸即便是天纵之才，以阁下本领，也不必委曲求全，非要为他效劳！”

应龙也是难得的耐心十足，且态度和善：“天地之间，凡事并非全以武力高下为标准，也不全是以神通法力为判断，翼轸救我不图回报，我是心甘情愿追随左右，以求早日证得大道。”

毕方愣神片刻，转向张翼轸问道：“不知你今日前来，有何贵干？”

张翼轸郑重说道：“在下一直感念阁下传艺之情，特意前来邀请阁下出离沧海桑田。”

毕方一脸震惊：“何出此言？”

张翼轸也不隐瞒，将他所想一说，末了又强调说道：“阁下躲避在此也是为了避免被天庭探查，只是眼下此地已然暴露，只等时机一到，必定有人前来捉拿于你。是以不如与我同行，也好有个照应。”

毕方犹自不信：“张翼轸，并非我信你不过，只是我在此地久居至少千年，一向平安无事，只凭你一面之词就再度出世，也未免轻率了些。”

应龙见状，将他与张翼轸一路之上平定五洲、斩杀飞仙一事一说，又提及他本身天劫之忧，最后语重心长地说道：“毕方不必多虑，翼轸为人心性坦荡，他也是认定此事因他而起，万一你被天庭所杀，虽然是他无意之中透露你的藏身，不过也是于心难安，所以才前来寻你。”

不知何故，毕方虽然对所有人都心存戒心，唯独对应龙一见如故，心生好感，认定应龙全是出于好心，是以微一迟疑，当下点头应允。

毕方本属木性，张翼轸当即决定让他暂时在无天山住下，只因无天山中强木众多，肯定可得毕方之心。三人出得沧海桑田，来到蓝田海，此时魅妖之中掌控控火之术者已有十数人，再加上魅妖天劫本来威力不大，十数人联手可保无虞。张翼轸微一思忖，命蓝魅率领一众魅妖在西海龙宫之侧，千里之外之地寻一处水域居住，寻常之时听命于西海之令，但不得随意前往西海，更不许出入中土世间。

蓝魅不敢违背，一一答应。众人不多时来到西海之地，在西海龙宫以西一千五百里之处寻到一处谷底，倒也宽阔。应龙不等张翼轸开口，主动施展阴阳相融术，在谷底之中建造一处庞大的行宫。

惊见应龙此等本领，毕方震撼连连，连话也说不出来。随后张翼轸也不闲着，催动控木之术，在行宫周围布置无数水草和水生之花，毕方见状，也主动出手相助。只数个时辰不到，一座堪比西海龙宫的魅妖宫建造完成，浩大无比，气势恢宏。

蓝魅及一众魅妖感激不尽，再三拜谢张翼轸三人。张翼轸又叮嘱几句，便与应龙二人一起来到西海龙宫，将魅妖之事向倾西言明。

“龙王，魅妖一族法力高强，日后可为西海附属，万一有何紧急之事，可以随时调动魅妖相助。”

深知魅妖之能的倾西见张翼轸安排如此妥当，怎不心生感激？连连道谢。张翼轸推辞不受，倾巍却是迟疑片刻，犹犹豫豫地问道：“翼轸，那蓝魅现今可是改邪归正了？应该再无害人之心和魅惑之意，是否可以说……可以说与之交往再无危害？”

张翼轸不由一笑：“倾巍兄若是爱慕蓝魅，大可主动向她提起。如今蓝魅洗心革面，早已不是先前的魅惑之妖，要是真能与倾巍兄结成仙侣，也算是一桩美事。”

众人一时大笑，倾西在一旁笑而不语。

张翼轸三人赶到无天山之时，最先遇到之人竟是灵空。灵空一见毕方之面，立时大感兴趣，向前围着毕方转了三圈，嘻哈一笑，说道：“你是何人？怎么总是板着脸，如同一块木头！看你干瘦的样子就知道，一定是死板的倔脾气。”

烛龙现形

毕方见他的身份被一名人仙一语道破，大吃一惊：“你又是何人？怎能识破我的身份？”

灵空“扑哧”一笑，说道：“什么身份？你当你是哪方神圣，难道还有何来历不成？我哪里识得你是哪个？莫要拦我去路，我还要上山砍柴，然后烧火做饭要紧。”

按捺住满心狐疑，毕方对灵空远去的背影凝望半晌，忽然开口说道：“此人好

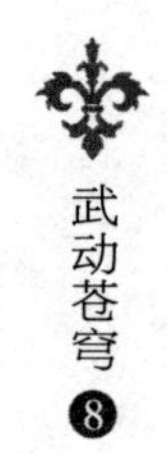

生厉害，不过好像自行封闭了灵性，所以虽然看似疯疯癫癫，实则暗藏玄机，无心之举却能暗合天机……他究竟何人？”

张翼轸答道：“正是我的授业恩师灵空道长。”

“果然！”毕方连连点头，脸上流露怆然之色，“以人仙之境教出飞仙徒弟，世间绝无仅有。正是有此天纵之才的徒弟，才有高深莫测的师傅。翼轸，毕方至此心悦诚服，跟你前来，算是不虚此行。”

张翼轸也清楚毕方离开沧海桑田不大情愿，心中总有一丝不甘，虽未明说，他也感觉毕方多少也是认为此举有些小题大做，过于谨慎小心。刚到无天山，原本还担心毕方心存他想，不想灵空几句话便将毕方之心安定下来，张翼轸也是暗道侥幸，幸好灵空在此，否则毕方在此不得心安，万一生变也是不好。

无天山又得毕方控木灵兽坐镇，戴风自然喜出望外。身为神人，对天地灵兽有天然的敬畏之心，是以无天山上下对毕方无不毕恭毕敬，让毕方颇觉受用。

一直以来忙碌不停，没有片刻得闲，终于劝得毕方来此，也算了了一桩心事，张翼轸决定在无天山小住数日，调整一下迫切心情，正好用心思索一下下一步如何进行。

张翼轸与应龙在无天山住下，最高兴之人自然是戴婵儿。戴婵儿不管别人有事没事，反正只管强行霸占张翼轸，天天赖在他的身边不走，听他讲述近来劳心劳力之事。

应龙也正好清闲，与毕方一起，叫上灵空一起在无天山中游玩，同时又和镇守在此的数十名地仙说些天庭之事，痛斥天庭的不端之事和灭绝人性之举。其中自然少不了将张翼轸大大夸奖一番，从他化解木石化形天劫到解救魅妖于危难之中，不过与此同时，应龙也小小地自夸了一些，惹得灵空大为不满。不过灵空倒也没有怎么反驳应龙，只因应龙几乎将全部功劳归于张翼轸，听得灵空也是心花怒放，仿佛所有好事都有他一半功劳一般。

众地仙听张翼轸如此坦荡仗义，更是一心归顺。毕方虽然不善言谈，不喜夸人，不过却因为心中敬畏灵空之故，也无意中多说了张翼轸一些好话，说他当年只凭地仙修为，便和他争斗半晌不分胜负，当真也是天纵奇才。只听得众地仙更是对张翼轸心驰神往，认定他是天地之间所有修道之士之楷模。

几日下来，灵空和应龙之间少了冷嘲热讽，多了互相担待。毕方也更加了解了灵空为人，越是见灵空信口开河，他越是心中难辨真假，总要暗中揣测良久，就算不得其解，也要小心应对，唯恐一时疏漏而误了天机。

这一日，应龙得了空子，在一处山峰寻到张翼轸，不顾戴婵儿在场，问道："翼轸，灵养芝与量天尺已然具备，现今又是空闲之时，正是时机，可有把握？"

张翼轸微一凝神，答道："这些时日我也一直暗中留意，不过时机未到不可强求，只有等他神识凝固自行醒来之时，才可施展，否则恐怕会有意外。"

应龙点头："可知何时是良机？等他重见天日之后，也是你一大助力。"

"依我看来，应该就在数日之间！"

三日后，张翼轸急急寻到应龙，说道："今日正当时，应龙，快来为我护法。"

应龙一听顿时大喜，急忙随张翼轸来到无天山中一处无人之所，问道："他怎么说？"

"他自然是欣喜无比，深感意外。也是合该有此机缘，灵养芝到手之时，也正是他神识凝固可以出离之际……不管如何，能够再次化形现世，他也是期待已久。"

二人说话间，已然心意相通，同时施展控风之术，将此地方圆数百丈范围生生从天地之间隔绝开来。以张翼轸和应龙神通全力控风之下，即便天仙经过，若非刻意探查也断然难以发现此处的隐匿之所。

张翼轸收回心意，由应龙全力支撑控风之术，然后他微一点头，先是自身上取出灵养芝，将玉瓶抛向空中，悬浮不动，随后又拿出量天尺，双手紧握，双目微闭，凝神半晌，蓦然轻喝一声："凝神识，重化形，天地广，任我行！"

随着张翼轸话一出口，只见自他头顶之上，一缕若有若无的轻烟悄然逸出，如同薄雾轻纱，几欲被风吹散，好在身处控风之术的笼罩之内，风力随心，才保得轻烟不散，只是淡淡随风飘逸。

过了片刻，轻烟渐渐收拢一起，凝聚成形，犹如一团隐含七色彩光的光团，闪烁不定。张翼轸凝神不语，只顾以神识慢慢切断与轻烟之间的联系，如以刀剔肉，不可伤及骨肉相连之处，是以格外小心谨慎，不敢有丝毫差错。否则一着不慎，不但轻烟会消散于天地之间，连他自身神识也会大损，说不定还会走火入魔，陷入痴迷张狂之中也未可知。

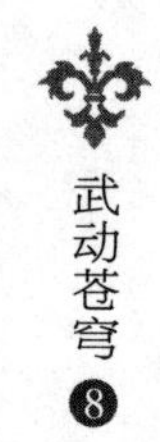

如此过了半个时辰有余，张翼轸感应到神识与轻烟只有一丝极其细微的连接，正是时机已到，当下立即睁开双眼，冲应龙说道："以五行之力注入量天尺！"

应龙等候多时，不敢怠慢，急忙分神将五行之力飞泻而出，一闪便没入量天尺之中。张翼轸也不闲着，一身仙力催动到极致，也是源源不断注入量天尺之中。受此两种天地之间至强之力的贯注，量天尺顿时光芒大盛，亮如旭日，光芒暴涨一丈开外。

见时机成熟，张翼轸趁神识仍与轻烟还有一丝相连，以神识带动轻烟，令其旋转间没入量天尺之中。在最后关头，张翼轸强忍痛楚，切断与轻烟之间的最后一缕感应，随即毫不迟疑，将玉瓶击碎，灵养芝电闪之间，紧随轻烟也没入量天尺之中，至此，施法完成。

随后张翼轸和应龙同时收回仙力和五行之力，二人又全力施展控风之术，隔绝天地感应，静候半晌，只见量天尺光芒越闪越暗，渐渐回缩，最后由实化虚，又由虚化实，变成一个玉树临风的翩翩公子现形在二人面前。

此人只一现身，便立时向张翼轸深揖一礼，口中说道："烛龙谢过翼轸再造之恩！"

礼毕，他又转身向应龙拜谢："多谢阁下五行之力的无上神通，助我仙体大成，再无伤病之患，此恩大过天，烛龙铭记在心，不敢稍忘。"

张翼轸和应龙相视一笑，同时说道："幸不辱命！"

二人心意相通，此话一出顿时一愣，随后又一起哈哈大笑，笑声之中包含欣慰畅快之意。至此，张翼轸与应龙之间再无芥蒂，二人心意默契，所思所想无不相通，一是因同为操纵天地元力之人，二是因为此日助烛龙化形之事。

烛龙借量天尺，得灵养芝之助，又有张翼轸和应龙两位不世高手以仙力和五行之力化解量天尺排斥之意，更有控风之术隔绝天地感应，不让天雷击顶，不被天庭发觉，所以说烛龙能够重新化形现世，乃是天大的福泽，若非有此机缘，更有张翼轸这般心性坦荡，拼了自身受损也要将他神识放出之人，否则烛龙永无出头之日。

烛龙对此自然心知肚明，内心感激无以言表，当即自行立誓："此后永世追随翼轸左右，赴汤蹈火在所不惜，若有违背，甘愿魂飞魄散！"

烛龙此言确实是发自真心，有感而发，说得情真意切。

不等张翼轸答话，应龙抢先说道："也好，翼轸于你有大恩，不过你虽然包藏祸心，先前却也有意外助他成就飞仙之实，你二人不如结为金兰，从此携手共进，不分彼此，可好？”

此言一出，张翼轸当即赞成，烛龙犹豫再三，只好应下：“依翼轸所作所为，我本不配和他称兄道弟，不过既然千应开口，定有深意，不得不从。那我就恭敬不如从命，自抬身份与翼轸结为金兰，尽管我年长许多，不过甘愿为弟……此事不容商量！”

张翼轸笑道：“好说，好说，哪个与你计较些许小事……既如此，贤弟，为兄就托大一些，忝为兄长了。”

烛龙感叹一笑：“翼轸兄，你我不打不相识，历经波折，不想今日义结金兰，也是让人不胜感慨。以后天地虽大，在我眼中唯兄长一人而已。”

应龙半开玩笑地说道：“怎么，在你眼中我这个大恩人便可以直接忽视了不成？”

烛龙郑重答道：“千应身为我辈之中至高无上的存在，于我而言乃是高山仰止，不敢有丝毫不敬。正是因为如此，所谓敬而远之，怎敢亲近？”

张翼轸奇道：“烛龙，莫非你清楚应龙真正的身份？”

玄冥回应

应龙也是一时愣住，顾不上计较烛龙所说之话的言外之意，也是急急问道：“烛龙，难道你看出我的来历不成？”

烛龙一脸惊讶，难以置信地问道：“怎么，难道你二人都不知道应龙是何方神圣？”

张翼轸和应龙一齐摇头。

烛龙无奈一笑：“应龙本是天地之间所有龙族至高无上的存在，天地万龙以应龙为尊！”

张翼轸恍然一笑：“这一点我也早已看了出来，从应龙见到龙族便心生亲切之意可以推断一二，除此之外，还有何说道？”

烛龙一时挠头：“得知他为万龙之尊还不成吗？不也是证明了他的来历、身份？”

应龙向前一拍烛龙肩膀，说道：“看来你也只知其一，不知其二，也罢，反正天劫一过，一切自会真相大白，不必急于一时。烛龙，既然你现形重生，看你如今

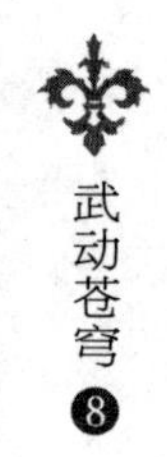

修为也是相当于飞仙顶峰，若要恢复昔日神通，怕是也要渡过天劫才成。”

烛龙点头赞同："不过我借量天尺化形而出，身上又有翼轸所传的纯正仙气，天劫来时必然威力不大，应该可以轻松应对，无须担忧。”

应龙羡慕说道："也算是因祸得福，你身体由量天尺而成，同时借助仙草灵养芝，又经仙力洗涤仙体，由五行之力重新塑形，眼下你的仙体虽是飞仙，不过若论强悍只怕相当于天魔之境，日后稍有进步，便可与天魔抗衡。”

几人说话间回到无天山之中，刚刚站稳身形，忽见毕方蓦然凭空现形眼前，一眼愕然，愣愣打量烛龙半晌，骇然问道："天龙？”

“不错！阁下莫非是控木之兽？”烛龙在张翼轸和应龙面前不敢托大，不过他毕竟身为天龙，还是高于天地灵兽，是以傲然答道。

毕方即便现今不敌张翼轸，不过也是脾气倔强，并不惧怕张翼轸。对于应龙虽然惊讶于他的五行齐全，但并不确知应龙的真实身份，或许还因应龙过于高深，与他并无交集，是以也并不放在心上。但是对于烛龙，毕方却是格外尊敬，也对以前天龙全盛之时，可以力敌三名天仙之能心生向往，当下见天龙现前，他不由又惊又喜，急忙深施一礼，说道："在下控木兽毕方，参见天龙！”

烛龙昂然答道："不必多礼，我不过是翼轸之弟，你若敬我，日后可为翼轸助力便可。”

毕方呆愣当场，半晌才说："翼轸，有天龙助你，毕方不值一提。不过若你不嫌弃我本领低微，有事尽管吩咐，定当照办。”

自此之后，毕方傲气全无，安心听从张翼轸之命，在无天山尽心尽力，被金翅鸟敬若上宾。

眼下局势，商鹤羽在无天山，同时照看北海，青丘镇守东海，赤浪为南海座上宾，西海虽无高人，不过也有数百魅妖可以以多胜少，算来还是中土三大道观并无飞仙以上高人照管。好在修道之士是天庭和天魔的根本所在，无人敢动，也是可保平安。

张翼轸心中却是不解，他下凡也有一些时日，即便天帝不派人前来拿他，为何无明岛和无根海也全部悄无声息，无人下凡来与他相会，也是怪事。

不过张翼轸只是简单一想，并未深究，稍微休息一日，便与应龙商议前往天涯海角接玄冥出离玄冥天，应龙却道："我近日忽有所悟，准备闭关数日，消化一下阴阳相融术，或许会有突破。可让烛龙陪同前往，以烛龙与玄冥的交情，比我应龙前去还要强上不少。”

张翼轸也不勉强，与烛龙一说，烛龙自然欣然应允，二人也不耽误，即刻动身飞向天涯海角。

一路上张翼轸和烛龙有说有笑，二人如同多年好友。也难怪，烛龙神识依附张翼轸神识之中长达一年之久，有此等经历，二人心意自然而然相通，默契犹如一人。先前种种不快一扫而光，谈笑间，意气风发，两个时辰后，二人便置身天涯海角之上。

遥望冲天水气，烛龙叹道：“再来天涯海角，想起先前之事，也是不胜感慨。你我之间恩怨全因此而起，可以说，天涯海角便是我二人纠葛之始。若非当初我来此寻到紫海泥，然后带走戴婵儿，或许我二人永不相识，也就再无今日之事。”

张翼轸笑道：“说得也是，天地之间万事机缘莫测，也是无比玄妙。想起先前多少与我打打杀杀之人，最终却并肩而立。而与我自小一同长大的红枕，终了竟是入了魔道。世间变幻，谁人可测天机？”

忽听一声长啸传来：“何人前来打扰我老人家清静？速速离去，否则惹我火起，白白丢了性命。”

张翼轸听得真切，正是玄冥。不过玄冥声音虽然响亮，却是明显底气不足，隐隐透露出疲惫不堪之意。张翼轸和烛龙对视一眼，心中一惊：出了何事，莫非玄冥天被人攻打不成？

当下朗声回应：“玄冥前辈，别来可好？张翼轸与烛龙前来叨扰，有要事相商。”

过了半晌，才听玄冥有气无力地答道：“原来是你，小子，怎么想起来看望我老人家了？怎么，还有烛龙，他为何没死？”

换作以前，烛龙定会勃然大怒，不将玄冥天掀个天翻地覆誓不罢休，不过如今却是淡了性子，不再鲁莽行事，只是淡淡一笑，答道：“玄冥兄，以前若有得罪之处，烛龙在此一并赔罪，还望玄冥兄大人大量，不计前嫌。”

玄冥“咦”了一声，道：“烛龙……当真是你不成？怎么说话这般客气，以前就算有求于我时，也不见你如此讲理，难道你傻了不成？”

烛龙哈哈一笑：“应该说先前确实做过一些傻事，不过现今已然醒悟，不再惹

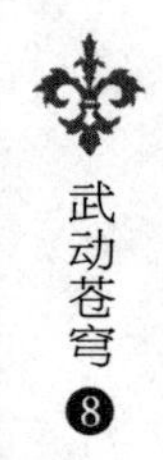

事生非。玄冥兄且放宽心，我与翼轸前来，绝无害你之意，确实是事情紧急，事关你的生死大事。”

话音刚落，忽听哗啦啦一阵水响，玄冥自巨洞之处一跃而出，凌空立于张翼轸面前，只看了一眼便大吃一惊：“张翼轸，你……你已是飞仙顶峰？怎么可能！”

然后目光掠过烛龙，惊得一飞冲天，随后又迅速回落，脸上震惊之色无法言表，说话也结巴起来：“烛，烛龙，你，你怎么变成这样？怎么是一身仙气，不，还有五行之气……竟然身体也转化为仙体，怎么回事？烛龙，快快说来你究竟发生何事，为何变成这般模样？如此一来，岂非说明你日后再也不用担心天劫之事，即便天雷降临，以你眼下修为，定然能轻易渡劫成功。”

烛龙却不回答玄冥问题，反问：“玄冥，你竟敢出离玄冥天，站立天地之中，不怕被天庭得知你的藏身之处，派天兵天将将你诛杀不成？”

玄冥一听此话，顿时脸色一变，气呼呼说道：“怕什么？又不是没来过，只派了一些天人前来打闹一通，怕他作甚！”

张翼轸心中一沉，忙问：“此话当真？玄冥，有多少天人前来攻打玄冥天？”

玄冥愣了片刻，忽然摇头叹息：“若不是我自身难保，也不会被这些天人欺负，唉，合该我玄冥倒霉……此事，说来话长。”

在玄冥的带领之下，张翼轸和烛龙来到玄冥天之中。刚一进入玄冥天，张翼轸便察觉到异样，只觉此地灵气稀薄，天昏地暗，连紫泥海也失去以往色泽，变得暗淡无光。再看山川河流、草木花朵，全是一副衰败之象，他不由心中一惊，问道：“玄冥前辈，玄冥天为何变成这般模样？”

玄冥一脸沮丧：“说来还是因为玄冥天地倾东南之故。自你走后，玄冥天时常向东南倾斜，每倾斜一次，便会流失大量灵气，我老人家不得不疲于奔命，日夜不停地修补玄冥天。虽然我老人家神通广大，不过以一人之力修天补地也难以为继，时日一久，便累得不成样子。谁知祸不单行，偏偏不久之前，不知从哪里冒出数十名天人，也不知如何探知玄冥天所在，竟然前来大举进犯。要是我老人家全盛之时，小小天人哪里是我的对手，只是现在我气力大损，修为大降，最后被这些天人围攻数日，勉强取胜，也是气力不支。”

烛龙微一沉吟，说道：“怕是你这玄冥天灵气外泄，正好给这些天人以可乘之机。不过只凭天人的神通，即便玄冥天暴露，他们也无法找到此地所在，怕是背后有人指点。不过你这玄冥天迸裂一事事关重大，长此下去，不用多久，玄冥天怕是会土崩瓦解，从此不复存在。”

玄冥一脸愁容：“说得也是！玄冥天一破，想我玄冥该去何处容身？天地之大，难道再无可去之处？”

张翼轸蓦然心中一紧，想起先前曾经答应玄冥帮他找顶天柱之事，忙开口说道：“玄冥前辈，若有顶天柱可用，你这玄冥天是否可以重获生机？”

“当然可以！”玄冥一脸喜欢，随即又黯淡下来，“顶天柱乃是天材地宝，哪里容易得到？算了，不再多做无谓之想。想当初记得你也答应帮我找顶天柱，现今我也是心灰意懒，对玄冥天不再抱有希望。”

话说从前

张翼轸哂然一笑：“玄冥，其实我和烛龙前来，是要请你出山，远离天涯海角之地，只因此地已然被天庭得知，天人来打只是前兆，只怕以后还有飞仙甚至天仙来此拿你，到时你定然性命不保。现今毕方也自沧海桑田出来，暂住无天山之中。你也可随我前去，与毕方同住，我等齐心协力，共同应对危机，可多增加些胜算，你意下如何？”

玄冥睁大了眼睛：“毕方老儿也现形出世？你没骗我？”

张翼轸含笑点头，烛龙也在一旁答道：“怎会有假？天庭现今正等候时机要将我等一网打尽，若是我等不同仇敌忾，难免被人各个击破。”

玄冥半晌不语，显然也是深知眼下形势大变，思索良久，忽然抬头问道：“张翼轸，你说你有顶天柱可用？若真有顶天柱，待我修好玄冥天之后，一定陪你前往无天山。”

烛龙一脸讶然地看向张翼轸，张翼轸悄然一笑，伸手间自衣袖之中取出一枚银针，交到玄冥手中：“顶天立地一天柱，现今送你，也算兑现当初我的诺言。”

玄冥接针在手，看几眼，嘿嘿一笑：“张翼轸休要取笑，我老人家虽然大度过

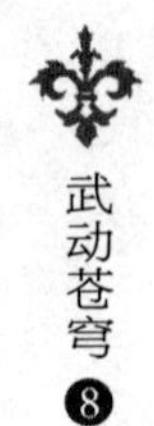

人，不过生死之事岂可儿戏，你送一根绣花针来何用？”

张翼轸也不答话，当前一步飞空朝东南而去。玄冥看了烛龙一眼，烛龙摇头作答，二人只好按捺心中疑问，紧随张翼轸身后。

不多时三人来到东南之处，果然此处天塌地裂，一片惨淡景象，天地眼见便要相连一起，天不再高，地不再低，天地相连之时，便是混沌不分之日。

玄冥愁眉苦脸，扬起手中银针比画说道：“我这玄冥天自成天地，虽然不甚宽广，不过也不是一根绣花针便可顶天立地。张翼轸，你要怎样？”

张翼轸自玄冥手中接过一天柱，放在手指之上，屈指一弹，银针疾飞如电，一闪便飞入天地塌陷深处。张翼轸静候片刻，淡然一笑，背负双手，胜似闲庭信步，说道：“其大无大，其小无小，天下万物，不可以大小论神通。难道只许你玄冥天可以在天地之间再自成天地，便不许我小小银针可以随意变大小，如意随心吗？”

随后张翼轸用手一指东南之处，轻喝一声：“长！”

只听一阵惊天动地的巨响传来，只见一道白光亮起，天地相交之处，突然有一根石柱缓缓升起，先是一丈粗细，数丈之高，随着张翼轸催动口诀，一天柱长势惊人，片刻之后便已然长大到数千丈粗细，高不可及，不知几许！

随着一天柱的升高，天也随之升高，天地再次被分开，重新恢复清明之景。天地一分，清气上升，浊气下降，漏洞弥补，灵气不再外泄，同时阴阳交汇，滋生灵气，由此玄冥天再现勃勃生机。

玄冥只看得目瞪口呆，烛龙也被眼前的大地奇景惊呆当场，二人久久无语，感叹天地之威、宝物之能。

不出一时三刻，刚刚还小如银针的一天柱现今高大不知几许，方圆不下千里，顶天立地，巍然立于三人眼前，浩瀚无边，令人望而生畏。

玄冥感叹说道：“大小不定，随心如意，好一根如意柱。玄冥谢过翼轸赠柱之情，此恩堪比天高。”

张翼轸推辞不受：“不过是当初许你之事，今日兑现承诺，怎敢居功？玄冥，现在动身与我前往无天山，可是放心？”

玄冥哈哈一笑：“放心，放心得紧。走，说走就走，片刻不停。我老人家说话算话，也是利索之人，绝不拖泥带水。”

几人闪身出了玄冥天，来到海上，正要动身之时，忽见玄冥蓦然站住，回身间双手一合，大喝一声："起！"

只见深洞之中，水花飞溅，然后天地晃动数下，猛然间一道亮光一闪，一物倏忽飞入玄冥手中。此物大小如同小儿手掌，形如圆盘，晶莹闪亮。

"既然远离海角天涯，怎可让我的玄冥天留在此处闲置？万一被懂得破解之法之人作法收去岂不可惜？不如随身携带来得安全。"

玄冥收好玄冥天，冲张翼轸和烛龙得意一笑。

张翼轸暗自摇头，玄冥看似粗心，实则也有细心之处，只是当初他故意陷害烛龙，说烛龙如何罪大恶极，又为何故？

不过眼下此事不宜多说，不问也罢。

三人飞空迅疾，走至半路之上，玄冥忽然站起，张翼轸以为他又出尔反尔，不料玄冥转身冲烛龙深揖一礼，说道："烛龙，先前我对你不住，这便向你赔不是了。"

烛龙大奇："玄冥，你我相识多年，多数时候是我对你凶了一些，你又何曾对我不住？"

玄冥挤挤眼睛，冲张翼轸尴尬一笑，说道："当初张翼轸来我玄冥天寻找戴婵儿，我见时机成熟，便编造了你的坏话，想让他乘机将你除去。虽然你有时很坏，不过还没有坏到我说的程度，现在想起心中不安，所以向你认错。"

烛龙一愣，随即想起在海枯石烂与张翼轸对打之时情景，只觉前事渺渺犹如隔世，恍惚不可得，当即笑道："往事不可追，凡事皆有因，若非先前我向来对你过于嚣张，何来你对我心生怨恨？况且我烛龙现在再世为人，前尘往事已随风飘散，玄冥，我都忘了，你又何必耿耿于怀？"

玄冥听了低头想了半晌，突然向前一拍张翼轸肩膀，大笑："佩服，佩服！"说完，也不说他佩服什么，只顾飞空而去，再不耽误片刻。

三人赶到无天山之后，少不得又与众人介绍一番。戴婵儿再见玄冥一时无语，只是笑笑却不说话。烛龙却是上前主动提起以前之事，戴婵儿也是一笑置之。玄冥却是喋喋不休说个不停，先是夸奖戴婵儿眼光独特，后说起张翼轸一天柱神奇之处，口若悬河，只听得众人一时头大。

幸好灵空得了音讯前来凑个热闹，一见玄冥滔滔不绝大有超越他之势，哪里服气，立时上前与玄冥说个不停。二人互不相让，都施展平生说话绝学，一连说了数个时辰也丝毫不见有停歇之意，众人大呼大开眼界。

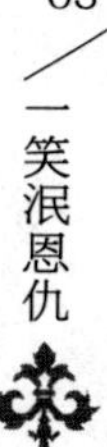

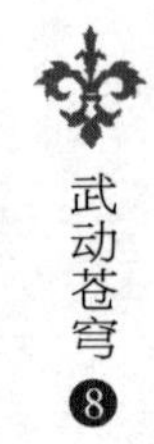

张翼轸无奈，只好劝道："师傅，稍后你和玄冥私下再讨论不迟，眼下还是说要事要紧。"

灵空却不同意："这个玄冥口才不错，说起话来如滔滔江水绵绵不绝，看来有些来头，今日我与他一定要分个胜负出来，否则就算他跑到海角天涯，我也不会放过他。"

好说歹说总算将灵空劝走，玄冥道："灵空道长厉害，令人不敢小觑。"

张翼轸此时不想多说此事，唤来毕方，让他将玄冥安置妥当，然后约上应龙、烛龙以及商鹤羽，商讨应对之策。

商鹤羽在无天山中近来无事，一直传授戴婵儿法术。戴婵儿受自身神人体质所限，所学不多，不过也是大有进步。眼见张翼轸周围聚集越来越多的能人异士，商鹤羽也是暗自高兴，认定张翼轸大事可成，心中大安。

对于天庭一直不见动静任由张翼轸在世间布局一事，商鹤羽也是苦思良久，认为其中定有隐情。他也想过种种可能，比如天庭事变，自顾不暇；或是顾忌天魔、无明岛和无根海伺机异动；又比如天庭不过是静候时机，只等张翼轸将世间势力收拢一处之时，然后再及时出手，全部据为己有。

基于如此想法，商鹤羽难免忧心忡忡，好在他也清楚若真是天庭出手还算好事，以天庭的威德，到时若是神人和地仙都不听从天庭之令，想必天庭也不会压制。可是万一是天魔在背后用计，意图将世间势力一网打尽，到时免不了一场血战，说不定还会重演千年以前的中土世间的仙魔大战！

正好张翼轸找他议事，商鹤羽也不虚礼，直接说出心中所想。

张翼轸、烛龙和应龙听完久久无语，商鹤羽所说也是切中要害，真要是天魔暗中守株待兔，眼下四海一心，五洲平定，中土道门又同归于四海阁，再有毕方、玄冥和烛龙出世，相当于凡间势力全部现形，若真有十数名大天魔从天而降，张翼轸身边尽管高手如云，也难以抵挡大天魔。

"千年以前的仙魔大战固然发生在凡间，其实背后根源在于天庭之上天魔挑战天帝权威，天庭之上也是战事不断。当时天魔力量积蓄已久，正节节胜利之时，不知何故突然全面败退，随后魔帝向天帝臣服，同时世间的魔门也销声匿迹。天魔战败在我看来大有蹊跷，按说以当时天魔的强势，即便天帝动用天地大阵，以天地之威与天魔对抗，也不可能在短时间内取胜。"

烛龙侃侃而谈，忆起旧事，说出他的推断。

张翼轸微一思忖，猛然想起一事，问道：“烛龙，我且问你，天龙为何反叛天帝？”

烛龙顿时愣住，想了一想，还是答道：“此事过于久远，与千年以前之事并无联系，不过既然翼轸问起，不说也说不过去。其实当年天龙背叛天帝一事，纯属谣传，只因天龙虽然神通高深，却生性和善，从不凶狠好斗，自成一体，游离于天帝和天魔的势力之外。只是忽有一日，天龙之间盛传天帝因为不敌天魔，要将天龙势力纳为己有，由此引发了天龙的逆反之心……”

运筹帷幄

传言被一些天龙描绘得有声有色，说是天帝已经命数十名天仙强行炼成天地大阵，以天劫威胁天龙。若是天龙不从，每隔千年便有天劫降临。天劫威力巨大，无人可以幸免。天帝正是以此来要挟天龙必须听命于他，为他抵抗天魔，否则到时天雷及身所有天龙便性命难保。

天龙自在逍遥久了，哪里会听命于他人，况且还是以性命相威胁？如此赤裸裸的挑衅，天龙怎会容忍？何况天龙法力高强，在他们眼中，天仙也是不值一哂。一时群情沸腾，便要找天帝理论一番。

天龙之中有冷静深思之人察觉此事恐怕有诈，提醒众龙不得鲁莽行事，要三思而后行。众龙冷静下来也感觉此事或许另有隐情，正要商议应对之策之际，忽然空中出现十数天仙。这些天仙各持法宝，声称奉天帝之命前来传令，从今以后，天龙要唯天帝之命是从，协助天帝对抗天魔，不得有误，若有违抗，莫怪天雷击顶，悔之晚矣。

刚刚还认定此事或许有假的天龙一见天仙现身，还气势汹汹自称奉命前来，顿时勃然大怒，当下不由分说便朝天仙大打出手。十数名天仙也不甘示弱，与天龙打斗在一起。不过一众天仙并不恋战，只争斗片刻便四散而逃，天龙气愤难平，十数人飞身便追。

追不多远，原先十数天仙不知所踪，却不知为何凭空出现另外十多名天仙。天龙不及多想，扬手便打。一众天仙先是惊愕，随后见天龙攻势惊人，也各自亮出法宝

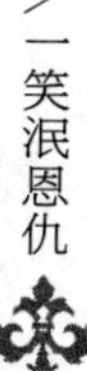

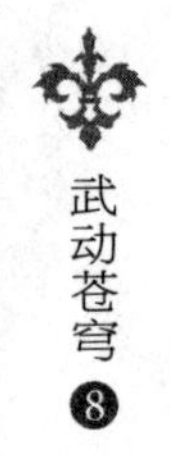

还手。一场混战过后，天龙和天仙都陨落数人，剩余数名天仙见势不妙，急急逃走。

此后，天龙在几名好战者的带领下，正式向天庭宣战。争斗数年，双方各有损伤。此时又有天魔来到天龙之中，说若是联合海龙、地龙和陆龙共同对抗天庭，可以取胜，从此与天庭分治抗衡，否则就算天龙法力高强，也难敌天仙人多势众。天龙见难以取胜，正好天魔之计可行，便派出数人联合其他龙种，组起大军，挑起更大战火。

最后结果张翼轸已然得知，不过仍有不明之处："烛龙，依你所说，应该先前挑起事端之人是假冒天仙，既然事后已然猜到中了他人的离间之计，为何不亲上天庭向天帝说明此事，了结天龙与天帝之间的恩怨？"

烛龙惨然一笑："我得以不死，坠落凡间，身受重伤，能够不死已是万幸，再无飞升天庭之能。再者，其实天龙被人利用之事，我也是重新化形之后才恍然大悟。先前在海枯石烂之地，身心受损，并未想通此节，还一心认为自己蒙受天大之冤，感叹天道不公，现在想来，其实真正的幕后黑手或许真是天魔！"

张翼轸听了连连点头，应龙却颇为不服地说道："如此说来，难不成天帝老儿还是好人？我却不信，他假借天地之威，炼成天劫大阵，肆意残杀生灵，只为维护自身势力，不顾天道循环，不管天道无私，只行自私自利之事，你却说说，他天帝老儿又有何德何能高居灵霄宝殿？"

烛龙想了一想，只是淡然一笑，说道："应龙不必过多猜测，天帝能够高居九天之上，自有其过人之处。试想，他能够容忍无明岛和无根海坐大，怎会不合时宜地为对付天魔却贸然朝天龙下手？天地独尊之人，行此不智之举，依你所见，天帝岂会如此不济？"

应龙听了低头不语，沉思半晌，犹自嘴硬："或许他只是故意示弱，又或者他本来便是言过其实之人，徒有虚名罢了！"

烛龙听应龙固执己见，也不勉强，回身对商鹤羽说道："商兄如何看待眼下局势？"

商鹤羽对烛龙颇有好感，见他被天庭驱逐，身受天仙重创，仍能理性推断局势，不做意气之争，更是对他佩服。

"烛龙兄，若依我推测，其实翼轸寻找亲生父母之事，不过是一个由头，背后操纵之人另有深意，无非是看重翼轸之能，借此时机重整天地大势。至于此人是谁我不敢妄自猜测，若说是天帝，其中正如烛龙兄所言，有许多不通之处。若说是魔帝，虽然魔帝若论修为不亚于天帝，不过他却并无如此天福，更无天命，不能号令天下。所以说，此中之局，莫说我不过是区区飞仙，即使寻常天仙也是难以猜透，恐怕还得是大天官才可了解一二内情。”

“商兄所说不假，若说以前我从对天帝无比敬仰到其后心生怀疑，再到现在疑惑之中更有迷茫。其所作所为大异常情不说，还行为乖张，多有不端之举，难道是天帝另有谋算，故意示敌于弱？”张翼轸也是若有所思。

张翼轸、烛龙和商鹤羽三人一致认定天帝要么身不由己，要么另有所图，总之先前种种怪异之事定有古怪之处。应龙虽然不满，不过也找不到反驳之词，只好独自在一旁生闷气。反正只要事关天帝，应龙便心中大为不快，只想当面质问天帝，与他说个明白。

最后几人倒是对继续推动世间大计达成共识，都表示将全力支持张翼轸寻找亲生父母，不管最后是对抗天魔还是天帝，都无所畏惧。

几日后，自东海传来音讯，四海阁成立在即，青丘诚邀张翼轸等人前来东海议事。张翼轸思索一二，决定让毕方和玄冥留在无天山，应龙、烛龙以及商鹤羽同他一起前往东海，自然少不了戴风、戴婵儿以金翅鸟威名以壮威势，灵空当仁不让也要随同前往。

一行数十人风驰电掣各展神通，数个时辰之后便来到东海之上，早有东海龙王倾东、东海公主倾颍以及青丘海面相迎，众人相见甚欢。

青丘见烛龙现形，少不得又上前多说几句，将当时情景交代清楚。烛龙哪里还记恨当时之事，一笑了之，与青丘把手言欢。青丘得烛龙谅解，也是心中大慰，一时无比欣喜。

众人寒暄完毕，倾洛上前，郑重其事地向张翼轸汇报四海阁之事。如今天下闲散的修道之士已经齐聚距离东海最近的中土名山泰山之上，早在月前，四海阁大殿以及各处宫殿已由东海龙宫全力建造完成，只等良辰吉日，由张翼轸登临泰山正式公告天下，四海阁从此为中土道门第一大观。

张翼轸见倾洛一扫先前的轻浮之态，凡事井井有条，将一应事宜安排得无比妥当，也是大为欣慰，冲倾东一笑，说道：“龙王，倾洛现今可算是初露才华，也算是了了龙王一桩心事。”

倾东一脸欣慰之意，掩饰不住得意之色，笑道：“也是倾洛有个好姐姐，更是因

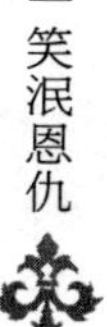

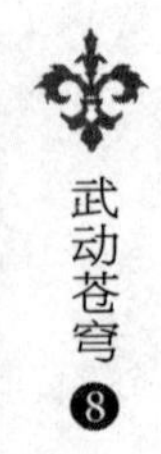

为倾颍嫁了好夫婿。倾洛能有今日少不了翼轸对他的激励，最为重要的是，多亏了青丘道长教导有方……青丘道长乃是老龙生平引为最知己之人，当然，能够得识青丘道长，全因翼轸之故。其实说来说去，还是因为老龙有福，生了一个好女儿。”

倾东绕来绕去，谁也不漏全数夸了一通，最后还自夸了一番，惹得众人哈哈大笑。

戴风颇为不满，插话说道：“龙王，照你所说，难道我家婵儿就不是宝贝女儿不成？要知道，翼轸最先定亲之人，却是我无天山的无喜公主。”

倾东眼睛一瞪：“戴风老儿，来我东海之上，还想兴风作浪不成？老龙我奉陪到底！”

戴风拍案而起：“好，我戴风要是怕你，就不是无天山的金王！”

众人一见顿时愣住，金王与龙王都非常人，怎会一言不合便横眉冷对？倾洛急忙要上前劝和，却听青丘咳嗽一声，说道：“洛儿勿动！”

倾洛对青丘之命不敢不从，只好按捺不动。

倾东与戴风二人冷脸相对半晌，见众人无一人出来相劝，二人再也隐忍不住，一起哈哈大笑，说道：“看来我二人还是稍逊一筹，骗不了大家。竟然无人相信我二人要翻脸出手，倒是枉费了一番心机。”

众人自然知道二人不过是真真假假闹上一闹，是以无人当真。戴风上前挽住倾东手腕，豪气顿生：“来来来，龙王，你我二人争斗多年不分胜负，今日借翼轸东风，我二人成为亲家，既然战场之上不分上下，酒宴之上一定要分出个输赢出来。”

“怕你不成！”倾东也是豪情大发，聊发少年狂。

见两位神人之王如此意气风发，随同戴风前来的金翅鸟大将与水族将士相视一笑，多年恩怨一朝化解，都心情激荡，感念张翼轸盛情。

龙宫盛宴，酒过三巡，倾东长身而起，向众人敬酒，说道：“四海阁成立在即，既然名为四海，怎能只有东海一家？传令南海、西海和北海，东海龙王有令，有请三海贵宾前来东海共同见证四海阁成立大典。”

青丘感慨说道：“天帝有令，四海龙王不得擅离本海，否则便以天规处置，三海只能派出龙子前来。若是四海龙王同聚一处，这四海阁想不名扬天下也不行，可惜了，盛况难逢！”

四海升平

四处碰杯喝酒醉意醺醺的灵空听了此话，不以为然地说道："管他什么天规天条，翼轸所作所为正是逆天之事，况且这里的众人，哪一个又是听命于天帝之人？我说老龙，不要忌讳太多，传令其他三海，说是翼轸让三海龙王前来东海商议要事，若是不从，再加上一点，就说翼轸的师傅灵空道长有令！"

灵空醉话连篇，众人哄堂大笑。

应龙却是赞同："请来三海龙王还不是小事一桩，倾东，速令你手下以全海传讯之法传讯三海，便说东海有天龙在此，速来见驾！"

倾东和戴风拼酒之下，也有了几分醉意，正心意朦胧之际，猛然听到应龙说有天龙在此，顿时酒醒，惊慌失措地问道："天……天龙何在？"

倾东对应龙虽然心生敬畏之意，却无法感应到应龙身份，更因应龙来历过于高深，与世间之龙并无交集，是以倾东对应龙并无多少尊崇之心。不过身为世间之龙，倾东却对天龙敬畏至深，毕竟天龙乃是天地万龙之首，如同修道之人对天仙无比仰望一般。

烛龙见应龙将他推到台前，也不好推托，只好向张翼轸点头一笑，一步迈出，冲倾东微一点头，说道："飞羽在此，倾东不必惊慌，我现今也只是翼轸的随从罢了。"

话虽如此，倾东对天龙威名却是听闻已久，有着根深蒂固的惧怕崇敬之心，尽管先前也曾知道烛龙之事，不过亲眼所见毕竟不同，当即向前深施一礼，惶恐说道："天龙降临龙宫，当是东海之幸！"

张翼轸此时只好向前，将烛龙之事简略一说。烛龙不敢在倾东面前托大，再三礼让。倾东却是不肯，非要敬烛龙于上座，万分恭敬。相比之下，倾颍曾与烛龙大战，对他倒无太多敬畏之心。

烛龙盛情难却，无奈之下只好颇不自在地受倾东之礼。倾颍见状恍然向前，与烛龙说起旧事，缓解气氛，令倾东的紧张之心大为缓和。烛龙也是一时放松，对倾颍心生感激。

有天龙在此，倾东底气十足，立即传讯给其余三海龙王。不多时接到回讯，三

海龙王三日内全数移驾东海龙宫！

“千年盛况，千年盛举！了得，当真了得！”倾东志满意得，开怀畅饮。

灵空颇为不满地说道：“不听我灵空道长之言，却认定小小烛龙有这般号召之力？哼……你等哪里知道，要不是我灵空神机妙算收了翼轸这个得意弟子，哪里会有今日四海升平之事？”

“说得是，说得是，一切全是灵空道长慧眼如炬，我等对灵空道长佩服得五体投地！”戴风与灵空相处日久，比起倾东更了解他的性子，当即酒意上涌，交口称赞灵空一番。

众人一听，都纷纷附和戴风之话，对灵空大加恭维。灵空听闻之下，喜笑颜开，又接连多喝几杯，终于一醉不起。

三日之后，南海倾南携倾景，另有赤浪同行，西海倾西携倾巍，另有蓝魅随行，北海倾北携倾化，几乎同时来到东海龙宫。一时龙族齐集，水族欢腾，四海盛况千年仅有。

不提三海龙王见到烛龙之后震惊之情，烛龙少不了又硬着头皮应付一番，但说倾化来到东海之中，忐忑不安，四下看个不停，过了半晌也未发觉有异，渐渐放下心来，他正要长舒一口气之时，忽听身后有两人同时发话：“倾化太子，别来无恙否？可是记得北海两大化蛇大将？”

倾化差点惊叫出声，急忙回身一看，果然正是他遍寻不得的华风云和华自在，二人一脸捉摸不透的笑意站立身后，并未刻意施展神通，气息微微外露便令倾化心惊肉跳：二人竟然同时修为大长，一身本领已然在龙族之上。

化龙将成！

倾化无比尴尬，又不得不拉下颜面，辩解道：“两位将军，先前小龙多有得罪，不过也是受人蒙骗。现今也是真心改过，且又追随翼轸左右，这……以前之事，还是就此一笔勾销为好，可好？”

华自在漠然一笑，并不说话，华风云却是得理不饶人，冷冷说道：“说得倒也轻巧，你逼得我二人自相残杀，仓皇出逃，无处藏身。眼下为形势所迫，你又低声下气讨饶，哪里有这般好事？倾化，不如今日趁众人都在，我二人也比试一番，各凭本领生死不论，你意下如何？”

倾化自知并非华风云对手，急忙扭头过去，高声喊道：“翼轸救我！”

张翼轸早已料到华风云会将倾化一军，心中已有打算，听倾化呼救，当即冲烛龙笑道：“两名化蛇即将化龙，烛龙，不如你收为弟子，日后行走天庭也好有个照应。”

烛龙无奈一笑：“翼轸，诸般麻烦之事都交我处置，你自己倒落个清闲，也是气人。”

张翼轸哈哈一笑，说道：“想来这些时日全是我奔波忙碌，你只顾在我的神识之中沉睡。如今我忙里偷闲片刻，你又有怨言不成？何况说到底，化蛇也本是因天龙之事涉及才沦落至今，由你处理，也算名正言顺。”

烛龙呵呵一笑，来到华风云和华自在面前，上下打量二人几眼，说道：“你二人是即刻飞升之人，何必再与世间之龙一般计较？他日在天庭之上，可否愿意追随我左右？”

华风云和华自在即便不知道眼前之人是谁，只凭气息也可感应得知此人与他二人血脉相近，神通无比，正是所有龙族都仰慕敬畏的天龙，怎不喜出望外？二人连话也说不出口，纳头便拜。

倾化也不傻，见此良机怎会放过，也是急忙跪倒在地，口中称道：“请天龙收小龙为徒！”

不提烛龙如何挠头，却说张翼轸正与商鹤羽和青丘说话，忽见戴婵儿和倾颖气势汹汹过来，二人都是一脸怒容，醋意大发，上前质问张翼轸：“快快讲来，你和倾景的千年之约究竟是怎么一回事？”

商鹤羽和青丘见此情景，二人对视一眼，悄然一笑，赶紧溜之大吉。张翼轸先是一愣，随即抬头一看，见远处倾景正一脸坏笑着朝这边张望，心中明白定是这小丫头故意使坏，他心中既觉好笑，又颇感无奈，只好迎着二人亦嗔亦喜的花容，解释说道：“其实不过是为了让倾景安心修行，以便早日突破神人体质，晋身飞仙之境。不过异变神人万无其一，能够修至飞仙之境谈何容易……”

好不容易将戴婵儿和倾颍说服，又许诺一定寻求名师传授她二人绝技，也好令她二人早日突破神人体质，一转身却见倾景不知何时来到近前，一本正经地对戴婵儿和倾颖说道：“二位姐姐，景儿已将千年之诺一事禀告父王，父王也是一口答应，说是等我飞仙大成之时，便将我许配给张翼轸……”

不等戴婵儿和倾颖再次向他质问，张翼轸急忙寻个空子落荒而逃。

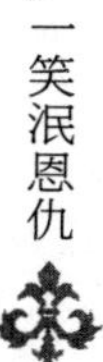

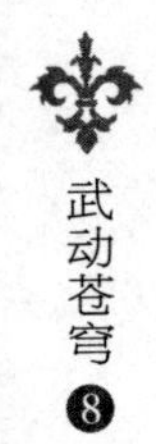

定好七日之后在泰山正式成立四海阁，张翼轸担忧天下三大道观赶不来，青丘笑道："些许小事不用翼轸挂念，我已经派人前往三大道观正式下了请帖，一切都在筹划之中。"

商鹤羽赞道："我等之中，以青丘智谋和考虑周全最为第一，商某尽管成就飞仙已久，不过仍是自叹不如。"

青丘打趣说道："你我之间若是互相恭维，便与自吹自擂没有两样了。"

盛况空前，众人无不欢欣鼓舞，张翼轸也是无比欣慰，不过高兴之余心中总有一缕担忧挥之不去，究竟是担心何事，却又说不清道不明。

七日之后，中土世间最东名山泰山上空，原本阴雨绵绵，忽然一阵清风吹过，雨过天晴，碧空如洗，令人一望之下心旷神怡。正当众人感叹良辰美景之际，忽见虚空之中飘来朵朵祥云，先是十几片飘浮空中，随后便见自东向西层层五彩祥云铺天盖地席卷而来，同时天空之中隐隐传来天乐阵阵，更是让人听闻之下如临仙境。

众人议论纷纷，都在猜测为何今日天降祥瑞，难道是神人下凡或是仙家现身？众人正不解之时，只见漫天祥云汇聚到泰山主峰玉皇顶之上，随后金光一闪，祥云消散不见。

有此可以一睹仙家风采的良机岂可错过？众人纷涌向前，潮水一般朝玉皇顶跑去。不料走不多远却发觉平常无比熟悉的道路变得陌生起来，转了半天也走不到近在咫尺的玉皇顶，就连附近山民也无比纳闷，怎么每天都要走上几遍的山路竟然也会迷失？

不过众人心中却清楚得很，数月之前，一向险峻的玉皇顶却被人凭空建造一处浩大的宫殿出来，有好事者也曾离近观看，认得大殿之上金光闪闪的三个大字正是：四海阁！

不久，迷路的众人只觉眼前一亮，一条金光大道凭空生成，现在眼前，虚空之中一个庄严的声音响起："各位父老乡亲，今日乃是四海阁成立大典，若有有意近前一观大典盛况者，请迈入金光大道之中！"

众人见金光大道闪亮之间如同一道霞光，无人敢冒性命危险迈上，唯恐跌入万丈悬崖。迟疑片刻，终于有数名胆大之人一步迈上，迈上之后只觉如坠云端，无比舒适，惊叫："果然是仙家手段，妙不可言。"

众人这才惊醒，纷纷向前，争先恐后要踏上金光大道，可惜却是迟了一步，眼前金光一收，金光大道连同先前迈入之人一同消失得无影无踪。

04　四海阁大典

四海龙王先是与张翼轸一一见礼，随后四人并列空中，朗声说道：“从此四海一心，共迎太平盛世。四海龙王在此亲口一诺，四海阁与四海亲如一家，翼轸为我四海共同尊崇的贵宾！”

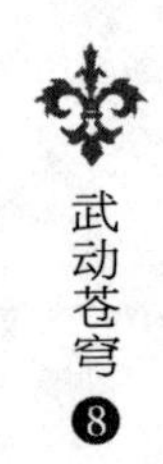

盛世良辰

不提众人后悔不迭，但说泰山玉皇之上，四海阁之前，张翼轸打扮一新，当中一立，淡然如风，飘然如云，其势出尘，其形随心。

正是举行四海阁大典之时！

张翼轸与东海众人早一日来到四海阁，见一切安排妥当，青丘事无巨细全部事必躬亲，让他暗自敬佩不已。好在应龙来此，见四海阁有些宫殿尚未完善，一时手痒，便施展阴阳相融术修补一番。应龙本领远非世间修道之士可比，即便东海水族与之相比也有天壤之别，所以应龙不出手则已，一旦出手，不出一日，整个四海阁不但焕然一新，且辉煌庄严犹如天宫，东海龙宫犹不能及。

众人一见，无不交口称赞。应龙难得也不居功，将一应功劳全部推到张翼轸身上，让张翼轸增光不少。众人这才心悦诚服，对这个从未谋面的四海阁之主心生敬意，只当他修为通天，随便身边拉出一人，看似如同世间寻常老者，却也是神通广大不下飞仙之境，也不知这位少年才俊是何等惊人修为！

四海阁大典对四海而言乃是千年不遇的大事，对中土世间来说，也是绝无仅有的空前盛况。极真观、三元宫和清虚宫接到传讯之后，哪里敢怠慢半分，早早收拾停当，各自率众前来，是以张翼轸等人也未等候多时，便见极真观“真”字辈全数到齐，三元宫“灵”字辈及少数二代弟子，清虚宫“天”字辈及成华瑞等人，悉数齐集泰山玉皇顶。

另外更有天下道门之中式微的中小道观也是闻风而动，甚至是举观出动，便是存了弃观从此久居四海阁之心前来，一时热闹非凡，人声鼎沸。可以说，中土道门几乎全数精英无一例外会聚玉皇顶之上，人数之齐，人心所向，即便成就飞仙已久的商鹤羽也是见所未见，感慨万千。

青丘更是心情激荡，不胜唏嘘：“千年以前若是道门如此齐心协力，何愁魔门不败？翼轸，汇聚天下有识之士，凝聚天下修道之士精进之心，功大于天，青丘何其有幸追随翼轸左右，才有今日之功，请受青丘一拜！”

张翼轸急忙将青丘扶起，一脸惊愕：“青丘何出此言？四海阁说来其实全由你一手操办而成，我未立寸功却忝为四海阁之主已是心生惭愧，你又如此折杀于我，莫非怪我不成？”

青丘一脸惶恐，急急辩解道：“翼轸言重了，应该是青丘惭愧才是。千年以前，中土道门人心分散，一盘散沙，才在与魔门对抗之中，一败再败，青丘身为当时领袖，难辞其咎。虽然我当时自恃法力高强，却并无大福大德，更无顺应天机之机缘，所以无法将天下道门会聚一处，令天下修道之士心齐一处，对此我一直深感遗憾，只想若有机缘再将天下道门同归一心。现今我修为恢复，又借翼轸便利和威名，终于夙愿得偿，怎不感念翼轸大恩大德。”

张翼轸这才得知青丘千年以来于心难安，一心为天下道门各自为道难以同归一心而耿耿于怀，时至今日才终于亲眼得见道门共聚一地，青丘有此大愿行此大举，也是难能可贵。

青丘继续说道：“翼轸莫要怪罪青丘借你之名行此大事才是，毕竟天地之间，能够令四海归顺，令天下修道之士归心，令应龙、烛龙以及天地灵兽相助，令商鹤羽这般飞仙追随，如此不世之才，难寻难遇，青丘有幸得遇翼轸，跟随左右，也是三生有幸。”

青丘有感而发，值此盛会之际，一时心潮澎湃，将心中隐藏的想法和盘托出。张翼轸听了也是感触良深，对青丘说道：“你我二人相识以来，历经无数波折，能有今日坦诚相待，能得青丘尽心辅助，也是翼轸之幸。四海阁成立之后，我无暇顾及门中之事，一应事宜还要交由青丘处置，还望青丘更加勤勉才是。”

与青丘再次谈心，张翼轸心中大定，见吉时已到，让商鹤羽传令下去，四海阁成立大典正式开始。

按照原先所定，商鹤羽现身众人面前，先是唱念一段颂词，随后简略介绍四海阁由来，说道：“四海阁阁主张翼轸原本山村少年，后入三元宫求道，以弱冠之年晋身飞仙之境，此为道门不世奇才，升任阁主乃是众望所归。在下身为飞仙，也甘为翼轸随从，可见其品德高尚，足以服众，堪当大任！”

商鹤羽此话一出，众人一片惊叹之声。世间飞仙难见，不想四海阁不但阁主年

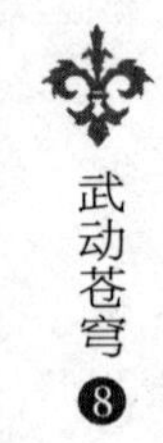

纪轻轻便是飞仙，身边随从也是飞仙之境，天下道门三大道观，哪个能比？

原本还心存疑惑，抱着前来一试心理的道门散修一听此言，当即决定打死也要留在四海阁，别的不说，单是两大飞仙在此，世间再无道观可望其项背。

身为四海阁之主，张翼轸自然当仁不让要现身发言。他闪身凌空而立，周身风轻云淡，尽管众人之中不少人在三元宫掌门大典之中也曾见过张翼轸，今日再见，不由暗自赞叹张翼轸当真了得。数年工夫，寻常之人尚未从人仙跨入地仙之境，他却已是飞仙大成，如此道门奇才，不但有飞仙辅佐，还有四海龙王相助，若他不统领天下道门，试问天地之间何人有此威德？

“诸位道友，翼轸不才忝为四海阁之主，其实也是诸位抬爱。在下不过是后生小辈，哪里敢统领天下道门，只是恰逢此时，身边又有能人相助，才让在下侥幸升任阁主一职，实在汗颜。不过既然已成事实，在下身为阁主，定当尽心尽力为天下修道之士谋福。张翼轸在此郑重宣布，凡我四海阁弟子，皆可由阁内飞仙、神人传授修炼心法，也可以由四海阁护法之一、清虚宫弟子成华瑞传授神仙之法，一切全凭各人机缘和悟性，无人干涉可以随心修行。”

此话一出，一众沸腾，呼声震天。

“四海阁，取四海升平之意，也有四海一心之实。既然名为四海阁，自然少不了四海龙族，东海二太子倾洛、南海四公主倾景、西海太子倾巍以及北海太子倾化为四海阁四大弟子！”

张翼轸话音刚落，众人只觉眼前一花，四位龙子龙女现身空中，威武不凡，貌若天仙，当前一站，只惊得众人一片赞叹之声。

即便修至地仙之境，四海神人也并非随意可见，更何况四海龙子龙女同时现身，更是前所未有之事。

微一停顿，张翼轸又道：“北海之上有山名无天山，山上有神人为金翅鸟，无天山神人戴戠身为金王之子，也甘愿为四海阁弟子！”

戴戠现身，先是向四位龙子龙女微施一礼，随后站立张翼轸身侧，冲所有修道之士拱手致礼。

先前在三元宫掌门大典之上见过龙子及戴戠之人不觉有奇，不过却是心中佩服得紧。当日神人降临趾高气扬，今日却在张翼轸面前执弟子礼，如此前后反差，令一众修道之士大感惊讶的同时，心中豪气陡生，颇有扬眉吐气之感。

挥手让五人先行退下，张翼轸淡然一笑："四海阁借四海威名，若无四海龙王首肯，自然名不副实。幸好在下与四海龙王有些交情，才厚颜请来四海之主，以壮声势！"

一听有四海龙王现身，人群顿时一阵躁动。见过龙王之人少之又少，同时四海龙王现身眼前，别说在场的人仙、地仙，便是飞仙商鹤羽也从未见过。

只听一阵爽朗的笑声响起，四位如同世间古稀老人者闪身众人眼前，只见四人各异，如世间富贵闲人，权威官宦或是寻常老人，虽然并无多少出奇之处，不过当前一站，浑身上下散发出号令千军之势，一看便是久居高位之人。

四海龙王先是与张翼轸一一见礼，随后四人并列空中，朗声说道："从此四海一心，共迎太平盛世。四海龙王在此亲口一诺，四海阁与四海亲如一家，翼轸为我四海共同尊崇的贵宾！"

得四海龙王推崇，原先在青丘和倾洛的拉拢之下首批加入的修道之士顿时群情沸腾，大声叫好，深为当初的英明决定而得意。

众人呼声未落，却见一名金甲神人浑身金光闪烁来到四海龙王面前，先是与张翼轸见礼完毕，然后与四海龙王一一见礼，说道："无天山戴风见过四海龙王，承蒙翼轸居中周旋，从此无天山与四海再无战端。我等山海相连，海山一家，共享太平。"

四海龙王急忙还礼，一齐说道："有天下所有修道之士为证，四海与无天山在此立誓，永不再战。"

四海龙王掷地有声，众人齐声叫好。

恭送四海龙王和金王之后，张翼轸转身站定，哂然笑道："虽然在下不才，不过是区区飞仙之境，不过却侥幸有些人缘……四海阁既然被天下道门推为领袖，自然少不了左、右护法，左大护法便是千年飞仙商鹤羽，而右大护法与方才四海龙王也颇有渊源。四海之龙为世间之龙，掌管世间四海，诸位道友却是不知在九天之上却有天龙为天地万龙之尊，翱翔九天之上，即便天仙也退让三分。在下何其有幸，为四海阁所请的右大护法乃是天龙！"

神来之笔

天龙？

众人心中震撼未去，又突闻天龙之名，更是张口结舌。其中更有在遗失典籍之中曾对天龙之名有过耳闻之人，乍听天龙之名，险些站立不稳，只惊得差点晕倒在地。

天龙比天仙还要高上几分，本是传说中的所在，竟然屈身为四海阁的护法，如此一来，四海阁非但世间无人可比，即便放置天庭之上，也有一席之地。

灵动、真明和天有等人站在一起，也是震撼连连，如今再听天龙之名，除了心驰神往之外，更是心生隐退之意，才知张翼轸四海阁看似成立仓促，实则在他先前种种不凡之事中，已然连带收服飞仙，降服天龙，令青丘归心，四海归顺，再到如今天下道门众望所归，不过是水到渠成之事。

原先三大道观之中也有不少二代弟子对四海阁心生不满，对四海阁横空杀出，非要压三大道观一头一家独大，敢自称天下道门之首大为不服。他们认为张翼轸不过是三元宫一名二代弟子，即便他自身修为通天，也不能一手遮天，非要天下道门臣服。甚至还有一些人暗中串通，准备在大典之上临时发难，让张翼轸难堪。

谁知张翼轸并非浪得虚名之徒，有飞仙护法暂且不说，四海龙王齐来捧场，且还有天龙护法！只此一点便让心存不满之人立时心服口服，再也不敢有任何非分之想。试想天龙是何等威名，是超越天仙的存在，天龙尚且护佑张翼轸左右，即便张翼轸再没有本领，也无人敢惹。

烛龙应声而出，当空一站，风采照人，耀眼夺目，令人自惭形秽，不敢再有他想。

张翼轸不过是借烛龙之威以壮声势，是以烛龙只是一露面，便又站立背后不再现身。张翼轸也不啰唆，直截了当说道："四海阁还设有供奉一职，眼下四海阁也请到一位高深莫测之人担任此职，此人名千应，自称应龙，其神通尚在天龙之上！"

什么？天龙便可以力敌天仙，比天龙还要高强之人，又是何方神圣？张翼轸此言一出，顿时一片躁动，众人纷纷向前涌动，意欲一睹应龙真容。

应龙哈哈一笑，凭空现形众人眼前，笑道："莫挤，莫挤，所谓真人不露相，露相不真人。翼轸抬爱，将我吹捧上天，实际上我也不过是一个寻常老头，并无出奇之处。”

众人一见应龙果然如七旬老人，形容干瘦，相貌普通，浑身上下更无法力波动，直与世间一名寻常老者无二，不由心生失望。更有一些人暗中嘀咕，认为张翼轸不过是随口一说，用来唬他们一唬，有天龙助阵便已是让人震惊得喘不过气来，非要再好上加好，说是还有高过天龙之人，怕是画蛇添足之举。

应龙一身神通，岂会猜测不到众人心中所想。他当即心意一动，慨然说道：“诸位道友远道而来，定是口渴难耐，我身为四海阁供奉怎能不表示一下心意？便请诸位道友喝杯清茶，解渴之余，也略微增进一些道力。”

众人听得莫名其妙，怎么堂堂的四海阁供奉竟要请大家喝茶，难道他要为在场的数千人端茶倒水不成？众人正疑惑时，忽觉手中一暖，低头一看顿时大吃一惊，不知何时每人手中凭空出现一杯清茶，茶水温热，茶香四逸。

好一个神来之笔！

这一惊可是非同小可，天地之间只有到了飞仙境界才可以五行转化，而如应龙一般凭空化物，众人莫说见过，闻所未闻。如此一来，所有人等顿时收起轻视之心，不敢怠慢，各自举杯一饮而尽。

待众人饮尽杯中茶，微一愣神，却见手中空空如也，犹如从未有过茶杯一般，不过肚中温热和口中清香却是明白无误地告诉众人，确实有茶水入口。正当众人发呆之时，忽见人群之中有数人头顶之上紫气冲天，随之祥云一升，竟是驾云飞空而起，在众目睽睽之下，晋身地仙之境。

还有无数人闭目片刻，随后惊喜地发现原先一直难以突破的人仙之境，茶水只一入肚，便一通全通，一步跨越关口，成功修成人仙。

应龙的阴阳相融术非同小可，再加入茶水之中被他注入五行之力，用来调剂修道之士的肉体最为有效，是以许多处于关口之中多年难以突破之人得此相助，正好借机晋升境界。

人群静默片刻，忽听一人高喊：“翟某谢过上仙大恩大德！”说完“扑通”一声跪倒在地，大礼参拜。

此人一拜，其余得了实惠之人哪里还敢怠慢，只听“扑通”之声四起，一时跪倒一片，呼声震天。

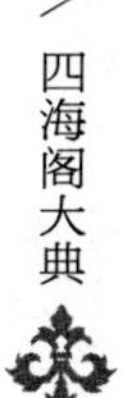

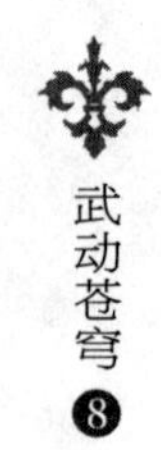

应龙微笑点头，闪身间来到张翼轸身后，不愿再受众人之拜。众人见应龙推辞不受，更是对他心生无边敬意，正在此时，忽听空中一人高喊：“翼轸，四海阁有左右两大护法，供奉怎会只有一个？你有今日成就，怎能忘了为师的教导和恩惠？”

正当众人以为又是哪位高人现身之时，却见一人飞到张翼轸面前，一脸不满，满心气愤，说道：“应龙可为四海阁供奉，为师怎么不能？你就算现今身为四海阁之主，为世间万众敬仰，也是为师的徒弟，此点你可承认？”

张翼轸点头应答：“师傅教诲，翼轸铭记在心。”

“这就是了，这么说，为师身为四海阁供奉一事，你是答应了？”灵空顿时一脸得意的笑容，沾沾自喜地说道。

张翼轸一时为难，说道：“师傅有所不知，徒儿虽然身为四海阁之主，不过四海阁供奉一职非同小可，并非我一人可以做主，必须有四海阁两大护法以及副阁主青丘连同四大弟子共同认可才行，此事容后再议，可好？”

灵空却是不依不饶：“不行，以后再说的话，恐怕来不及了，必须现在定下！也好，既然你提到商鹤羽、烛龙，还有青丘和四海龙子龙女，他们全部在此，你一一问来就是。”

张翼轸无奈，众目睽睽之下又不好顶撞灵空，毕竟天下之人都尊师重道，灵空修为再是不济，总是他的授业恩师，不可不听。

当下唤过几人前来，问几人有何看法，商鹤羽毫不犹豫地说道：“尊灵空道长为供奉，也在情理之中，我并无异议。”青丘及四海龙子龙女也是认为灵空身为张翼轸师傅，不好当面回绝，只好点头默认。

应龙却不同意，直接说道：“灵空道长虽然有张翼轸师傅之名，不过并无过人之能，也没高深本领，若是担当四海阁供奉，怕是天下道门不服。”

灵空一听顿时急赤白脸说道：“好你个千应，我何时得罪过你，你非要和我过意不去？啊哈，就算过去我曾经无意之中对你不利，或者是伤害过你，现在都什么时候，你还要揪住不放不依不饶，这般心性，何时才能知道天地宽广？你，你，你气死我也。”

应龙被灵空抢白一通，忽然愣住，打量灵空半晌，仿佛不认识他一般，良久，蓦然点头一笑：“好，灵空身为四海阁供奉一事，我应下便是。”

既然全体通过，张翼轸也无话可说，笑道：“看来师傅人缘倒是不错，既如此，我便以四海阁阁主身份正式宣布，灵空道长与应龙同为四海阁供奉！”

灵空顿时大喜，不理底下众人怪异的目光和众说纷纭，拱手朝众人频频致意，不管有没有人朝他贺喜，只顾自己点头连道“同喜，同喜”，一脸扬扬自得之色，只差一点便要当众手舞足蹈一番。

许多不了解灵空之人惊得目瞪口呆，也有一些老成持重之人不免暗暗摇头，感叹好端端一个四海阁成立大典，本来一切完美无缺，临了却被灵空搅局，不得不说令人心生遗憾。且不说灵空模样生得过于寒碜，便是他一身人仙修为，却跻身飞仙之间，多少有些不伦不类。

张翼轸摇头一笑，随即再次高声说道：“四海阁成立之后，一应事宜全由副阁主青丘负责！青丘道长无论行事还是为人，都圆润方正，可堪大用，此后若无要事，一律由青丘全权处置四海阁之事！”

青丘闪身而出，先是冲张翼轸等人客套几句，随后向众人拱手说道：“青丘不才，承蒙大家厚爱，深感重任在肩，心生惶恐。好在四海阁人才济济，上有阁主人脉深广，法力高强，供奉修为通天，可比天仙，中有护法飞仙神通广大，青丘身为副阁主，虽然也晋身飞仙之境，不过若论修为却是最为低下。好在有诸位道友与我同行，与我携手共进，四海阁日后兴旺昌盛，全仰仗诸位道友，青丘在此先行谢过……”

青丘不愧有智谋，一番言辞慷慨激昂，在场众人无不心情激荡，对四海阁前景充满信心。

青丘说完，至此四海阁成立大典顺利完成，张翼轸正要让青丘安排众人入大殿就座，忽然心生警觉，心神一紧，目光掠过众人头顶，直直朝半空之中望去。

应龙、烛龙、商鹤羽、青丘随后都心中一凛，感应到有飞仙莅临，商鹤羽当前一步，朝空中喝道：“不知哪位飞仙下凡，还请现身相见！”

变幻莫测

应龙更是毫不客气：“不管你是哪门子飞仙，快快现身，否则我的斗转星移大阵炼化十个八个飞仙，也不在话下！”

在场众人一听此言，顿时倒吸一口冷气，这个四海阁的供奉果然了得，天降飞

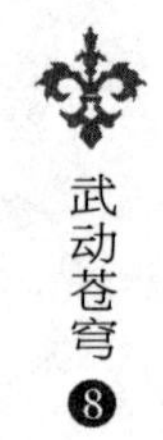

仙不但不迎，还口出狂言，说要将飞仙炼化。不说他究竟有无这般本领，单是这份口气和胆量，也是令人心底生寒。

话音一落，虚空之中传来一人慌张的声音：“莫要见外，不要动手，我与翼轸相识，特来恭祝四海阁成立，并无恶意！”

紧接着空中一个人影一闪而出，长身而立来到张翼轸面前，先是深施一礼，随后站定身形，高声说道：“无根海飞仙风楚者奉主上王文上之命，特来恭祝四海阁成立！”

风楚者突然现身，令张翼轸微感意外，不过见他代表无根海，也是不能少了礼数，急忙回了一礼，答道：“有劳风兄，请代为转告王文上，就说翼轸谢过他的好意。”

风楚者心有余悸地看了应龙一眼，心中疑惑眼前此人究竟是谁，为何一身修为如此深不可测，刚才瞬间锁定他的气机，令他几乎在空中无法现形，如此神通，怕是连王文上也有所不及。

再定睛一看，风楚者更是吃惊不小，只见张翼轸身边数人，两名飞仙，另有一人非仙非魔，也是修为不凡，直令风楚者心中恐慌。他再向台下一看，密密麻麻站满修道之士，虽然不过是人仙和地仙，不过也胜在人多势众，即便他日众人之中成就飞仙者百有其一，日后也是不可小觑的一股庞大势力。

张翼轸，果然厉害，怪不得王文上再三叮嘱，令他务必下凡前去道贺，且一定恭敬从事。风楚者心中嘀咕，以眼前情景，莫说是他，即便是王文上来此，也不得不礼让三分。

台下众人心中震惊更是无法言说，如果说先前见张翼轸身边之人全是飞仙，对张翼轸也是恭敬有加并没有多少感触的话，如今却是亲眼看见天降飞仙，竟是只为前来恭贺四海阁成立大典，且对张翼轸十分尊崇。在众人心目之中，天庭之人哪怕只是最不成器的天人也是一副高高在上的模样，今日却见飞仙在四海阁之主张翼轸面前放低姿态，身为四海阁弟子，在场众人无不欣慰，深感扬眉吐气。

张翼轸不及多问风楚者，只对应龙无奈一笑：“既然无根海来人，无明岛岂甘落后？看来今日有热闹可看了。”

应龙不以为然地说道：“假装前来道贺算他们识趣，若是故意前来捣乱，定叫他们有来无回……果然又有人来了！”

空中天乐齐鸣，天花散落，随之一阵清香飘来，令人神清气爽，身心俱安。正当众人陶醉之时，不知何人突然惊叫出声："快看，天女散花！哇，仙女下凡……"

只见空中祥云一闪，数名盛装华服相貌绝美的女子手捧花篮，在空中徐徐飞行，曼妙起舞之间，轻扬玉手，将无数鲜花撒向半空，随之片片飘散，落在众人身上。众人如痴如醉，个个瞠目结舌，呆立当场一动不动。

中间有一名女子，美不可言，端庄照人，她身着紫衣，外笼薄纱，云鬓花颜，绰约风姿，当真是九天仙女下凡尘。

女子只一现身，视众人如无物，径直轻移莲步来到张翼轸近前，微揖一福，柔声细语："之秋奉无明岛岛主箫羽竹之命，特来恭祝四海阁成立！"

说完，眼波流露，凝神端详张翼轸片刻，嫣然一笑，又道："另外之秋也甚是想念张公子，一时动了凡心，有意在四海阁之中担当张公子护法，不知张公子是否嫌弃之秋相貌粗陋、本领低劣？"

轰……

场中众人如遭雷击，内心的震撼无法形容。仙女下凡不但是为四海阁成立之事，且还甘愿屈身到四海阁之中护佑张翼轸，张翼轸竟有如此本领和威德，惊动天庭来人不说，还惹得仙女动了凡心，当真是令人匪夷所思。

张翼轸被之秋当众调笑，不免尴尬，只好哂然一笑，忙道："谨致无明岛岛主箫羽竹，张翼轸不胜荣幸，深表谢意。"

之秋见张翼轸对关键之事避而不答，也不恼，笑靥如花，俯身到张翼轸耳边轻声说道："家父让我提醒你，小心提防无根海之人，或许另有所图也未可知。"

大庭广众之下，张翼轸不好有所表示，只好微笑点头，随后交代倾景好生招待之秋，转身与青丘商议一二，然后又飞身高处，高声说道："四海阁成立大典正式完毕，诸位请依次入殿，领取牌位，各司其职……"

"且慢！"

张翼轸话未说完，蓦然自空中迸发一阵雷鸣般的响声，随即一股巨大的威压自天而降，如泰山压顶，顿时将在场众人压得直不起腰来，修为不到地仙之境者，更是支撑不住，接二连三地跌倒在地，再难起身。

应龙脸色大变："来人好高的修为，至少也是天仙之境……"

张翼轸面不改色："不，来人不是天仙，乃是天魔，而且还是大天魔！"

"哈哈，又被你猜中了，张翼轸，看来潘恒想要给你一份惊喜也是不成！"

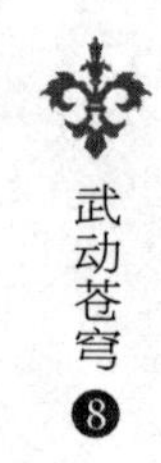

来人不是别人，正是潘恒。

应龙此时也已然得知来者何人，顿时气极，冷哼一声："大天魔便了不起吗？有种不要向地仙耍威风，自贬身份！"

说话间，应龙飞身向前，右手平举，用力向上一挺，冷笑一声："只手遮天！"

随着应龙右手托起，在场众人只觉浑身一轻，下压之力顿时全部消失，再无一丝不适。众人这才骇然发觉，这位其貌不扬的干瘦老者竟然有如此神通，当真是人不可貌相。

潘恒现身空中，受应龙一击，也是身形一晃，勉强站定，一脸讶然："应龙，不想你现今修为精进不少，可以与我较量一二，不简单。"

应龙却没有好气："来者是客，不过也用不着以气势压人，欺负四海阁弟子。"

潘恒笑了一笑，转身对张翼轸微一施礼，说道："失礼，失礼。方才之举并未有意为之，乃是潘恒强行突破天地界限之时自然而然所生成一股威压，倒也并非刻意施威……"微一停顿，回头看了应龙一眼，轻淡一笑，"应龙，潘某性情你也并非全不了解，你看我是那种行事张扬之人吗？"

"大天魔岂可以常理论之？我且问你，你拼了折损魔力下凡，有何贵干？"应龙对铁围山之事念念不忘，对潘恒也没有多少好脸色。

潘恒才不理会应龙态度，脸上笑意不减："潘某特意前来恭祝四海阁成立，想在翼轸手中讨一份人情。还望翼轸以天下苍生为念，虽然从此道门一统，也不必非要与魔门对立，将魔门赶尽杀绝。"

张翼轸肃然说道："潘兄所言，在下也心有系念。不过向来都是魔门惹事在先，若无魔门主动挑起事端，仙魔之争也无从谈起，大家不过是各自追寻天道，并无生死冲突，何必妄动杀劫。"

潘恒点头："好，我便命世间魔门弟子，不得无故挑衅道门，只管自行修炼即可。若有惹是生非者，杀无赦！"

张翼轸听出言外之意，奇道："莫非潘兄可以号令天下魔门？不是说天下魔门只听从魔帝之令吗？再者，如今魔门分崩离析，怕是并无多少弟子了吧？"

潘恒神秘一笑，不置可否："你我有此约定即可，其他之事现今不便透露。眼下还有最为要紧之事，翼轸，你即将大祸临头，可是清楚？"

张翼轸一愣："难道天庭派来天仙拿我不成？"

潘恒微微颔首，随之又暗暗摇头，一脸古怪之色，说道：“天仙不假，天魔不真，真假不定，是非不分。混乱将起，翼轸，你可要小心从事，莫要白白丢掉了性命！速速让所有地仙及飞仙全神戒备，随时迎敌！”

潘恒一脸凝重，微一感应，脸色大变：“来得好快，终归还是来了，竟然是全体出动，当真是大手笔，还真是看重张翼轸，哈哈！”

张翼轸来不及多想，急急传令下来，应龙、烛龙、商鹤羽和青丘、赤浪全部集聚在张翼轸身侧，众人都不知发生何事，正要问个清楚，猛然间天地变色，空中电闪雷鸣，乌云翻腾之间，犹如天崩地裂一般，大雨倾盆而下。

如此威势虽然并不过于惊人，不过微一感应，张翼轸却是大吃一惊，只因全数雨水之中竟然蕴含附魂蚀骨之力，飞仙沾身也会酸软无力，何况地仙人仙，更是沾衣便倒，再无反抗之力。

不用再想他也是心里清楚，从天而降者，并非天仙，而是天魔无疑。

正要大声喝令众人以法宝抵挡魔雨之际，却为时已晚，无数地仙人仙猝不及防之下被魔雨沾身，当即倒地不起，莫说反抗，连走路也是不能。

应龙怒极，扬手间便要与潘恒决一死战，却见潘恒双目放射红光，一闪便击中虚空之处，紧接着一阵惨叫响起，只听潘恒大喊一声：“诸位莫要手软，来人乃是天魔之中百里挑一的大天魔，就算突破天地界限大损魔力下凡，也可以一人可敌一名天仙。不过刚刚现形之际，受天地之威所限，虚弱如同飞仙，正好可乘机除去……诸位，再不动手，悔之晚矣！”

大战伊始

潘恒说完，一马当先杀入乌云之中，随后数声惨叫传来，听到有人怒喝：“潘恒，你身为天魔竟然残杀天魔，疯了不成？”

不管潘恒出于何种目的，眼下天魔来袭乃是生死攸关之际，张翼轸等人顾不上解救底下瘫软的众人，几人飞身闪入云层之中，定睛一看，顿时大吃一惊。

只见乌云翻滚之中，无数天魔从云层之中露出半边身体，先是如同轻烟，随后烟雾渐浓，化为墨水一般，同时全身现形空中。只要天魔全身显现，便浑身气势外

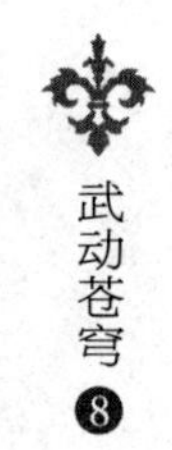

放，气息之强，飞仙无法近身。

幸好有潘恒点醒天魔下凡之时的关键之处，在他们最为虚弱之际，只见潘恒如疯狂一般，狞笑不止，双手迸发漆黑闪电，在一众天魔之中倏忽来去，尽情屠杀天魔性命。耳边惊叫之声不绝于耳，片刻之间，死在潘恒手中的天魔便不下十人！

潘恒身为天魔却对天魔大下狠手，出手之时毫不留情，究竟是何原因？张翼轸自然不会相信潘恒只为维护正义或是不忍四海阁沦陷，其中定有隐情，他也必定另有所图。只是他身为天魔又这般对同门出手，必定为天魔所不容，日后天魔肯定不会饶他，潘恒此举令张翼轸大为迷惑，一时竟然呆愣在当场。

耳边猛然听到潘恒一声断喝："张翼轸，想要保住四海阁，此时再不出手，更待何时！"

张翼轸顿时惊醒，心中狠绝之意顿生，管他那么多作甚，天魔来袭，绝无好意，若不乘其不备之时将其杀个落花流水，岂非坐失良机？当即大喝一声："诸位四海阁同人，今日誓与四海阁同存亡！"

话音未落，却听应龙一声大笑："来得好，管他天魔还是天仙，敢来惹事，杀了再说。"一闪身便凝聚一把五行剑，手一扬，一剑将一名天魔斩于剑下。

众人见状不甘示弱，纷纷加入战团。张翼轸心意一沉，唤出声风剑，暗中注入一缕死绝之气，随后催发天命之火，动念间声风剑迸发虚无之火，将一名天魔一剑穿心。

此名天魔刚刚成形一半，顿时惨叫一声，身形化为一股轻烟，一闪便犹如一片落叶一般，飘飘荡荡坠落在地，随之化为灰尘，没入尘土之中。

张翼轸吃了一惊，心知天魔即便是在最虚弱之时也绝无可能被他一剑杀死。即便是飞仙被杀，也有灵体出现，为何天魔陨落，不见灵体成形，竟是这般古怪情景？

只是形势不容多想，张翼轸挺身举剑，剑势如风，接连斩落数名天魔。再看其他数人也是各展神通，不多时每人至少打落五名天魔。只是同时下凡的天魔人数过多，尽管众人拼了全力，不过支撑一时片刻便有数名天魔稳固形体，化形成功。天魔一旦成形，顿时气势外放，只一出手便将青丘拿下。

紧接着，商鹤羽也被一名天魔制伏，动弹不得。烛龙、应龙凭借非仙非魔的气息尚能应付一二，不被天魔轻易锁定，张翼轸凭借声风剑之利和天地元力的强悍霸道，也能苦苦支撑。潘恒虽然身为大天魔，却最被天魔所痛恨，数名天魔将其围在其中，将他死死拖住，一时也难以脱身。

应龙对付一名天魔还能勉强坚持，张翼轸和烛龙却是无比吃力，眼见便要被天魔所擒。忽然天空之中仙气升腾，云气汹涌，先是自身后传来之秋和风楚者的声音："翼轸莫急，无明岛和无根海前来相助。"

随后空中仙气弥漫，无数飞仙和天兵天将现身空中，手持奇形怪状各式法宝，纷纷朝天魔打去。

当前两人，一人生得高大魁梧，如同世间指挥千军万马的大将，一人生得文弱不堪，犹如手无缚鸡之力的书生。二人刚一现身，便闪到张翼轸近前，魁梧之人先行说道："张翼轸，王文上前来援手！"

另一名书生模样之人笑道："张翼轸，箫某也来凑个热闹，可是欢迎？"

大名鼎鼎的无根海和无明岛之主同时现身，倒是大大出乎张翼轸意料。张翼轸不敢怠慢，急忙上前施礼，问道："欢迎至极，不胜荣幸！二位大驾光临，可是要解救四海阁于危难之中？"

"那还用说，要不我二人何必折损功力下凡世间……张翼轸，休要多说，快快迎敌要紧。据我所知此次降世者全是大天魔，一旦等他们恢复功力，我等必败。"

王文上与张翼轸所想全然不同，竟然是干脆爽快之人。

箫羽竹也说道："天魔不同于天仙或是飞仙，若要下凡，自身功力折损颇大，此为天地限制之一。不过饶是如此，大天魔降世，定形之后一身功力也堪比一名天仙！"

箫羽竹与王文上每人带领数十名飞仙和数百名天兵天将，刚一照面，便被天魔斩杀过半，天魔之威可见一斑。不过二人带领的将士全是悍不惧死之人，也不知用了什么法宝，临死之时都是白光一闪，数人连闪，便可将一名天魔杀死。

张翼轸几人不再迟疑，将身一闪再次加入战团。一时天空之中流光飞舞，法宝齐飞，乱成一团。混战之际，四海阁大殿受到波及，片刻之后便轰然倒塌。

再看被天魔魔雨瘫软的一众地仙和人仙，仍是被禁制当场，无法施展丝毫神通，只好眼睁睁看着四海阁化为一片瓦砾，更有不少人被法宝的余威击中，当场身死。

张翼轸见此情景不禁怒火中烧，四海阁被毁，四海阁弟子被杀，天魔如此猖狂，且大举下凡，为何天帝不出手干涉，只知高坐灵霄宝殿之上，不理万民生死？虽有

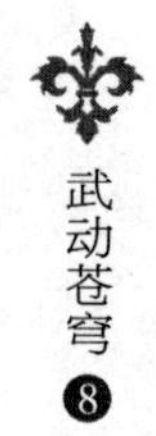

箫羽竹和王文上下凡来助，不过二人不过是飞仙修为，手下也全是飞仙，远非大天魔对手，如此下去，非但四海阁不保，恐怕在场中人无一幸免！

蓦然一道流光余势不减，直朝地面的地仙飞去，张翼轸顾不上许多，飞身向前，以声风剑接下。此光乃是大天魔所发，尽管只是波及之力，也是力道十足，硬拼之下，张翼轸飞仙顶峰修为也是颇感吃力。

刚刚接下一道流光，还未来得及运转仙力，又见数道流光疾飞而来。张翼轸想也未想，纵身闪跃，倏忽来回间，一一将流光接下，救下无数人性命。

随着天魔成形人数增多，空中应龙、烛龙以及箫羽竹和王文上一众飞仙渐渐支撑不住，尤其是无明岛和无根海来人被天魔所杀所擒者，不计其数。应龙还稍好一些，烛龙与箫羽竹和王文上三人都是浑身伤痕累累，疲于应付，眼见再也支撑不了多久。

再说张翼轸也是狼狈不堪，尽管仙力几乎耗尽，心意也再难以为继，仍是紧咬牙关，拼死抵挡可置地仙于死地的流光，有几次不及出剑，便直接以身体硬拼。每接一次，张翼轸全身气势便少一分，嘴角浸出丝丝血迹，再无方才风采。

底下被救地仙岂能不知张翼轸心思？见阁主如此舍命相救，虽然人不能动，灵力无法运转，却是个个怒火中烧，只想拼命与天魔力拼，即便身死，也不让阁主如此受苦受累，为众人耗尽最后一丝仙力！当场众人无不眼中含泪，心中堵塞，眼睁睁看着张翼轸被一道道流光击中，渐渐失去生机。

烛龙正与一名天魔拼死争斗之际，忽然心神一紧，一股莫名伤感袭来，顿时大惊，立时明白定是张翼轸受了重伤，只怕性命不保。只因烛龙与张翼轸心意相通，神识之间有莫名联系，张翼轸神识迷糊，失去清明之时，烛龙立即感应得知。

烛龙一时心如刀割，不必回头也是知道张翼轸只怕性命休矣，一时悲愤难平，忽然之间长啸一声，将身一纵，现出千里天龙之身，怆然说道：“翼轸今日丧命于此，烛龙绝不独自偷生，尔等天魔且放马过来，不死不休。”

烛龙说完，泪水长流，回望一眼，正好看到张翼轸被一道流光击中，身形一晃，如树叶飘落，不由一时凄凉难抑，慨然问天：“死不足惜，但为知己！翼轸莫要走远，烛龙紧随你后！”

随后烛龙一声龙吟，只震得八百里河山地动山摇，天空之中乌云随之飘散，但见烛龙猛然神龙摆尾，庞大如山的龙尾携带呼啸风声，横挡数名天魔。

烛龙一击，惊天动地，奈何对手却是修行千年以上经过天劫的大天魔，一身修为可抵一名天仙，况且烛龙现今修为远不及全盛之时，是以一击之下，竟被两名天魔联手拦下，二人四掌击在龙尾之上，烛龙只觉如天地之力传来，再也把持不住，庞大的身躯被一下击飞到百里之外，狂吐鲜血昏迷不醒。

应龙听闻张翼轸已死，又亲见烛龙被打得生死不明，一时肝胆欲裂，只觉仇恨难平，痛入肺腑，当下将心一横，一声狂笑："翼轸，烛龙，黄泉路上不寂寞，应龙来也！"

只见应龙在空中接连旋转数圈，蓦然间如同天崩地裂一般，一道耀眼光芒自应龙身上升起，随即暴涨千丈。紧接着一条巨龙从光芒之中一跃而出，体生双翅，脚生五爪，昂首而立，啸声直传八千里中土大地！

一众天魔一时惊呆，呆立不动，一人惊吓之下脱口而出："应龙化形！"

星罗棋布

应龙现出真身，只觉浑身充满天地之力，仿佛久远的记忆复苏，心中的无力之感一扫而光，举手之间便觉有排山倒海之力，上接九天之仙力，下达九幽之阴力，阴相相融，化生万物也毁灭万物。

"哈哈哈哈……"应龙长笑片刻，随即脸露狠绝决然之意，遥望将他团团围住的近百名天魔一眼，阴冷地说道，"尔等灭天规，下凡尘，残杀无辜，视天地平衡如无物，今日全部将命留下，一个不留！"

一众天魔被应龙突生巨变所迸发的威势震惊当场，生平连天帝也不惧怕，曾经天雷击顶也是坦然面对，却被应龙的气势击碎斗志，人人心生惧意，相视一眼，竟是生起逃跑之心。传闻中应龙真身一现，可毁天灭地无所不能，别说他们小小天魔，即便魔帝也是不堪一击，只因应龙乃是比肩玄仙的存在，九天之上，无人可及。

此时情景却是，张翼轸跌落地仙之中，凶多吉少。烛龙悬于空中，生死不明。潘恒、商鹤羽、青丘被擒，箫羽竹、王文上二人仍在苦苦支撑，不过已是强弩之末。二人所带的飞仙及天兵天将几乎全军覆没，所剩几人也是负伤颇重，没有一战之力。

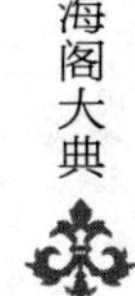

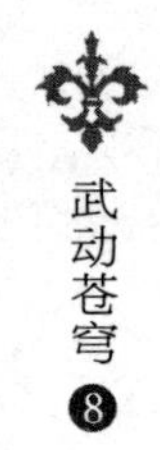

之秋和风楚者以及赤浪不知所踪，只怕也是非死即伤。倒是底下龙王、金翅鸟及一众地仙、人仙被魔雨禁制，并未参战，伤亡不过十数人，全因张翼轸拼死相救之故。

可以说，眼下只有应龙一人还有一战之力。

众天魔愣神片刻，悄声商议几句，猛然之间合围一起，近百人在空中组成一个奇怪的符号，领头之人口中念念有词，脸露古怪笑意，说道："应龙应龙，应天而生。天地无敌，唯我独行。看我天魔，灭仙屠龙！"

嗡嗡之声响起，应龙只觉心意一沉，只想就此沉沦不醒，永世沦落于黑暗之地，不得超生。同时近百人一同作法，无数道流光飞舞，闪耀不定，密织成天罗地网，就要将应龙真身连同神识一起锁定，然后炼化为天魔魔力。

应龙此时得感天应地之能，哪里这般容易便被制伏，猛然间身形一晃，一张口喷出一团黑白之气。气一出口，便化为漫天清光，直朝一众天魔直扑而去。

天魔们不敢怠慢，也不知为何如此看重化身之后的应龙，竟然百人齐动，放弃攻击箫羽竹和王文上，不顾将地上的所有地仙、人仙收取，而是整齐划一，全部面向应龙，运转全身魔力，百人之间黑雾弥漫，将身影全部笼罩其中。

黑白之气瞬息便至，击在黑雾之上，只听近百人齐声闷哼一声，竟然是吃了一个小亏。应龙化身之后修为大长，威力如斯，当真是不可思议。

应龙一击得手，也不停留，猛然接二连三发出数击，隆隆巨响之中，近百个天魔渐渐溃散，再也无法保持阵行，慢慢败象已生，再难重新聚集一战之力，对应龙形成反击之势。应龙见胜券在握，更是毫不放松，全身一挺，双目如电，射出两道黑白之光。光亮所经之处，仿佛划破虚空，将天地都能斩断一般，一黑一白正好一阴一阳，呈阴阳互补之势，直朝百名天魔斩来。

阴阳斩！

阴阳相生，阴阳相融，阴阳相克，阴阳相成。天地之间，除了化生万物的"一"之外，便属阴阳之力最为神秘莫测，最为高深莫测。阴阳斩一经施出，如两把利剑，悄无声息又撼人心魄，划过天地相连之处，以势不可当之势围绕百名天魔迅捷无比地绕行一周，只听一阵此起彼伏的惨叫响起，阴阳一斩过后，百名天魔之中，半数陨落！

剩余五十多名天魔面面相觑，一时心神大寒，无人敢主动向前出手迎敌。早已听说应龙一旦领悟天机，重得以前神通，到时真身一现，天地之间无人可比，有毁天灭地之能。一众天魔虽然早有耳闻，不过人人自恃法力高强，又认定应龙既然被打落凡间，恐怕传言夸大其词，是以众人并未将应龙放在心上。

不料应龙果然应运化形，成功跨越天机，重获神通，一招之下便让天魔之中百无其一的大天魔折损过半，如此骇人修为，怎不让侥幸躲过一劫的天魔心惊胆寒，人人自危？

只是形势不容天魔多想，应龙一击得手，心知眼下他离全盛之时仅一步之遥，正好要乘机除去眼前的五十余名天魔。若是他日重返天魔之上，天魔全部恢复大天魔修为，再想除去便要难上加难。这般一想，再想到天魔将四海阁全部毁去，且将张翼轸杀死，应龙更是怒气冲天，当下一声悲壮的长鸣，说道："尔等天魔过于可恶，逆天下凡不说，还敢滥杀无辜，破坏天常。应龙虽无天命，却有正义之心，今日且替天行道……尔等受死！"

一众天魔面露绝望之色，纷纷抬头望天，天空依然虚空一片，没有丝毫动静，不由心生愤恨，更有人开口骂道："兀那魔尊命我等下凡，说是前来掳取地仙为魔门弟子，口口声声说关键之时肯定及时出手相救，眼下生死攸关，怎不见魔尊现身？身为魔尊竟然也言而无信，可叹加可悲，我等性命休矣！"

众魔见大势已去，却也不肯坐以待毙，各自奋起千钧力鼓起万分心，全身气势暴涨到极致，一齐朝应龙恶狠狠扑去。

应龙如今信心满满，全无惧意，摇头摆尾数下，两只龙爪之上各持一把阴阳剑，怪笑一声，直冲上前，与五十余名天魔混战在一起。只见流光乱闪，只听惨叫四起，片刻之工夫，五十余名天魔又死伤过半，只余二十余名，也全是全身无一处完好，狼狈不堪，只差一点便倒地不起。

如今形势可以说应龙完全占据上风，举手之间便可将天魔全数消灭，众天魔已是再无侥幸之心，认定必死无疑。几人对视一眼，微一点头，正要拼死发动最后一击之际，蓦然间天空之中五彩祥光一闪，凭空生成一道粗有丈余的天雷，一闪便击中应龙龙头。应龙猝不及防之下天雷击顶，尽管在感应之中天雷威力并不巨大，远不及铁围山之中天雷，不过却蕴含至高无上的天命，应龙被击得痛彻入骨。

应龙顿时大怒，举头一看，虚空之中祥云满天，异香扑鼻，随后祥云一散，七

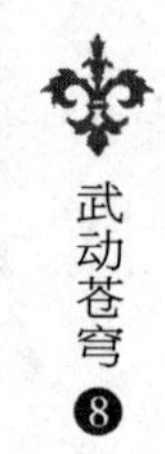

名天仙自天而降，施施然来到众人面前。

天仙降世！

应龙虽然对天仙天魔一视同仁，全无好感，不过想到毕竟是天魔下凡来为害道门，既然惊动了天仙，天仙下凡必然前来捉拿天魔。也正好他方才大战之下也是一时力竭，且被人不由分说天雷一击，也是头痛难忍，当下收回真身，变为人身，冲为首天仙没好气地说道："我是助你除魔，你却不分青红皂白拿天雷击我，还不快赔礼道歉？"

为首天仙冷冷看了应龙一眼，也不说话，却转向残余的天魔，问道："一切顺利？"

天魔之中闪出一人，与天仙对视一眼，讶然问道："魔尊何在？为何你等前来？以你等神通，无法制伏应龙，不过是前来送死罢了……我等险些全部丧命于此，何来顺利一说！"

为首天仙一脸怒容，转身质问应龙："为何大开杀戒？"

应龙一愣："天魔下凡残杀地仙，人人得而诛之，我杀天魔天经地义，你却质问我为何杀死天魔，当真是咄咄怪事！我只知道，所有天魔都该死。"

随后猛然惊醒，后退几步，骇然说道："你……难道你身为天仙，也与天魔同流合污？"

为首天仙嘿嘿一笑，答道："猜对了，是又如何？"

应龙大惊，猛然后退，却觉如坠泥淖，浑身无处着力，一身通天修为如同全部消失一般，不由骇然万分！他回身一看，只见另外六名天仙每人手中持有一只飞鸟，鸟口之中喷出缕缕黄沙，黄沙弥漫之间形成一层屏障，应龙不及防备之下，正是身陷屏障之中。

天净沙！

应龙识得将他困住的黄沙正是久负盛名的天净沙，尽管修为大长，也未免一时心慌。只因天净沙采自九天之上，传闻是三十三天之物，可消散飞仙仙力，困住天仙神通，应龙再是自认有通天之能，也只能自认天地无敌。此天地是指三十三天以下，并不包括三十三天。

是以应龙惊骇之下，急急挣脱，却是发觉天净沙非但有吸附消融之力，且其中蕴含天命，更能令应龙神通受限，犹如天地合拢一般将他生生困在其中，任凭他如何拼力挣扎却无济于事。天净沙在六名飞仙的操纵之下，又有天命，再假借天地之威，况且对应龙而言，最难对抗的便是天命，所以几经用力无用之后，应龙赫然惊醒。

“尔等……竟是天官！”

为首天仙自得地一笑，颔首答道：“不错，吾乃东天官东星！应龙，天帝有命，要将你捉拿到天庭受审，我等幸不辱命，不负天帝重托。你为害世间已久，也早该伏诛，怎么，还心有怨恨不成？”

应龙哈哈一笑：“东星、南罗、西棋、北布，星罗棋布四位天官全数到齐，好大的手笔，天帝老儿也是早有算计今日之事，是也不是？不过你身为天官却与天魔暗中勾结，天帝有知，会做何感想？”

“不劳你多心乱想，此事，正是天帝神机妙算而得！”

七色天仙

“怎么可能？”应龙难以相信，大为惊讶，“即便天帝老儿难行公正难拟天心，不过他应该不会傻到与天魔合计谋算世间地仙吧？世间地仙不兴，飞仙天仙再无根基，天帝老儿想要将天庭拱手相让给魔帝不成？他怎会如此糊涂！”

东星却道：“天帝用心高深，我等怎可妄自猜测！总之你今日被擒，正在天帝预料之中。应龙，你自认无敌于天地之间，却还是落入天帝手中，又有何话说？”

应龙嘿嘿一笑：“你等一共来了七人，除去四位天官，其余三人是谁？”

东星微一迟疑，见应龙一脸嘲弄之意，不心中愠怒：“也不怕你知道，现今你已经没有回天之力，难道还要报复我等？另外三名天官乃是兄弟三人，名杜身、杜口、杜意，因三人心意相通如同一人，人称三天官！”

“好一个三天官，五洲地仙之事，全是他们一手操纵而成，看来，来的七人之中，全无一个好人。”应龙犹自嘴硬，不肯服软。

东星也不再多说，也伸手间取出一只小鸟，鸟口喷出黄沙，与其余六人黄沙相连，蓦然散发七彩光芒。光芒一收，如道道绳索将应龙死死捆住。

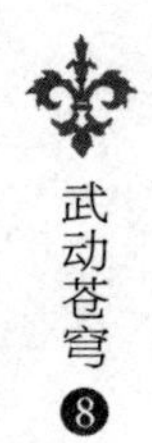

应龙闷哼一声，咬牙说道："不错，有些力道，不过还是弱了一些，再加把力气，哼哼，想要困死我，哪有那么容易！"说话间，应龙猛然气势一涨，两道黑白剑气凭空生成，迎空一斩，生生斩断五道绳索，眼见便要将最后两道也一斩两断。

东星见状脸露惊愕之意，情急之下大喝一声："万万不可放走应龙，诸位天官，顶上花冠！"

此话一出，其余六人浑身大震，各自伸手从头顶之上摘下一片顶上花瓣，随即屈指一弹，连同东星在内，七人七片花瓣正好组成一顶天仙花冠，金光一闪便落入黄沙之中。

得天福天命和天仙花冠相助，黄沙化为漫天金沙，光华乱闪，威力剧增百倍以上。应龙再也无力承受如此巨大的威压，惨叫一声，险些昏死过去，不过仍是强睁双目，冷喝一声："鼠辈，以多欺少，胜之不武！"

话虽如此，却只是僵持了片刻身形便被天净沙渐渐收缩变小，紧接着漫天金沙变为一座玲珑宝塔，缓慢转动，将应龙一点点吸收入内。

眼见大功告成，东星才放下心来，转身对等候多时的天魔说道："按照当初约定，地仙可任由尔等收取。虽然天帝有命不得不从，不过本官仍心存疑虑，不解天帝用心。且先将丑话说到前头，不可再随意残杀无辜，若是不听，我四天官便是违逆天帝之意，也要将尔等一个不留全部拿下。"

为首天魔也不争辩，微一躬身，转身退下，与其余天魔微一商议，二十余人也不迟疑，飞身降落到尚未恢复功力的地仙之中，随意查看地仙修为，看到合适之人，只手一伸一抓，便听到地仙惊叫一声，凭空消失得无影无踪。

不多时，二十余名天魔已经出手如风，将数十名地仙收取。东星等七名天官静立一旁，面无表情，无人出手相拦。这时，一名天魔正好来到灵动身旁，微一感应，面露喜色，伸手去抓。他手刚一伸出，蓦然心生感应，身后凭空而生一把虚无之剑。剑气似有还无，真假不定之间其极匪夷所思，这名天魔尚未来得及反应，便被一剑穿心。

一剑穿心尚且没完，随后一股他从未见过更无从体验的诡异之力自剑身逸出，这股怪力与他体内魔力一接触，他便只觉天地翻转，体内翻江倒海，连一个反抗的念头也未曾生起，便自体内猛然爆裂开来，声势惊人，威力震天，轰隆一声巨响，连带与他相近的两名天魔也被震飞到千丈之外，当场晕死过去。

其余天魔大惊，不知发生何事，纷纷团聚过来，众人尚未有所反应，只觉心中一凛，两名天魔不知何故身形猛然下坠，大声呼喊也无济于事，众人援手不及，眼睁睁看到两名天魔急速坠地，随后爆体而亡！

何方高人？

不但一众天魔惊骇万分，连东星在内的七名天官也是一脸茫然，不知发生何事。正当众人迷惑之际，自底下被禁制的一众地仙之中突兀传出一声轻吟，其声穿云裂石，如金玉交织，绵长不绝，随着吟声一起，一人冲天而起，右手蓝光一剑，剑指上天，左手漆黑一剑，剑指大地。

其人行如云快如风，以众人修为只觉眼前一花，便见此人飞升到至高之处，随之双手双剑合璧，化为虚无。再看他周身上下围绕无数鲜花纷飞不停，鲜花飞舞不断，渐渐有七片花瓣慢慢汇聚头顶，七片花瓣片片不同，赤橙黄绿青蓝紫七色旋转，形成一个七彩花冠，慢慢隐没在他的头顶之上消失不见。

花冠一入头顶，只见他身形陡然消失于虚空之中。

东星见状，愣神片刻，突然脸色大变："不好，七色天仙……快躲！"

哪里还来得及……其人身形一闪消失，又眨眼之间重新现身空中，浑身七色光芒向外迸发万道霞光，光芒万丈，伴随滚滚雷声，如开天辟地之势向外蔓延开来。

光芒先是触及困住应龙的玲珑塔，触之即消，如沸汤浇雪。随后又将地上全数地仙人仙笼罩在内，所有禁制被七色光芒掠过，顿时化解一空。再后七色光芒直追落在后面的七八名天魔，将其卷入其中，一晃而过，再看这七八名天魔表面并无两样，却浑身功力全失，自空中跌落。

东星识趣跑得快了一些，三天官却落在最后，被七色光芒击中，身形如遭雷击，在空中连晃数下，终于还是支撑不住，同样跌落尘埃。

再看此人一声长吟如天地齐鸣，绵长悠远，终于停息下来，七色光芒也随之一收，不再追赶众人。东星这才暗道侥幸，定睛一看，应龙已然脱困而出，正呆立发愣，天魔却是所剩无几，损失惨重。而被魔雨禁制的地仙、人仙以及神人，全部被七色光芒解救而出。

而此人长身而立，飘然立在空中，低头沉思不语，仿佛有何事疑而不决。

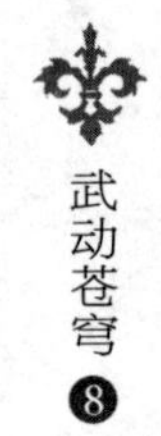

过了片刻，此人突然抬起头来，会心一笑，对应龙点头说道："我明白了，五行之力并非一定要五行齐全，比如，我现今尚缺元金之力，一直认为若是不会控金之术，定然不会凝聚而成五行剑，其实不然，五行既然相克，却又相生，是故可以以土生金，一样可得元金之力。

"只是为何如此简单道理，我以前却不能领会其中深意？是了，定是我修为不到，悟性不够，即便想到此处，也无法借飞仙之力化土为金……不想这天仙之力比起飞仙之力，确实是有天壤之别，妙，妙极。

"不过既得五行，便可化五归二，得阴阳之力，我且试上一试……"

他竟然不顾强敌在侧，不顾周遭天魔环绕，一时沉迷于修学之中不能自拔。左手平伸，化出一股黑气盘旋片刻便又消散，右手一伸，化出一道白气，凝聚成形却又维持不久又化为乌有。如是三番，他终于成功在左手之上化出黑剑，右手之上化出白剑，黑白双剑相互辉映，其上蕴含天地之间最为玄妙也是最能消融一切的阴阳之力。

"成了！"

他喜出望外，随后心意一动，将阴阳之剑化为虚无，这才闪身来到应龙身前，弯腰一礼，诚然说道："翼轸谢过应龙拼死救护之情，如今我天仙已成，且融会贯通阴阳相融术，如此，我二人携手大战群魔，你说可好？"

应龙脸上震撼之色半晌未去，听张翼轸豪言一说，仍是迷惑不解："翼轸，你成就天仙也就罢了，怎会如此难得，竟是万年一遇的七色天仙！"

张翼轸却是不知："七色天仙？……怎么说？"

应龙苦笑一下："不想你这七色天仙对七色天仙全然不知，也是天道莫测，令人感叹。七色天仙号称万年一遇，本是天道自行所成，不经天庭印证飞仙之境，不须天命天福，乃是天道循环天地法则自然产生。七色天仙一成，不管天仙还是天魔都要绕道而行，都不敢捋其锋芒。只因七色天仙除了天帝与魔帝之外，无人可敌！"

张翼轸微微惊讶："有这么厉害？我怎么不觉得，只觉一切如常，并无两样。不知为何这七色天仙如此难成，又与寻常天仙有何不同？"

应龙摇头："我也是只知其一，不知其二，因为我也只见一名七色天仙，便是你。"

张翼轸微一定神，想起先前被无数天魔的流光击中之后，几乎身死。待他跌落尘埃之后，天魔魔力在体内发作，正要将他仙体毁灭之际，一直隐忍多年从未发作的死绝之气也突然失控，突然在体内爆发。

死绝之气自中脉之中全数逸出，在体内与仙力、魔力以及天地元力混在一起，眼见便要引发毁天灭地的爆裂，此时隐藏在体内的声风剑受到激发，自行迸发天命之火，与死绝之气纠缠在一起。

天道莫测

得此良机，张翼轸急忙调动残余的仙力以及全部天地元力，试图将死绝之气消融一空。只是死绝之气数量庞大，一时三刻哪里能够化解得了，更何况如今的死绝之气比起以前也强大许多，仿佛随着张翼轸的修为提高，死绝之气的威力也相应提升许多。

正当张翼轸心生绝望之际，忽然心意一动，既然体内平白增多无数魔力，放着不用更待何时？张翼轸即刻引导死绝之气与魔力混杂在一起。两股怪异莫名之力只一接触，便如水乳交融，争斗不休又不分彼此。本指望两强相争，至少能够消灭一方，不想两股力道互相削弱纠葛，最后竟然合二为一，化为一股更加古怪无名之力。

张翼轸哭笑不得，本想借机除去其中一股力道，不想非但死绝之力未除，魔力未消，反而两强相遇化为一强。此力非同寻常，在他体内如入无人之境，随意来往，随处游走，完全不受张翼轸心意操控。

好在此力虽然诡异，或许是因死绝之气在张翼轸体内与他心意相通之故，怪力并没有对他的身体造成丝毫伤害，只是在体内游移不停，也不知在寻找什么。

张翼轸微一思忖，既然魔力与死绝之气融合之际并没有爆裂而开，说不定由两者新生成的怪力与仙力相遇，也不会再有危险。反正眼下也是半死不活的状态，再差又能差到哪里？他当下将心一横，试探着将残余的仙力缓慢地接近怪力，准备一试究竟。

不想仙力在离怪力还有一段距离之时，突然自怪力之上传来一股吸附之力，将张翼轸体内残余的全部仙力吸取一空。尽管张翼轸身受重伤，体内仙力所剩无几，不过他毕竟也是飞仙顶峰修为，体内仙力至少也相当于新晋飞仙，也是庞然充盈，

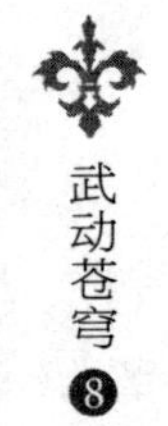

不可小视，不料却被怪力一下吞没，连一丝反抗也没有，直令张翼轸吃惊不小。

仙力被怪力吞没之后，隐隐从怪力之中传来一丝熟悉的微弱感应，不错，正是与仙力的心意相通，还有自死绝之气之上也有一缕几乎不可察觉的回应传来。张翼轸既惊又喜，急忙心意大开，试图控制怪力为己所用，可惜连试数次，只觉感应太过微弱，仿佛无比遥远而不可得，费时半晌，只好作罢。

任由怪力在体内不停穿梭，张翼轸却无计可施，心生挫败之感。此时外界之事他全然不知，只因仙体伤重仙力全失，再无感应之能。又过了多时，感觉到由死绝之气、魔力以及仙力三者合一的怪力慢慢停止了运转，渐渐汇聚成一团，聚于中脉之上，张翼轸蓦然一惊，死绝之气逸出中脉并未将他杀死，若是怪力强行将中脉毁去，他必死无疑。

怎么办？

天地元力！对，调动天地元力与怪力对抗，且试上一试，看是否有用。张翼轸心意微动，调动虚空之中的水、火、土、木四种天地元力，打算合而为一共同应对怪力，不料一试之下，四种天地元力无法融合为一，互相抵消不说，还几乎不被张翼轸心意所控。

莫非因为仙力全失，没有仙力作为支撑，天地元力的运用也不如以前随心所欲不成？张翼轸无奈，只好强行提升心力，拼了心力耗竭的危险，提取元风之力强行注入水火土木元力之中。

得元风之力相助，四种天地元力突然威力大增，飞速运转起来。得此启示，张翼轸脑中灵光一闪，想起自铁围山天雷之力中得到的启发，当下不顾是否引发严重后果，立时强力将元风之力分解，先由风化雾，又由雾化水，水生木，木生火，火生土，最后土凝重而厚实，坚固而不息，最终化金而出。金一生成，便与水火土木成五行相生之势，生生不息，源源不断，绵绵不绝，终于成就五行之力！

五行之力一成，张翼轸并未撤去元风之力，而是心中大定，一通百通，心中无比清楚，终于明白天雷之力其实是元风之力，借助天地之间无处不在又无迹可循同时又无可得又无所不得的清风，加入天命与天仙之力，再得天地之威启动，由此而成天雷之力。

天雷之力虽然被张翼轸看透，却是无法破解。只因天雷之力所凝聚的元风并非天地清风，恐怕还是高于九天的三十三天之风，所以天地之间无人抵挡。不过此时并非用心钻研天雷之力的时机，张翼轸静心一想，也顾不上理会怪力究竟意欲何为，竟是潜心探究元风之力若是与五行之力融合，会有何等奇迹出现。

融合过程倒是出乎意料地顺利，元风之力保持飘逸柔顺之势不变，与五行之力的杂乱、躁动无比和谐地融为一体，如风入松林，风过林响，随后风悄然不动，松林也寂然无声，一切浑然天成，如羚羊挂角，不着痕迹。

至此张翼轸心境大开，只觉全部消隐不见，唯有虚空浩渺，时光飞逝，感觉自身与天地融为一体，既无法寻到天地所在，也无法找到自身身体，仿佛与天地密不可分，又似乎一切全部消隐，不管是天地还是自身都了无可得，再无去向。

张翼轸沉迷其中，不能自拔也不想自拔，似睡非醒，悠悠之间也不知过了多久，猛然之间感觉天地分开，自身归体，五行之力与元风之力忽而一体，忽而分开，电光火石之间，犹如已经分合了不知几千万次。

无法形容其快。

张翼轸骇然惊醒，脑中如一道雷霆一闪，五行之力与元风之力，合则混沌，分则阴阳，岂非正是阴阳相融的诀窍所在？这般一想，他哪里还停留片刻，急急心意一动，演练一二。一试之下张翼轸大喜过望，果然如他所想，阴阳交融，阴阳相融，阴阳相通，一切水到渠成，竟是无意之中被他练成阴阳之力。

狂喜之下，张翼轸忽又想起体内仍有一股怪力隐而不发，犹豫片刻，他决定铤而走险，以混沌之力与怪力融合，看能否将怪力吞没，即便不能为己所用，至少也要将其收服，不让其成为隐患，毕竟怪力之中还包含魔力，究竟有何后果也是不得而知。

张翼轸不试则已，一试之下只觉脑中轰然巨响，直欲将他头脑从中撕裂。混沌之力与怪力纠缠在一起，互不相让，犹如生死相争，打成一团，完全失控。张翼轸如坠五里雾中，一时天上一时地下，只当仙体已被片片粉碎，只当自己已经死过千回万回。幸好有过以前在紫金钹之中经历，心性坚韧远非常人可比，是以张翼轸始终保持神识清醒，静候多时，终于等得混沌之力与怪力斗得两败俱伤，趁机强行将神识注入其中，一举将两者全部掌控在手。

不过经此一番纷乱之后，混沌之力与怪力各自消耗大半，剩余之力又相互融合在一起，连张翼轸也不清楚最后剩余之力究竟该取何名，其中有五行之力，有仙力，

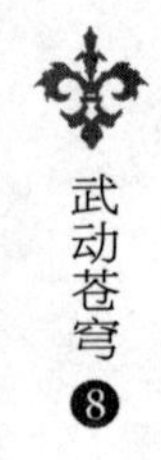

有魔力，又有元风之力，更有死绝之气，如是种种，诡异莫名，闻所未闻。幸好张翼轸一生经历也尽是匪夷所思之事，是以也见怪不怪，若是换作他人，怕是连想也不敢去想，更何况如张翼轸一般大胆去试。

不过其后张翼轸忽觉天地与他呼应，体内不知何故仙力大盛，随即难以压抑体内的狂放之意，一飞冲天，同时成就七色天仙，一切全在无意识之下所成，连他自己也不知为何突然生变，一步晋身天仙之境。

张翼轸站立空中，环视周围，见地上一众地仙和人仙虽然多有损伤，不过大多数人一切安好，并无大碍。又见除了应龙之外，商鹤羽、青丘以及赤浪都侥幸未死，被他七色光芒救下，甚是欣慰。再定睛一看，远处烛龙仍是悬浮空中，一动不动，不由心中担心，当下顾不上多说，闪身来到近前，心意微动，将一道极其精粹的元木之力注入烛龙体内。

片刻之间，烛龙便悠悠醒转，睁眼之后第一句话便是："翼轸，你比我想象中还威风百倍！"

张翼轸哂然一笑："伤势如何？"

烛龙摇头摆尾之间，变回人身，精神抖擞地答道："无妨，不过是一时不察被人打伤，眼下伤势大好，可再战三百回合。"

二人相视一笑，也不多说，返身来到应龙身边，此时商鹤羽等也聚拢一起，站立张翼轸身侧，都难以置信地上下打量张翼轸半响，最后还是青丘说道："不得不说，我对自己佩服得五体投地！"

"此话怎讲？"商鹤羽不解问道。

"当初我毅然决定跟随翼轸左右，如今看来，真是有先见之明。七色天仙，即便是眼前这七位天官，恐怕也无人见过。"

也确实如此。

不说应龙等人震撼万分，以东星为首的七位天官，包括跌落尘埃的三天官在内，都是只闻七色天仙之名，生平从未见过。今日一见七色天仙与天地相通的威神之力，众人无不心生骇然，只觉恐怕天帝在此，若与七色天仙对战，胜负也在两可之间。

张翼轸不理众人惊诧，也不顾东星等人惊骇，目光扫过幸存的十余名天魔，淡漠一笑，问道："尔等受死之前，还有何话说？"

05　身世之谜

张翼轸震惊当场，一时心神大乱，凝神半晌，才退后几步，连连摇头说道：“九灵，我，我不相信……依你所说，你与我父亲交好，又与天帝暗中策划，难道是说，我父亲正是天帝不成？”

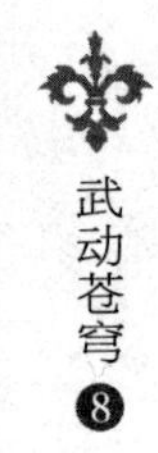

千夫所指

应龙自天净沙之中逃脱不算，张翼轸还晋身为只在传闻中才有的七色天仙，成为可以比肩魔帝的存在，一众天魔再无一战之心，人人心惊胆战，面面相觑半晌，才有一人硬着头皮越众而出，硬气地说道：“天地之间之事本来如此，胜败也各有天数，强求不得。今日我等落败，不怪别人，也自知非你敌手，任你处置便是。”

张翼轸见他说得倒也干脆，心中一动，问道：“你等身为天魔，竟然如此胆大妄为突破天地界限下凡，究竟所为何事？难道天帝会坐视不理？”

此人一愣，正要答话，却听东星厉声喝道：“滕非，多一事不如少一事，慎言。”

张翼轸微怒，回头轻喝一声：“你……闭嘴！”

一言一出，东星只觉胸口一闷如遭重击，一股巨力涌来，令他站立不稳，连退三步，他顿时心中凛然，正要开口说话，却觉脑中轰然作响，却是一句话也说不出来。堂堂东天官竟被张翼轸一语喝破护体仙气，并令他体内仙力运转不畅，七色天仙之能，果然并非虚言。

滕非看了东星几眼，突然将心一横，说道：“也不怕你知道，我等下凡前来，只为捉拿可以入魔的地仙，令其转修魔门。只因近来魔门式微，世间修魔之人大为减少，魔尊大为不满，便出此妙计，借四海阁会聚天下修道之士之际，正好可以将所有修道之士的体质探查一遍，若有可入魔之人，便将其抓走……”

“天帝怎会任由尔等如此放肆？”

“天帝嘛……”滕非微一迟疑，想了一想，还是答道，“此事是由魔尊与天帝协定，我等前来拿住应龙，天帝便对此事放任不管。”

“怎么可能？天帝怎会与魔尊达成此等协定？且不说以天帝之尊怎会容忍魔门为所欲为，便是天帝身为天地之主，也不应行此不端之事？魔尊……怎么不是魔帝？”张翼轸断难相信滕非所说。

滕非也不过多解释，只是答道：“魔帝千年以前便闭关不出，天魔现今全部听从魔尊号令！”

魔尊……难道是他？

张翼轸猛然想起在玄洲之上力战天仙杨不忘时，杨不忘落败逃走，却被躲藏在暗处的天魔吞掉，当时此名天魔正是自称本尊！

张翼轸转身，目光掠过当空而立的四名天官，正好一眼认出北天官北布也在其中，当即哈哈一笑，说道：“北天官，别来无恙！今日你我再次相见，可要好好叙旧。”

北布大惊失色，支吾着说不出话来。张翼轸也不客气，心意一动，屈臂前伸，堂堂北天官北布全无反抗之力，竟被张翼轸凭空抓住，身不由己倏忽之间便被张翼轸掠到身前。

北布被张翼轸所擒，直惊得魂飞魄散，连喊饶命：“张翼轸不要杀我，此事并非因我而起，我也不过奉命行事，身不由己！念在我二人有些交情的分儿上，饶我一命，我定当如实相告。”

张翼轸见北布如此贪生怕死，不免心生轻视，也不多说，直接问道：“方才滕非所说之事，可是属实？”

北布面无人色，连看也不敢看张翼轸一眼，战栗说道：“回尊者，确实不差，我等也是奉天帝之命下凡前来捉拿应龙，至于天魔收取地仙之事，天帝严令我等不得干涉！”

“尊者？此话怎讲？”张翼轸不免讶然。

“我等天官尊称与天帝齐名之人为尊者，阁下既然成就七色天仙，神通已不在天帝之下，自然要以尊者相称！”

张翼轸淡然一笑，心中却是明白七色天仙虽然在众人眼中看来惊世骇俗，不过在他看来，却也并无奇特之处，他也不过于追究称号之事，继续问道：“天帝此举大异于常理，即便是捉拿应龙心切，也犯不着非要与天魔联手。再者说了，身为天帝不维护天下道门的修道之士，做出此等寒心之事，日后如何让天下的修道之士归心？北布，你且说说，天帝此举是否一时糊涂，还是别有用心？”

北布战战兢兢，微一点头，答道：“实不相瞒，尊者，我等几人也是心存疑虑，不解天帝为何如此行事，便是与天魔何时达成协定，七名天官无一人得知。别的不说，单是命三天官暗中布局五洲之事，我与东星、南罗以及西棋也是刚刚得知，若

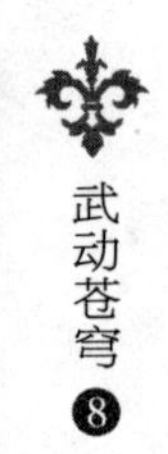

非是你……是尊者将五洲平定，天帝大为震怒，三天官唯恐受罚托我几人向天帝求情才将此事和盘托出，否则我等还不知被隐瞒到何时。此次突然命我七人下凡，也是事发突然，先前并无一丝征兆。实则说来，我几人对天帝与天魔暗中达成此事都心生不满，认定大失天庭颜面，只是天帝威严赫赫，不容他人置疑，我等无奈只好奉命从事……”

张翼轸沉吟片刻，挥手放开北布，说道：“北天官，方才多有得罪，还望勿怪。你且退下，我不会伤你性命。”

北布将信将疑愣了片刻，急忙飞身回到东星身边。东星脸上惊愕之色未去，凛然说道：“张翼轸，天帝用心高深莫测，非我等可以揣测，即便你成就七色天仙，我等不是你的对手。不过你神通再是广大，也无法与天庭所有天仙为敌！”

张翼轸恍然一笑：“谁说我要与所有天仙为敌，我不过是想抓几名天官问话而已！”说话间，张翼轸心意一动，锁定跌落地面之上的三天官气息，动念之间将三人一起掠到眼前。

三天官全无丝毫反抗之力，任由张翼轸摆布。东星见状，一脸恼怒之色，正要向前与张翼轸理论一番，却见应龙闪身挡在他的身前，森然说道：“方才偷袭我之事还没有完，要不，先与我算一算旧账如何？”

东星刚才擒下应龙，所凭借的不过是天净沙之威，同时也因应龙心生懈怠之故。以目前局势，几人全部胆战心惊，三天官又被张翼轸捉拿，只凭星、罗、棋、布四位天官绝非应龙对手，念及此处，东星只好悻悻退下。

张翼轸有意问个究竟，应龙自然要全力配合，当前一站，威风凛凛，将四天官死死看住。青丘等人也不闲着，与烛龙、商鹤羽和赤浪一起，与残余天魔对峙。此时地上的地仙也全部恢复法力，再加上无天山和四海神人，数千人同时飞空，密密麻麻布满半空，将天魔团团围住。

众天魔心知无路可逃，以目前局势，别说张翼轸举手之间便可将他们全部拿下，便是应龙大展神威，也可将他们全数屠杀。是以众天魔也无活命之想，连逃也懒得逃走，只是各自呆立当场，不再轻举妄动。

张翼轸将三天官摄在近前，见三人生得一模一样，如同一人，感慨说道：“兄弟三人同为天仙，又同为天官，天地之间恐怕绝无仅有。三天官，你三人暗中策划五洲之事，还请详细说来。”

三天官倒也硬气，三人同时横眉冷对：“张翼轸，你不过是忤逆作乱之人，天地不容，不久定当天雷击顶，休要猖狂。”

三人异口同声，如同一人说话。

张翼轸轻笑一声，问道：“你三人想必也是同时入道修行，同时晋身人仙、地仙，说来在世间至少也停留过数百年光阴。何不想想，你三人当年修道之时，可有人暗中将你等掠到一地，拘禁圈养，并且以离魂术控制心神？”

三人一脸傲然：“我三人修道之时，一切顺应天道，进境迅速，由人仙至地仙乃至飞仙，一气呵成。”

“这就是了，若是你等当时被人捉到五洲之地，莫说现今成就天官，怕是连飞仙也难以成就，可是同意？”

三人微微一愣，随后同时点头。

“由己推人，你三人在世间大肆掠夺地仙，将他们或绑或骗圈养到五洲之地，看似奉天命行事，或是说天帝之心高深莫测，却为何不细心想想，当年天帝并未行此下策，却也能率领天庭天官、天仙战胜天魔。而今天帝不变，天庭高远，天官以及天仙比起以前更加壮大，正是天帝仁爱天下替天行道之际，为何他突然生变，做出此等不端之举，上不应天道，下不顺万民，且与天帝身份不符，连仙家声名也因此受损？三天官，尔等身为天官，也是禀性纯正之人，难道从未想过其中有何蹊跷不成？”

青丘在一旁也忍不住插话道：“不错，身为天官，心系天地，若是只知遵从天帝之命行事，不管天帝是否有德有福高居灵霄宝殿，也不问天帝之命是否顺应天道，真是如此的话，尔等天官之名也是欺世盗名罢了，又或者说，你三人不过是只知奉命行事的走卒而已，无德无能身居天官之职！”

被青丘呵斥一顿，三人同时面红耳赤，争辩道：“你不过是小小飞仙，有何资格指责天官？天帝之命可拟天心，我等奉命行事，问心无愧。”

张翼轸见三人仍然执迷不悟，闪身来到一众地仙、人仙之前，朗声问道：“诸位道友，可是认同三天官之言，天帝之命便是天心，天帝之行便是天道？”

地仙之中半数以上是被囚禁在五洲之人，见幕后之人在此，义愤填膺，众人齐声山呼：“天是天，天帝是天帝，我等只认天道公允，不尊无德天帝！”

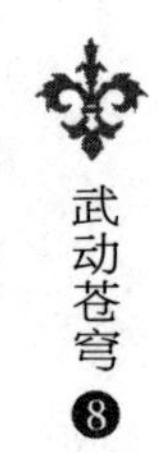

海岛之秘

众人虽然不过地仙修为，不过人多势众，齐声一呼，地动山摇，倒也声势惊人，尤其是自众人口中所喊出的愤懑之意，直冲云霄，令人心底震颤。

三天官尽管心中坚定认可天帝一人可表天心，不过面对众地仙山呼之声，感应到其中蕴含的坚强心意，也是一时心意退缩，毕竟民心上应天道，杜家三人身为天官，有天命佐身，自然清楚众仙心中愤恨不满之意。

张翼轸问道："三天官，尔等说是奉天行事，眼下却是天帝之心不可代替万民之心，又该如何说？"

三人面色黯然，低头半晌不语。

东、南、西、北四位天官也是心中疑惑不解，北布定神一想，也发觉其中有古怪之处，不免开口问道："三天官，天帝命你三人布置五洲之事，若是心怀天地宽广，为何要嘱托你三人暗中行事，不开诚布公令天庭所有天官得知？我等四天官若论职位尚在你三人之上，却对此事一无所知，也是咄咄怪事。"

三天官被北布一问，不好不答，只好说道："回北天官，五洲之事乃是天帝在妙意宫特意命我三人便宜行事，不得令他人得知。我等深感重任在肩，深为被天帝委以重任而心存感激，怎会再妄自猜测天帝用心？是以我等得令之后，瞒过所有人，招募天人在凡间行事，由来已有千年之久！"

"正好千年？"张翼轸恍然心惊，问道，"此事可是发生在仙魔大战之后不久？"

三天官答道："不错，正是仙魔大战之后之事。不过当时世间地仙凋零，因此此事千年以来进展甚微。我等派天人在世间搜寻千年之久，不管是散修之人还是小门小观的修道之士，只要成就地仙便一律拿到五洲。千年以来，中土世间几乎所有地仙都被我等捉拿一空，天下修道之士以三大道观为尊，却不知其实其他道观并非不如三大道观，而是偶尔出上一两个地仙，却全被我等掠走。"

三天官此言一出，三元宫、极真观以及清虚宫之人顿时只觉脸色发热，心中发虚，才知中土道门千年以来并非没有成就地仙，而是所有地仙都被人掳走。而三大道观千年以来名为天下道门之首，也是盛名之下其实难副。

众人不觉心中推想，若千年之间有无名小观成就地仙，不知三大道观如何应对？

张翼轸却对谁为天下道观之首一事并未放在心上，心中疑惑天帝此举究竟是何意图，大失身份不说，且有无穷后患，一旦事情败露，天帝之威在世间便荡然无存，到时无人愿意修道成仙，都不想飞升天庭，天帝势力如何壮大？以天帝之无上智慧，怎会做出此等不计后果之事出来？说起来与缘木求鱼无异。

一抬头，发觉箫羽竹和王文上不知何时从远处飞来，瞬息之间来到近前，二人先是相视一眼，苦笑一下，随后又一起向张翼轸躬身施礼："参见尊者！"

张翼轸急忙向前扶起二人："说来我与二位神交已久，即便有过些许摩擦，也算是不打不相识，算是旧识，怎么与我如此见外？"

箫羽竹正要说话，却被王文上抢了先："张翼轸……不，尊者，此为天庭规矩，不得不遵，所谓规矩不能坏，身为飞仙，若不遵守天规，岂非自辱身份？"

箫羽竹也点头称是，一脸凝重："既然尊者身为七色天仙，在天庭之上，除天帝之外，不论天官还是天仙，见你之后都会执礼，礼节不可废。七色天仙乃是万仙之尊，所有仙家见面必须执礼！"

张翼轸也不与二人争执，对二人所作所为大感兴趣，问道："二位既然如此看重天庭礼节，为何又各自为政，引领无明岛和无根海与天帝作对？"

箫羽竹微微一笑："只因千年以来，天帝性情多变，行事多有不端，远不如以前光明磊落不说，还多有逆天之举。我等身为飞仙，是天地的飞仙，不是天帝的飞仙。既然天帝无法替天行道，我与文上又不愿违背天心，自然要与天帝背道而驰，所以各自占据一岛一海，与天帝分庭抗争。"

"没错，天帝老儿身为天帝，竟然暗中施出阴谋诡计，让人看了心中不快，我与羽竹壮大无根海和无明岛，不过是为了给天庭飞仙一处避世之所罢了。"王文上补充说道。

张翼轸奇道："盛传你二人互相敌视，向来不和，一心想置对方于死地，今日一见，你二人竟然惺惺相惜，还似乎颇为投缘，看来外界传言不可轻信。不过也由此可见，二位行事也颇为老到，考虑周全，成功骗过了天下人。"

箫羽竹点头答道："此为混淆视听之计，众人都认为无根海与无明岛不和，认

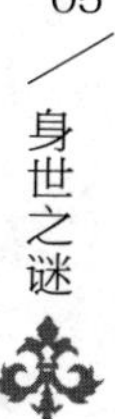

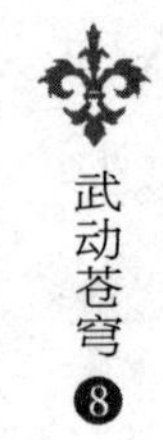

为与灵霄宝殿三足鼎立，可以避免与天帝正面冲突，实在也是无奈之下的明哲保身之计，毕竟我与文上以及一岛一海的所有人，不过都是飞仙而已。”

张翼轸点头赞同，却问：“不知二位今日为何突然下凡助我？又为何对我实言相告？”

王文上倒是快人快语：“毕竟我与羽竹经营多年，在灵霄宝殿之中也有忠于我二人者。正好得了音讯说是世间将有大变，在得知竟是天帝暗中与魔帝达成协定，为了拿下应龙，竟然不惜牺牲世间修道之士，我二人再是隐忍也不能对此大逆不道之事坐视不理，是以便急急下凡前来相助。至于为何对你说出无明岛与无根海之实情，其实也是因你成就七色天仙之故。

“七色天仙乃天道所成，天道从来公正无私，天道所选之人自然不会丝毫有差，是以我二人如实说出实情，一来是以诚相待，二来也是希望尊者与我等一同飞升天庭，到灵霄宝殿之上面见天帝，当面质问他为何如此行事，为何不再大公无私？若无天地福德，便不可再居天帝之位！”

却原来箫羽竹与王文上二人竟是心和面不和，一直以来假装对抗来迷惑外人，借以保全实力，也算是机智之举。如此看来，非但传言不可信，许多事情的真相更是埋没于表面之下，不为外人所知。而天帝身为天地之尊，暗中行不端之事，行事乖张，性情隐讳，怕是其中也有众多蹊跷之处。

既然二人主动说出机密要事，张翼轸也不客气，直接问道：“当初为何无根海派白凤公子来抢戴婵儿，无明岛派常子谨来抢倾颖？也是因为常子谨之故，我险些被紫金钹炼化，从此魂飞魄散于天地之间！”

箫羽竹与王文上对视一笑，随之异口同声说道：“此事说来话长，其中也有诸多误会之处，不能一一言明，不过尊者勿怪，我二人维持天道之心，对天可表！只是表面之上身为天帝臣属，毕竟还要维护天庭尊严，有时不得不听命于人。”

张翼轸一时惊奇：“难道此事是天帝指派你二人所为？”

箫羽竹微一犹豫，王文上却是大声说道：“羽竹，不必再吞吞吐吐，尊者现今成就七色天仙，并非徇私之人，直说无妨。实不相瞒，尊者，此事乃是九天官亲自指使我二人所为。九天官在天庭之上一向正派，素来严谨周正，我二人又念他一向在凡间护你周全，是以他下令之时，虽然我二人犹豫多时，最终还是奉命行事。”

箫羽竹也插话道："还望尊者莫要对九天官有所成见，此事恐怕还有深层原因，以后可以当面向九天官问个清楚。在我二人看来，九天官尽心尽力护佑你多年，也算是仁至义尽，尊者万万不可因此小事而对他心生怨恨。"

张翼轸淡然一笑："二位不必多虑，在事情未真相大白之前，我不会怪罪任何人。眼下一众天仙天魔在此，依二位之见，该如何处置？"

箫羽竹微一沉吟，答道："天魔交与我等押上天庭，公告所有天官周知，看天帝如何作答。天官可以自行离开，他们也不过是奉命行事，并非首恶之人。"

王文上却是眼睛一瞪，连连摇头："不行，不可。天魔若是被绑回天庭，定会招来其他天魔前来营救，与放虎归山一般无二。在我看来，天魔直接杀死了事，至于七名天官，还由尊者出手禁制，由我二人带回灵霄宝殿，且看天帝老儿如何处置，哼！"

王文上想法过于激进，张翼轸正要思忖一番，忽见潘恒闪身来到近前。他先是冲箫羽竹和王文上微一点头，随即转身张翼轸，愣神片刻，才恍然一笑，说道："翼轸当真是天纵之才，七色天仙难值难遇，以潘恒见识也只是略有耳闻罢了，不想今日竟然亲眼得见，不得不说，与翼轸相识，也是潘恒三生有幸。"

微一停顿，潘恒话题一转，又道："不过如何处置眼前之事，潘某另有想法，还请翼轸参考。"

见潘恒说话如此客气，张翼轸在箫羽竹和王文上面前并不托大，在潘恒面前也是一样坦然面对，一如从前，是以也不自恃，忙道："潘兄但说无妨，翼轸洗耳恭听。"

瞬息万变

潘恒微一惊讶，随即点头说道："经此一役，百余名大天魔陨落，魔门可谓损失惨重，在天庭之上再难与天帝对抗，至少短时间之内再无反击之力。此事魔帝虽然心中大为不满，不过愿赌服输，他应该不会大张旗鼓为难天帝或是前来找你寻事。不过若是将此天魔放回天庭，天帝与他们有约在先，想必也不会为难他们，顶多训斥一番放走。如此一来，数名天魔若是日后自行下凡前来骚扰凡间的修道之士，即便你法力高强，也是疲于应付。"

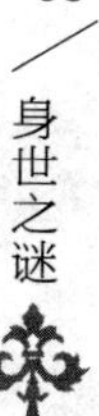

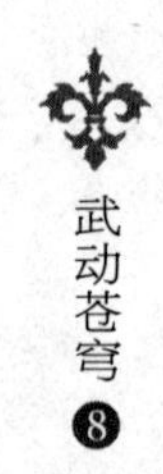

张翼轸点头称是。

潘恒继续说道："不过若是直接杀死，也不符合天道之义。上天有好生之德，如今天魔元气大伤，若再赶尽杀绝，恐怕翼轸也是于心不忍。所以依我看来，不如直接将众天魔抹去修为，任其坠落凡间自生自灭，既行了惩罚之举，又不至于灭绝天道，落人口实！"

张翼轸尚未答话，青丘急急上前抢先说道："翼轸，万万不可……潘恒身为天魔，此举大有深意，乃是保存世间魔门实力的暗度陈仓之计！"

潘恒被青丘一语道破心机，也不恼，冲青丘点头一笑："青丘，说来潘某与你还算有旧，怎么如此不给潘某一丝情面？呵呵，无妨，潘某既然敢向翼轸当面提出，就是心底坦荡，并无藏私之意。依翼轸之能，岂会不知我的用心？"

张翼轸沉吟片刻，答道："既如此，也好，且依潘兄所言……"说话间，张翼轸心意一动，右手轻轻一挥，众天魔顿时如被施了定身法，人人呆立当场，一脸痛苦之色，张口之间却又说不出话来。如此过不多时，忽见众人表情转为轻松，恢复平静之色，几人又双目一闭，自空中摔落。

潘恒急忙作法卷起众人，轻轻放回地面，又凝神片刻，屈指一弹，只见数名天魔化为一道流光，倏忽消失于茫茫天际之处，不知所踪。

"多谢翼轸成全！"潘恒施法完毕，冲张翼轸施礼道谢。

青丘一脸惋惜，说道："翼轸，放虎归山，必有后患！"

张翼轸安慰道："青丘不必多虑，我心中有数。天地之间自有平衡之理，不可强求，也不能以一己之力强行破坏，否则必定会有不可预料之后果。一切顺之应之，才为大治之道。"

青丘默然无语，退到一边。

箫羽竹和王文上同时向前说道："尊者，放天魔一条生路，倒也无可厚非，不过若是任由世间魔门兴盛，尊者身为七色天仙，莫非不一心偏向仙家，还是行中庸之道，不偏不倚？"

张翼轸微微一笑："天道无言，不管世间兴衰。大道无边，天魔与天仙各自都能成就，便是说明天道中立，从不有所偏向。不过我身为仙家，难免会心有所属，偏重修道之士。四海阁成立的目的便是令世间修道之士兴旺昌盛，限制魔门大肆盛行。当然，也并非一定要将魔门从世间全部抹去，毕竟仙魔乃是世间平衡之理，若有仙家大举屠杀魔门之事，到时仙与魔也一般无二。”

张翼轸如此回答并不能让箫羽竹和王文上满意，不过二人也只好暗自摇头，答道：“也好，既然此间事情已了，我二人这便返回天庭，尊者请多保重，何时想上天庭与天帝对峙，可传话给我二人，定当随时恭候大驾。”

张翼轸也不挽留二人，转身看向几位天官，问道：“诸位天官，你等是即刻返回天庭复命，或是还另有贵干？”

东星一脸尴尬，走也不是，留也不是，愣了片刻，咬牙说道：“既然阁下身为七色天仙，我等必须尊你三分。不过我等奉天帝之命前来捉拿应龙，应龙人在眼前，我等若是就此离去，如何向天帝交代？”

张翼轸笑意如风，缥缈不定：“怎么，尔等还要动手不成？”

应龙闪身来到张翼轸面前，哈哈一笑：“翼轸不必动手，不过是六七名天官罢了，看我一人对付即可。”

应龙口出狂言，东星却是心中清楚得很，只怕如今的应龙还真有如此神通，他与其他天官若无天命在身，绝对不是已然化身成功的应龙的对手。东星身为天官，也并非贪生怕死之辈，是以也是昂然答道：“我等奉天行事，岂容你应龙猖狂？何况你身为异类，其心必异，今日便是拼了一死，我等也要将你拿下。”

应龙一时气极，狂笑一声：“木石化形也好，妖类也罢，还有我应龙在内，按照天帝老儿所想，全是异类，所以全部该死不成？怪不得连向来秉性柔顺的木石化形也有天劫降临，不过是天帝老儿想要一家独大，始终唯我独尊于天地之间的私心作祟罢了。”

应龙言语犀利，直说得众天官哑口无言。静默半晌，还是北布上前说道：“今日之事，大大出乎我等意料，恐怕连天帝也不曾想到世间会有七色天仙问世。七色天仙虽然不如天帝福德深广，不过也是天道所成，顺应天机，我等身为天官，尊天帝之时，更要顺天而行。东天官，依我之见，不如我等先返回天庭，面见天帝禀明此事，再由天帝定夺不迟！”

东星微一迟疑，却听南天官和西天官同时说道：“东天官，我等奉天帝之命，下凡前来捉拿应龙。可惜应龙神通大成，又有七色天仙降世，种种莫名之事，即便天

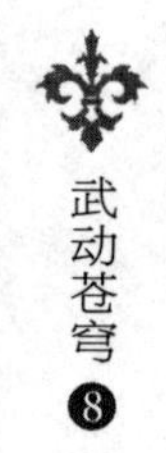

帝也始料不及。依我等之能，何必再做无谓之事？且依照天规，七色天仙身为尊者，天官无不避之，以礼相待。我等无功而返，因七色天仙之故，想必天帝也不会责怪。”

东星见众天官一心要返回天庭，一时迟疑，正要点头应下之际，忽然心生感应，顿时面露喜色，当即大手一挥，率领众人后退到千丈以外，高声说道：“应龙不要高兴太早，天帝既然有意拿你，自然不会轻易放你逃过一劫……今日你在劫难逃！”

东星话音未落，只见虚空之中凭空生成一层厚重如山的乌云，乌云隐含无边威压，仿佛重逾千钧，压人欲低，乌云翻腾之间，如同天空扑面而来，令人心生胆怯惧怕之意，只觉天地宽广无边，却并无一处可容身之地。

先前飞到空中的一众地仙和神人无法承受如此天地威压，纷纷被逼回地面，人人站立不稳，东倒西歪，直欲倒地。张翼轸和应龙等人自然无所畏惧，逆势稳如磐石站立半空之中。

潘恒见状脸色大变，微一凝神骇然说道：“天净沙天雷！好大的手笔，何人有如此威神之力，竟然不惜耗费本身天命和本命天福引来天净沙天雷……”说着，他一脸无奈和惋惜看了应龙一眼，叹道，“应龙，时不我与，徒奈何也！今日之劫，任你有通天之能，也再难渡过，潘某深感痛惜！”

应龙感应到漫天威压渐渐聚拢一处，缓慢向他一身聚集，又听潘恒说出天净沙天雷之名，顿时心中一惊。他微一定神细看，果然乌云涌动之间，里面隐现金光闪闪，却原来厚重如山的乌云全部由天净沙所成。

天净沙天雷，顾名思义，乃是引自三十三天的天雷，以无上大法炼制到天净沙之中，威力撼天动地，天地之间连同天帝和魔帝在内，无人抵挡。不过此雷虽然威力惊人，一是炼制起来过于凶险，若无数十名天官合力，绝无可能成功。二是炼成之后，催动之时也是危险重重，不但需要折损施法者本身天命和本命天福，施法之人一招不慎还有性命之忧，是以此雷尽管天地之间无人可敌，不过也几乎从未有人施展，只因催动此雷其实也与同归于尽无异。

应龙岂能不知天净沙天雷之威，被天雷锁定气息，再无逃脱之理，一时气愤难平，仰天大笑：“哈哈哈哈，悍然发动天净沙天雷，只为灭应龙一人，说来应龙就算是死，也是死得无上荣耀，死得惊天动地。天帝老儿，天净沙天雷只有你一人可以发动，怎么，你也亲自下凡了不成？”

此话一出，一众皆惊！

“应龙，你也过于自抬身份了些，不过灭你一条小小长虫，犯不着劳天帝大驾，由我九天官出面便可手到擒来！”空中蓦然传来一人高声吟唱，声音缥缈而遥远，却又无比清晰。

“金山逐影几千秋，云索高飞水自流……翼轸，惊闻你成就七色天仙，九灵特来恭祝大喜！”

竟是九灵！

张翼轸心中五味杂陈，说不出究竟是何等滋味，只是眼下顾不上与九灵客套，当即声风剑迸发天命之火，一闪没入乌云之中，试图替应龙减轻一丝压力。

不想天命之火一闪即逝，全无半点用处，但见乌云依然滚动不停，渐渐汇聚成一道粗丈余的云柱悬于应龙头顶之上，上不见其高，不知几万里飘摇，将应龙死死笼罩在内。以应龙方才一击之下可以力斩数十名天魔之威，竟是被劫云锁定，不能动弹半分。

此刻九灵自空中现出真身，淡定自若，冲张翼轸微一点头：“翼轸，不必再枉费心机，天命之火对抗天净沙天雷……全然无用，即便你以七色天仙之能，也无法阻挡天雷之威。应龙，今日必死！”

一波三折

张翼轸强压心中怒火：“九灵道长，我敬你为人，念你曾于我有恩，以前恩怨一笔勾销。你且饶过应龙，其他之事再行商议不迟！”

九灵浑身仙气缭绕，高大巍峨，在空中随意一站，气象万千，与先前三元宫中邋遢的厨房总管判若两人。见到张翼轸，九灵先是含笑点头，随之躬身微施一礼：“九天官参见尊者！”

张翼轸心中急欲解救应龙，也顾不上许多，匆匆还了一礼，说道：“九天官不必多礼，先说应龙之事。天净沙天雷可是由你催动？”

九灵不慌不忙，镇静自若：“九灵并无此等本领可以引发天净沙天雷，此天雷

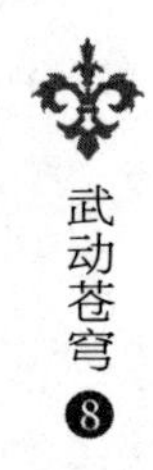

乃是由天庭之上数十名天官联手催动，我不过是顺势引导，将其指向应龙罢了。翼轸，你我相识多年，也不必虚礼客套，实不相瞒，天净沙天雷一旦发动，绝无收回之理，就算天帝与魔帝在此联手，也无法阻拦天雷……”

张翼轸大骇："如此说，应龙再无活命的可能？"

九灵点头，一脸凝重："非但应龙会被天雷击杀，中土世间所有木石化形以及妖类，只要是该渡劫之人，不出一时三刻，都会被吸附到天雷之下，随后天雷一击之下，连同应龙在内，全部灰飞烟灭！"

"九灵，你……你怎么如此狠毒？"张翼轸大怒，心意微动，声风剑之快无法形容，凌空悬浮于九灵头顶之上，蓄势待发。

"若非念你与我有旧，定当一剑斩掉你的顶上花冠，再将你打入九幽之地，永世不得翻身。"

张翼轸一脸狠绝之色，显然气极。

九灵却不动如山，脸上笑意不减："翼轸莫要冲动，此中隐情若是听我详细道来，你非但不会杀我，还会对我感激涕零，只因若是依辈分而论，我是你的长辈。若依远近而论，你我亲如一家。"

张翼轸顿时愣住："此话怎讲？"

九灵哈哈一笑："难得今日世间道门齐聚此地，难得箫羽竹和王文上同时现身，难得潘恒也不再躲藏不出，前来凑凑热闹，更有四海龙王和无天山金王，不必说稍后便会现身的毕方和玄冥，还有魅妖和木石化形等人，如此得天独厚万载难遇的盛事，非翼轸这般不世之才不能成就。九灵今日有幸亲眼得见，不得不敬佩本帝神机妙算之能，隐忍不发之心，其才高深，其心高远，果然远胜于九灵无数。"

张翼轸一时迷惑："本帝？你所说之人不是天帝吗？"

九灵悄然一笑："翼轸，不必急在一时，此事稍后自见分晓。你且看来……"说完，九灵用手一指远处。

顺着九灵所指之处望去，只见自天边远远飞来无数黑影，飞行之快无与伦比，眨眼间便近身到众人眼前，只见密密麻麻全是木石化形、魅妖以及其他不知名的妖类，更有毕方和玄冥也身在其中，一行浩浩荡荡只怕不下数千人，竟是排列成一行，被天净沙天雷强大的吸附之力自中土世间各地强行摄取到此！

只见众人全无一丝反抗之力，身不由己被惊天动地的天地之威禁制全身功力，连毕方和玄冥身为天地灵兽，也在天净沙天雷之下，浑身战栗，惊成一团。

紧接着光芒一闪，烛龙也惊叫一声，身不由己被天净沙天雷吸入其中，位列应龙之后。

众人按照修为高低，自动排列成一列，依次排在应龙和烛龙之后，形成一道长不下千里的队伍展现在众人面前。惊见如此诡异情景，包括张翼轸在内，潘恒、商鹤羽以及青丘等人无不目瞪口呆，全部愣在当场，半天说不出一句话来。

震骇过后，张翼轸猛然惊醒过来，厉声喝道："九灵，世间万物自有存活于世的道理，为何非要将他们赶尽杀绝，天理何在？天帝自认为天地之主，万物之尊，为何行此惨绝人寰之事，他还有何德何能再高居灵霄宝殿？"

九灵哈哈大笑："翼轸，天地之间，唯实力至上，一切依修为高低和神通深广来决定一切。既然天帝有能力发动天净沙天雷，便要净化世间，化解天地之间的非人一类的修行者，由此天地之间唯有仙魔，天地方成天地，阴阳才为阴阳，万事万物才归于平衡，不被应龙、烛龙、蓝魅、木石化形等打乱天地规则，如此方显天地清明，万物昌盛。说来也多亏翼轸你将散落在中土世间的应龙、烛龙、毕方、玄冥以及玉成、张柏子，连同魅妖在内会聚一处，更因你之助，天下修道之士才全部归心一处，天地大事，非万般机缘千年酝酿才成，翼轸，你当之无愧是天地之间第一人！"

张翼轸被九灵一说，更觉有愧于应龙、烛龙等人，当下也不犹豫，心意一动，便想举手之间将九灵拿下再说，不料一试之下，却觉心意所及之处，竟然无法将九灵锁定，不禁大吃一惊。

自成就七色天仙以来，虽然并未刻意施展全部神通，张翼轸却是心中明白，如今他的修为比起未成就七色天仙之前，可以说有天壤之别。即便不用心感应，以前看来高不可及的天官及天仙，在他的神识之中，众人的修为高低尽收眼底，无一遗漏，心中坦然自在，自信可以一招之内将天官、天仙乃至天魔制伏。

九灵再是高强，也并非天帝，为何能够躲过七色天仙的锁定？张翼轸心中大奇。

九灵看出张翼轸眼中的震惊之意，笑道："翼轸不必惊慌，你我并非敌人。实言相告，我也并非你的对手，不过是身有宝物，可以抵挡一二罢了。你莫要急于一时，稍后待应龙等人伏诛之后，自会真相大白！"

九灵说得轻巧，张翼轸哪里肯让应龙、烛龙被天雷击杀，更何况天雷之下还有玉成、张柏子以及蓝魅一众魅妖，除此之外，还有无数木石化形和妖类生灵，都在

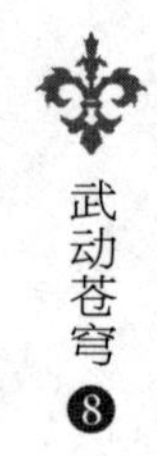

天雷的吸附之下苦苦挣扎，无比悲惨。除了应龙和烛龙，其余众人被天雷之力镇压，连话也无法说出，是以玉成和张柏子远远看到张翼轸，眼中流露无限悲伤、绝望之意，却只能遥遥相望，徒生伤感！

蓝魅等魅妖也是一脸无奈落寞地望向张翼轸，人人情难自抑，泪雨纷飞，楚楚可怜。

张翼轸看在眼中，痛在心里，一声长啸飞身跃起，电闪之间便跳入劫云之中，浑身七彩光芒大盛，映照得劫云一片亮堂。随后张翼轸气息外放，阴阳二气自左手右手之中源源不断涌出，便要强行将劫云一分为二。

阴阳之力果然强悍无比，在张翼轸全力相拼之下，在七色天仙的七色仙力支撑之下，竟然撼动了天净沙天雷，生生将劫云从中一撕为二。只见张翼轸如顶天立地的巨人，势如破竹一般将劫云从中间分开，一手抓住一端，犹如劈柴一般将劫云从下端撕裂开来。

七色天仙之能，威力如斯，直让九灵大吃一惊，退后数步方才站稳身形，微微点头说道："如此威猛，与天帝和魔帝已有一战之力，张翼轸，当真是得天机之人，了得，了得！"

嘴上虽是称赞，手下却不闲着，九灵右手一挥，大喝一声："众天官听令，三人阻挡他人插手，四人以天净沙注入劫云之中，不得有误！"

星、罗、棋、布四位天官和三天官闻风而动，三天官闪身拦在潘恒、商鹤羽和青丘、赤浪面前，其余四人以东星为首，扬手放出黄沙鸟同时催动天仙之力，顿时小鸟口中喷出漫天黄沙，四人又拼了折损天仙天福，各摘一朵天仙花瓣化黄沙为金沙。

四天官之力非同小可，劫云得此相助，顿时威力大长，裂口竟是渐渐自上向下合拢。张翼轸感受到自劫云之上传来的威压具有毁天灭地之力，尽管他七色天仙大成，神通无边，不过仍是无法与天地之力和数十名天官之力抗衡，况且天净沙天雷本来采自三十三天之上，更不是此间天地神通所能抵挡。

潘恒等人自然不甘就此被人拦截，尤其是商鹤羽和青丘与张翼轸情深义重，见他拼了性命也要救下应龙等人，自然感同身受，一时全部心情激荡，一颗稳固如山的仙心也是勃然迸发万丈豪情，二人大呼一声："翼轸，我等助你一臂之力，死不足惜，只为情义！"

潘恒虽然受伤，不过三天官刚才也被张翼轸禁锢片刻，一身仙力没有全部恢复，所以潘恒以一敌三，稳占上风。九灵正要再催动天净沙以增加劫云之威，却见商鹤羽等人悍不惧死扑了过来，只好暂且将劫云之事放到一边，转身迎战。顿时，场中战成一团。

张翼轸双手撑住劫云，渐感仙力不支，心意难以为继，阴阳二力不再磅礴汹涌，劫云合拢之势加快。张翼轸长叹一声，罢了，罢了，既然拼了一死也难以阻挡劫云重新汇聚成形，一旦劫云再成，必将一击落下，到时数千生灵毁于一旦，又该如何是好？与其死得惨烈不如死得壮烈，七色天仙可以感天应地，以自身全部天仙之力为代价，应该可以换取一次惊天逆转。

张翼轸主意既定，正要全心施展逆转惊天之法之时，忽然心生感应，自地上地仙之中有一人突然越空飞起，闪电般来到他的身后，得意一笑："机不可失，时不再来，某等此刻，已经太久了。张翼轸，今日你上天无路，入地无门!"

红消香断

张翼轸听得真切，此人竟是罗远公!

此时是，他一身修为提升到了极致，临近爆裂边缘，若能控制得当，拼了由七色天仙降为飞仙，或许还可将劫云击散。而偏偏在此千钧一发之际，罗远公意外现身，突然出手，直朝张翼轸背后袭来。

更让张翼轸大吃一惊的是，罗远公魔力沛然，离他尚有数十丈，已然可以感应到他双手之上令人心悸的天魔之力。

罗远公已然成就天魔之体!

若非身在劫云之下，若不是全身心力抗数十名天官的天仙之力，以及天净沙天雷之力，以罗远公的修为，不过是刚刚晋身普通天魔，并不是张翼轸一招之敌。只是此时此刻，显然罗远公等候已久，时机拿捏得恰到好处，张翼轸躲无可躲，且无法还手，再加上他正处于最虚弱之际，罗远公一击得手，张翼轸必死无疑。

而其余地仙、神人皆在地面之上，迫于劫云威压无法飞空前来相救。潘恒和商鹤羽、青丘、赤浪等人与众天官混战在一起，自顾不暇，即便有心前来飞身相助，也是分身乏术，难以逃脱对手纠缠。

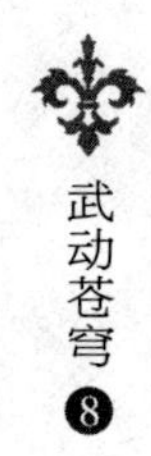

张翼轸情况万分紧急！

倒是正与众人缠斗的九灵感应到张翼轸身处危险之中，情急之下也不顾被众人围攻，转身疾飞，竟是意欲出手营救。

不过九灵再快，还是晚了一步，只因事发突然，众人都始料不及，且罗远公所选时机又精准无比，正是算定就算所有人出手救助，张翼轸也难逃一死，是以不出手则已，一出手便是雷霆一击，竟是拼了全力不顾身后九灵出手来袭，力求一举将张翼轸击杀，哪怕自己身死也在所不惜。

此等情景之下，九灵在前，商鹤羽等人在后，疾如流星朝罗远公扑去。只是众人飞空虽快，但离罗远公仍有数十丈，而此时罗远公离张翼轸不过数丈，即便众人催动口诀放出法宝也是枉然！

众人心中大骇，不想张翼轸刚刚成就七色天仙就要丧命于罗远公之手，莫非真是天道不公不成？

众人一时肝胆欲裂，只听青丘声嘶力竭地呼喊："罗远公贼子，还不快快住手！"

罗远公此时眼见就要一举将张翼轸击杀当场，心中大定，全身魔力运转间，浑身闪耀耀眼红光，就在他双手离张翼轸还有一丈之远时，蓦然眼前虚空之中一阵波动，一个人影竟然凭空现形眼前。此人一身红衣，长发过腰，手中红云弥漫，红光隐现，吞吐不定，而此人身姿曼妙，刚一现身，便身形微动，犹如起舞弄清影！

清影一点红，火云浮生梦。

正是红枕！

红枕正对罗远公双掌，不躲不闪，一脸诡异的笑容，手中清影剑化为火云澎湃之势，气势锐利决绝，犹如与红枕合为一体，如同长虹贯日，化为一道流光，一闪没入罗远公心口。

罗远公来势迅猛，红枕又现身突然，二人相距过近，红枕又是同归于尽的打法，罗远公躲闪不及，被清影火云剑一剑穿心，同时双掌印在红枕双肩之上。

罗远公天魔初成，威力非同小可，又是全力相拼，一掌结实击中红枕，只见光华一闪，生生将红枕击得灰飞烟灭，不留一丝痕迹消散于天地之间。而红枕的清影火云剑一剑穿透罗远公身躯之后，蓦然在空中化为一团光华，吞吐不定，如同与父母失散的孩童，在空中迟疑不决，感应不到红枕的气息，不知去留，也不知如何是好。

罗远公被一剑穿心，顿时收住前行之势，在空中呆立片刻，随即哈哈一笑："红枕丫头，一把普通飞剑岂能有损我的天魔之体？只可惜你死得太容易了一些……”

他话未说完，又猛然愣住，脸色瞬间三变，随后突然大叫一声：“好一个红枕，好一手偷天换日……”只听自罗远公体内传来一阵碎裂之声，如同玉瓶打破散落一地，持续片刻，罗远公仰天长啸，气冲云霄，啸声一落，身体僵直如一根木棍，颓然从空跌落尘埃。

罗远公刚一落地，身形又倏忽之间被人牵引，闪电般飞到潘恒身前，正是潘恒得了机会，将其吸附到身前。

罗远公已然性命垂危，却仍强行挤出一丝笑意：“师傅，徒儿无能，千算万算也未能杀死张翼轸！”

潘恒喟叹一声：“远公，功败垂成错不在你，在于天。张翼轸得天道青睐，岂能如此轻易被人杀死？说来也是师傅之过，其实为师自始至终都不曾想过要置张翼轸于死地！”

罗远公双目圆瞪：“师傅，此话怎讲？”

潘恒凄然一笑：“张翼轸是应运之人，为师一直与之暗中配合谋划大计，如今大事将成，不想你如此痴绝，竟是潜藏于此，伺机将他杀死。也怪为师一时疏忽，带你入魔却未告知你事情真相……”

“怎么，师傅你莫非不是天魔？”罗远公难以置信。

“为师当然是天魔，且还是大天魔，不过嘛，其中另有隐情，不到关键之时不能透露……远公，你好生去吧，下世不管修仙修魔，切记要以大道为重，莫要计较个人恩怨！”

潘恒轻叹一声，右手伸出，平放在罗远公头顶之上，随即魔力一吐，罗远公当即毙命。

师傅亲手将徒弟杀死，众人看在眼中，全都大惑不解。潘恒也不多说，振臂一呼：“诸位，翼轸危矣，还不快快拼死相救。”

众人一听此言顿时惊醒，双方又重新战成一团。

张翼轸虽然不及回身看清身后之事，不过红枕现身，如流光一现，未留下只言片语便从此消散于天地之间，竟是为救他而死！

此情此义，于无声处见惊雷，在悄然中留下永恒的身影。电光火石之间，一切发生得过于突然，如烟花绚丽一闪即逝，又如昙花一现，芳踪杳杳只余淡淡花香。

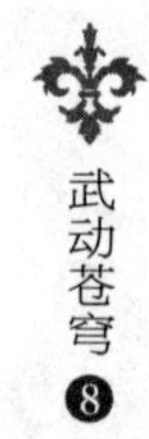

张翼轸身处天雷威压之下，却浑然忘我，脑中瞬间忆起儿时的欢乐时光，与红枕同村同行时的青葱岁月，以及红枕悲惨的身世和无奈入魔的凄凉。一个弱小女子，在孤苦无助之中，不知度过了多少日出日落……红枕，一个如霞光绚烂又如朝霞一般落寞的女子，就这般悄无声息地霞光一闪，永久消失于天地之间！

张翼轸心如刀割，痛心疾首，蓦然之间心意大开，浑身气息猛然暴涨数倍，仰天长吐一口七色仙气，气冲九天。七色仙气所到之处，劫云纷纷避之，渐呈云开雾散之势。

得此时机，张翼轸岂肯放过？双手加力，阴阳二力水泄而出，随着一声断喝，只见天净沙劫云竟被张翼轸如破竹一般从中撕为两段，裂缝扶摇直上，一直没入虚空之中至高之处，仍是上升之势不断，不知是否一直要裂到天庭之上劫云的另一端。

如此一来，劫云之威大减，应龙和烛龙奋力一跃，率先自劫云之中逃离，随后二人同时出手，猛击劫云下端，轰然巨响声中，劫云如丧家之犬，风卷残云仓皇逃走，片刻之间消失得一干二净。

劫云一除，自烛龙以下所有人等都重获自由，一时欢呼之声响起一片，众人跪拜在地，拜谢之声此起彼伏，人人喜极而泣，叩谢张翼轸救命之恩。

张翼轸却顾不上理会众人，闪身来到清影火云剑前，心意一动，将清影剑收到手中。清影剑心有不甘，犹自轻鸣不止，意欲脱离张翼轸控制。张翼轸是何许人也，清影剑挣扎多时不能逃脱张翼轸手心，不禁悲鸣不已。

张翼轸睹物思人，更是心中伤感难忍，轻叹一声："红枕，翼轸何德何能，亏欠你太多，又被你舍命相救，我却对你始终不问不闻，任由你入魔，任由你一人孤身飘零！天地虽大，你却始终心系我一人，而我四海为家，挂念亲生父母之事，对你一向疏于照应，更没有刻意前去寻你，劝你回头。更让我于心难安的是，对你的深情厚谊，我并未放在心上，也未细心疏导，终于才有今日之大错……红枕，翼轸问心有愧，也不知你在罗远公魔掌之下是否形神俱灭，若有一缕香魂不远，他日我定当入得阴间，寻到你的魂魄，让你再世为人！"

张翼轸情真意切，一时泪流满面，伤心欲绝。逢此巨变，九灵等人也停手不攻，潘恒和商鹤羽、青丘等人呆立一边，摇头无语，无人敢近前相劝。

九灵对红枕并无多少印象，也是因为心中有事，也不在意张翼轸此时心情，上前一步说道："翼轸，且听我一言，你何必冒犯天颜护下应龙、烛龙等人，还有众多素不相识的木石化形、妖类，也因此而痛失红枕，岂非得不偿失？且不说天帝如何震怒，必将降罪于你，单是自身折损功力已是大大的不值……方才之举，说不得天帝大怒之下，会动用天地法宝将你七色花冠打落！”

“打便打，尽管来拿便是！”

张翼轸一脸漠然，冷冷看了九灵一眼，先是深揖一礼，说道：“此礼是为答谢九灵道长以前在三元宫照顾之情以及赠剑之谊，从此之后你我恩断情绝，形同陌路！”

说着，微一拱手，当空一划，又道：“九天官，从此我张翼轸与天帝势不两立，连同你在内的所有天官天仙，若是敬我让我，不逆天道行事还则罢了，若是不然，被我遇到，休怪我手下无情……九灵，你依仗天净沙天雷，肆意残害天地生灵，身为天官却无天德，既然如此，今日正好被我遇见，若不留下顶上花冠，如何向险些身死天雷之下的数千生灵交代？”

瞒天过海

九灵脸色大变：“翼轸，你要摘我顶上花冠？你可知我究竟何人？”

张翼轸不动声色：“你曾是三元宫的厨房总管，又是高高在上的九天官，真真假假，也不知究竟谋算何事。不管如何，今日之事因你而起，找你讨回公道，也是天经地义。”

面对七色天仙的威胁，九灵依然从容不迫，微笑说道：“翼轸你有所不知，当年你出生之时，天帝震怒之下要将你处死，是我拼了被天帝惩罚暗中筹划，才将你送下凡间，由此才有今日的七色天仙。”

一听此言，张翼轸微叹一声，说道：“此事我已然得知，正是因为感念九灵道长一直以来的关照和厚爱，今日我才留你性命，只取你顶上花冠……否则以你方才举动，死有余辜！”

九灵微一点头，答道：“翼轸所言极是，既然你念及当年救你之情，不妨再说赠你声风剑之谊，暗中护你周全之心，更有丘瞳与西莲子二人处处指引之举，全是因我暗中策划，一心照应之故！”

张翼轸骇然而惊：“这么说，丘瞳和西莲子故意截留照天镜，又明里暗里留下

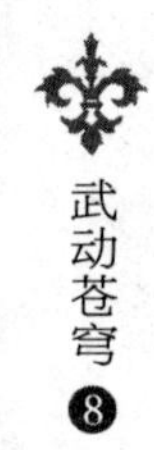

蛛丝马迹引我一步步走向咫尺天涯，最终飞升到方丈仙山，全是因你九天官在背后操纵？”

九灵笑而颔首。

“我且请问九天官，既然当年你与我同在一处，又是旧识，为何又要故设迷阵，让我舍近求远，非要在中土世间转来转去，历经千辛万苦才寻到进入方丈仙山之法？况且依我母亲所言，她并不想让我前往方丈仙山寻她，你又暗中谋划此事，故意诱我前去方丈仙山，又是有何谋算？

“再者说来，阁下身为堂堂的九天官，我母亲不过是寻常飞仙，当年你又何必冒被天帝严加惩罚的危险，非要救我？你身为天帝最为宠信之人，又有何理由非要救下与你本不相干之人？”

九灵听张翼轸一连串发问，脸上笑意更盛，却是满怀慈爱之意：“翼轸，此事说来话长……我先前说过，若论远近，你我亲如一家，其中内情，稍后定当详细道来，你一听之下，定然明白。先说当年天帝震怒要将你处死，我暗中周旋令人将你成功打落凡间，此事不过是瞒天过海之计！”

“要瞒何人？”

“要瞒天庭所有天官天仙，还有与此事有关的至关重要之人。不过此事由我与你亲生父亲暗中筹划，你母亲并不知情，是以她一心认定天帝要真心置你于死地，宁愿舍弃自身性命也不愿你前来送死，所以才不愿你前往方丈仙山寻她。此为其一。

“其二，丘瞳和西莲子二人本是我的随从，他二人奉我之命，在世间布下疑局，所图不过是引你最终走向我与天帝为你安排的正途之上，不误我二人一番成就你世间历练突破自身所限的良苦用心。至于为何要截留照天镜，也是不想让你轻易听信你母亲之言，误了飞升方丈仙山的绝佳时机，说来也并无恶意。

“其三，你母亲并非寻常飞仙，你父亲也不是无名之人。我之所以暗中救你，也是早先谋定之事，是你父亲一手精心巧妙安排，非但成功瞒过所有人等，连你母亲也被蒙在鼓里。正是因为有此妙计，才保得天帝高居灵霄宝殿，而你在世间也不负众望圆满一段人间仙路，成功引出应龙、烛龙以及玄冥、毕方等人。如今大计已成，翼轸，你也晋身为七色天仙，可以比肩天帝、魔帝，难道你还要对我这个一直以来对你关爱有加暗中照应周全的长辈痛下杀手不成？”

张翼轸震惊当场，一时心神大乱，凝神半晌，才退后几步，连连摇头说道：“九灵，我，我不相信……依你所说，你与我父亲交好，又与天帝暗中策划，难道是说，我父亲正是天帝不成？”

九灵笑而不答。

“不会，不应该！”张翼轸猛然惊醒，说道，“我亲耳听母亲所言，说是我父亲不过是寻常飞仙。当时我亲见母亲之时，也是感应得知她一身仙气也不过是飞仙之境。就算她从未见过天帝，也能感应到天帝的威德和荣光，怎会与父亲相伴多年，竟不知道对方是何许人也？此事绝无可能，不过是你九灵的一家之言，试图乱我心神罢了！

“再者说了，天帝乃是天地之主，怎会青睐一名寻常飞仙？况且还与她生下孩子，还要瞒过众人！身为天帝，行事不方正圆融不算，还偷偷摸摸，暗藏私心，试问，哪里有如此不堪不雅的天帝？……九灵，莫要花言巧语骗我上当，谁人会信你信口开河之说！”

九灵见张翼轸心神已乱，淡笑答道：“翼轸，若我害你，早在你初入三元宫之时，举手之间便可将你打入万劫不复之地，何必非要等到今日你神通大成？先前并未对你言明真相，也是因为此事事关重大，有诸多隐秘之事不便透露。

“天帝虽是高高在上，不过行事也有诸多不便，不可随性而为，是以只好与我暗中商议，行此良策，也是存了一试之心。不过谁也未曾想到，你不但际遇不断，且生性坦然，赢得无数人的信任和追随，也是可堪大用。更难能可贵之处在于，你重新将天下道门的修道之人会聚一处，还令四海归心，无天山归顺，更让木石化形认可，魅妖认主，再在此次四海阁大典之上为求一众地仙不惜牺牲自家性命，感得天福降身，由此得天道赢天心，成就万年不遇的七色天仙，翼轸，我与你父深以为傲，由此更加认定当初所行之计正是万全之策。”

张翼轸脸色惨白，喃喃自语：“不可能，不会，怎么会是这般结果？我的亲生父亲竟是天帝，我却是天帝的私生之子吗……”

张翼轸时而迷茫，时而焦虑，原地打转，竟然身陷其中不能自拔。商鹤羽见状，正要向前制止，却被青丘轻轻拦下：“此事外力无用，只可让他自己心开意解，否则心魔一生，再难去除！”

商鹤羽一脸迷惑：“难道翼轸真是天帝之子？”

青丘却有不同见解：“此事定有重大隐情，不可轻易便下结论。九灵所说言之

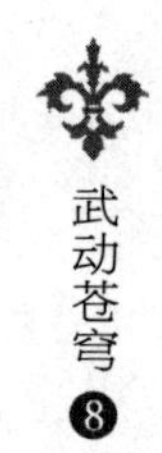

凿凿，恐怕也并非信口开河。不过若是只凭他只言片语便深信不疑，也是不能。依我来看，九灵所说真真假假，即便翼轸之父并非天帝，只怕也相去不远，或是与天帝齐名之人。”

赤浪在一旁皱眉说道：“要是翼轸之父真是天帝，以翼轸眼下作为，与逆天无异，也不知该如何收场？天帝要置应龙、烛龙等人于死地，翼轸自是不会同意，父子尚未相认便要反目，也是世间悲惨之事。”

潘恒在一旁好整以暇，不慌不忙说道：“诸位不必急躁，翼轸在世间一路风浪险阻走来，从未有过退缩为难之时，只是一直以来纠结于亲生父母之事，乍听之下，难免一时无法接受。相信以翼轸的心性和现今的修为，能够处理好眼前之事。”

青丘却是扫了潘恒几眼，略带嘲讽地说道：“千年之前身为道门的救星，如今却又是大天魔，阁下倒也会见风使舵，着实令在下佩服得紧。此次你前来，先灭天魔，又战天仙，不知打的什么如意算盘，让人捉摸不透。”

潘恒哈哈一笑：“青丘，若论聪明才智，你也算是上上之选，不过也只仅限于世间之地。放眼到天地之间，谋算天地大计，筹划天地棋局，你却还是差了几分。所以青丘你且退到一旁，少安毋躁，且看翼轸如何应对危机。”

青丘被潘恒讥讽一番，脸色微变，随即又恢复正常，摇头一笑：“确实论深谋远虑，我不如阁下，既然阁下信心满满，我等且拭目以待。”

再说张翼轸低头寻思半晌，忽然抬头，脸上已然恢复平稳淡定之意，说道：“且不说天帝是否真是我的亲生父亲，也不论你九灵暗中照应是否别有用心，但说我在世间一路走来，数次历险几乎身死，无不是凭借自身之力才得以脱身。玄冥天的斗智斗勇，海枯石烂的生死相争，沧海桑田的变幻万千，再到咫尺天涯之内紫金钹之中的九死一生，其时以天帝之能，以九天官之神通，为何不见有人出手相救，任由我自生自灭，哪怕是魂飞魄散也无动于衷？”

九灵听闻此言，脸色微微错愕，立时又一脸笑意：“其实当初将你打落凡间，便是你父以无上神通推算得知，你在世间虽然会经历诸多危险之事，不过最终却会一一化解，并无性命之忧，是以我等只是静观其变，放手让你自行历练！”

“说得倒是轻巧，听来也是轻松，若我所想没错，幕后之人不过是想坐享其成罢了，若我侥幸得以不死，日后便可再加以利用，若是难逃厄运，也是我命该如此，怪不得别人。其实说来说去，九天官，你口中所说有人神机妙算，得窥天机，行瞒天过海之计，不过是自欺欺人的谎言罢了。只怕你心里也清楚得很，我一入世间，便一切远离幕后之人的当初设想，是以最后我屡次涉险，生死早已不在他的考虑之内，他所要的只是他的天地大计、世间大局，我的生死以及我母亲的自由之身，全然不在顾虑之内，是也不是？”

金蝉脱壳

九灵却是脸色不变，坚定地答道：“翼轸此言差矣，你父身居高位，即便对你关怀有加，也断无可能因私废公，做出有损威严之事出来。再说我当时虽然人在世间，也是限于天地规则，不敢强行出手助你。其实说来，你在世间所经之事，无不在你父与我的掌控之中，在我二人精心推算之下，尽管你会屡屡身处险境，不过总能逢凶化吉。所以你也不必怪罪我二人不出手相救，也是因为天地万事万物皆有章法可循，你父才学冠绝天地之间，即便将你一生之事推算得清清楚楚也不在话下。”

“笑话！”张翼轸终于笑出声来，“当真是可笑至极……九灵，切莫再谎话连篇，你还真以为我信你不成？先前对我之事了如指掌，不过是得无字天书也就是息影之书传讯，再后你在声风剑之中做下手脚，也可以得知我的行踪。不过自咫尺天涯之后，声风剑被我彻底清除其内隐含的气息，从此你对我的所作所为再也无法探知。所谓得窥天机不过是大话假话罢了，即便身为天帝也绝无可能将天地之事事无巨细推算得一清二楚，只因天地有玄机，天道变幻莫测，非人力所能窥测。天帝也被天道束缚，难逃天地法则，怎么可能堪破天道玄机，推算天地万物兴衰？就算天帝动用天地之能，以无上神通推算而出世间变迁，也不过是只知其一不知其二，不能详细得知万事万物的细致入微的变化之处，九天官，你还有何话说？”

九灵犹自嘴硬：“翼轸，不管如何，我一心维护你的安危，连同你父亲在内，我二人无时无刻不精心推算天地局势，由此才有今日之事！”

张翼轸淡然一笑，语气之中满是不屑：“既如此，你可曾推算出今日之事的最终结局？”

九灵一脸自得：“自然，今日之事自然会有一个皆大欢喜之局……应龙、烛龙等人伏诛，翼轸返回天庭与亲生父母团聚，从此天地之间逍遥自在，无人可及。同时

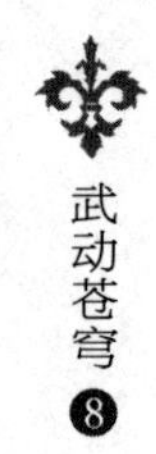

天地恢复清明，除了仙魔之外，不再有异类存活于世，也无木石化形，如此朗朗乾坤，大好天地，正是天帝天心之中所谋划已久的天地大局！”

“不错，妙极！”张翼轸笑容一滞，脸色微寒，“九灵，你可曾算出，你今日下凡会痛失顶上花冠？”

九灵大吃一惊，急忙后退：“翼轸不可，我与你父情同手足，亲如一家……”

话未说完，却觉全身一滞，一身仙力再也无法运转半分，竟是被七色天仙之力生生禁锢。

好一个七色天仙，果然非凡。

九灵心中大骇，顾不上许多，心知若等七色天仙仙力侵入体内之后，绝对再无逃脱的可能，到时一身修为尽损。想到此节，当即身子一直僵硬如同木头，随后自背后猛然裂开一道裂缝，长约三尺，宽有一尺，紧接着一个人影从裂缝之中一闪而出，在空中闪动几下，重新化形现身。

却见此人生得如中年男子，长衫束发，说不出的潇洒随意，与先前的九灵判若两人。

再看九灵身躯被张翼轸神识锁定，动念之间便将其顶上花冠摘下。花冠一离头顶，顿时片片枯萎，随即化为灰烬飘散一空。更让人惊讶的是，九灵身躯如蛇蜕一般也迅速枯萎收缩，最后化为一层血雾，在空中盘旋不定。

怎会有如此诡异之事？

非但张翼轸吃惊不小，在场的七位天官也是大惊失色，一齐惊呼出声：“你是何人，竟敢假冒九天官？”

由九灵身躯之上化形而出之人当空站定，一脸傲然，开口说道：“本尊摩罗，身为万魔之尊，怎么，尔等竟然不识本尊何人？”

是他！

张翼轸立时听出摩罗正是上次将杨不忘吞噬之人，九天官九灵转眼之间化身为魔尊，尽管身为七色天仙，张翼轸也不免呆立当场，一时惊呆。

此等巨变过于突兀，连一向镇定的潘恒也是脸色大变，一脸不解之意，问道：“摩罗，莫非你已然练成魔门之中失传的金蝉脱壳大法？”

摩罗昂然答道：“不错，算你还有些眼光，竟然识得本尊的独家大法。潘恒，你虽然身为大天魔，不过成就天魔时日不久，又如何得知魔门之中此等不传之秘？”

潘恒不答反问：“魔尊，真正的九天官是否早已被你杀死？”

摩罗微一迟疑，凝神少时，忽然面露喜色，答道：“千年以前，九灵便被本尊以金蝉脱壳大法夺了仙体，从此以九天官身份在天地之间逍遥自在，好不惬意。潘恒，眼下即将上天开眼，正好本尊被张翼轸逼得现出原形，你且与我携手御敌，待此间事情了结之后，返回天庭，本尊可以在魔帝面前大力推举你为魔帝的左膀右臂，如何？”

潘恒拱手谢过摩罗好意，又问：“魔尊请了，只是据传魔帝千年以前闭关不出，众人皆以为魔帝必有法力突破，或许还可悟出战胜天帝的神通。不过在我推测之中，魔帝怕是伤重不治，正在闭关疗伤才是。”

摩罗面不改色：“潘恒莫要胡乱猜测，魔帝神通盖世，怎会受伤？魔帝如今不但神通大成，尚在天帝之上，且正志满意得，你可要看准时机，莫要错失良机。此时正是你向魔帝一表忠诚之时，否则你先前残杀天魔之事，魔帝定然不饶。”

潘恒点头说道：“魔尊所言极是，我与张翼轸几人联手杀死天魔无数，此事魔帝定是大为震怒，说不定会亲自出手将我处死。不过眼下就算我与魔尊联手，也难敌张翼轸七色天仙的神通，更何况还有七位天官在一旁虎视眈眈！”

摩罗环视四周，淡笑答道：“本尊只身下凡，若无万全之策，怎会以身试险？潘恒，若再迟疑不决，休怪本尊事先没有提醒过你，按说依你方才的所作所为，绝无活命之理，只是眼下有此良机，再不珍惜，岂非自寻死路？况且当年本尊看中你的资质，逼你入魔，也是一心期望以你的资质能够在魔门之中担任要职，可为魔帝一大助力。”

“逼我入魔？此话怎讲？”潘恒一脸愕然，顿时愣住。

张翼轸等人在一旁隐忍不发，听潘恒与摩罗对答，各自心中掀起滔天巨浪，千年之事一一浮现，真相即将揭露，事关切身利益，人人都暂时按压心中愤恨和不安，静观其变。

七天官却是怒火滔天，转眼间人人敬仰的九天官竟然化身为魔尊，再想到千年以来听从九天官号令，其真实身份却是天魔，他们痛惜九天官被摩罗害死的同时，又深感耻辱。不想被魔尊混入灵霄宝殿，号令众天官千年之久，不但众天官天仙被蒙在鼓里，难道连天帝也丝毫没有察觉？

七天官羞愧难当，只想一拥而上将摩罗拿下，交与天帝处置，不过听到摩罗与

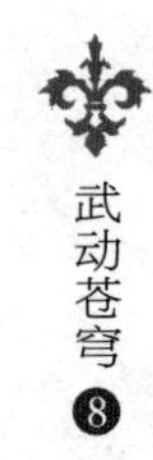

潘恒对话，事关隐秘之事，也只好按下性子，耐心听完。

“既然众人都在此地，本尊便借此公告天下，其实千年以前仙魔大战之时，本尊伺机夺取九天官仙体，得了九天官的天命和天职。正好此时世间道门之中高人辈出，眼见便要将世间魔门扫荡一空，本尊身为万魔之尊岂能坐视不理？遂令三天官自方丈仙山炼取一天柱，将潘恒镇压在王屋山之中，正是要令其心生恨意，怨恨天道不公，蔑视天帝权威，由恨入魔。潘恒资质在当时修道之士中属一属二，为上上之选，若是杀之实在可惜，逼其入魔正合魔帝心意。”

潘恒听了却并未如众人所想一般冲动呼喊，大失常态，而是淡然如松，摇头一笑，问道：“敢问魔尊，你身为万魔之尊，混迹于天官天仙之中，不被天官天仙察觉还算正常，难道以天帝的通天之能，也丝毫没有怀疑半分？”

摩罗微一迟疑，说道：“金蝉脱壳大法乃是魔门中的无上绝学，由魔帝综合无数魔门前辈心法精心钻研而成，即便天帝也是只闻其名未曾亲眼得见此法，是以也无法辨别。金蝉脱壳大法妙就妙在将其人杀死之后，其仙体仙力全部凝结不散，化为一层虚实相间的护体仙膜，隐身于仙膜之中，其人原有的气息甚至顶上花冠也可完好无损，莫说天帝，便是他最亲近之人也断难发觉有假。哈哈，本尊假冒九天官千年以来，从无一人察觉，现今想来，号令天官天仙的感觉倒也不错……”

摩罗此言一出，七天官再也无法压制内心羞辱之意和冲天怒火，不约而同一起飞身向前，纷纷放出法宝，直取摩罗。

张翼轸刚刚被摩罗假冒的九天官一番话说得心潮起伏，对天帝是不是他的亲生父亲心中难下结论，左右为难。若真如九灵所说，他与天帝将如何见面，又该如何对母亲言明？而天帝对母亲究竟有无情义？天帝一心要置应龙、烛龙于死地，他自然不允，到时父子反目，又是何等情景？

张翼轸心中辗转不定，一时难下决心。正好听到摩罗说出实话，却原来他已经假冒九天官千年之久，如此一来，他口中所说之事不再可信，想通此节，张翼轸大为宽心，猛见七天官出手攻击摩罗，心中清楚七天官也是因受摩罗蒙骗而恼羞成怒，不过也说明七天官也是受人利用，并非恶人。

张翼轸岂能坐视不理，当即将身一闪，出手如电，一道七色光芒打出，正中摩罗胸口！

06 巅峰大战

天帝自忖有天命在身，有天地之力为其所用，认定张翼轸三人定然不是他的对手。不想一击出手，光华之海将三人束缚其中，竟是无法将三人定在当场。三人来势不减，张翼轸手中的声风剑、应龙的阴阳斩、潘恒的大天魔神通已然同时发作，轰然一声与天帝正面相迎。

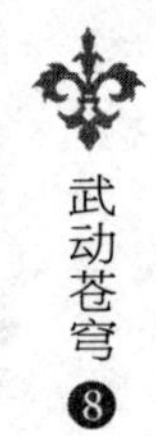

孤注一掷

摩罗身为魔尊，号称万魔之尊，也绝非浪得虚名之辈，但他全神提防七天官，并未想到张翼轸会猝然出手，不及防备之下被张翼轸七色天仙之力击中，当即被击飞到千丈之外，受伤不轻。

不过摩罗也不知有何依仗，也不逃走，倏忽间又返回众人近前，咳嗽两声，冲张翼轸惨笑一下："翼轸，我现今以摩罗身份再次强调，帮你之人是本尊，并非九灵。九灵早已死去千年，即便他在世，与你也是无亲无故，素不相识，绝对不会帮你半分。自始至终真心帮你之人，是摩罗也。"

说完，他自嘲一笑："本尊身为万魔之尊，也不是你七色天仙之敌，七色天仙之威，果然了得！方才一击之下，颇不好受，翼轸，你现今与魔帝神通相差无几，令本尊无比敬佩！"

张翼轸见摩罗言语真切，被他打伤毫不气恼，还是对他爱护有加，心中更加不解："摩罗，你究竟何人？为何对我如此忍让？"

"本尊先前说过，你我亲如一家！"

"不可能！"张翼轸惊道，"先前你是天官身份或许还有可能，现今你却是魔尊，与我又是什么干系？不管你到底何人，是仙也好，是魔也罢，应龙、烛龙以及所有异类既然天道生之，也只有天道可以灭之，无论天帝还是魔帝若要逆天行事，先要过我这关再说！"

摩罗苦笑："翼轸，你身为七色天仙也并非天帝和魔帝对手，怎么，难道你天真地认为你亲生父亲会因你之故而饶过应龙等人不成？错，大错特错！实不相瞒，早在你出生之时，你父便存了杀你之意，也是本尊从中周旋，你父最终才同意放你下凡，看你日后有何成就。你父心怀天地大局，只当你是芸芸众生之中一员，从不对你另眼看待。若不是本尊见你身世离奇，本不该降世却降临于世，又见你幼小可怜，一心护你周全，才瞒着他人赠你声风剑，又传你天云剑法，无非是想让你有自保之力。说到底，本尊一直暗中保你安全，虽有诸多力不所及之处，不过恐怕天地之间，再无第二人比起本尊对你更用心至深。”

说到此处，摩罗有意无意向下方扫了几眼，不知在搜寻什么，片刻之后，又说：“其实翼轸你也是得天机悟天道之人，不应如此执迷不悟。你有今日成就，得来不易，何必为应龙等人强出头，一招不慎，万一落个痛失修为的下场不说，说不定还会被打入万劫不复之地！”

张翼轸静静听完，恍然一笑：“多谢魔尊肺腑之言，另外魔尊的照顾之谊，在下铭记在心。不过应龙、烛龙等人与我情同手足，与我同甘共苦，生死与共，有人若要假天之名将之灭除，我身为七色天仙，乃是得天道而成，若不替天行道，岂非错会天意？魔尊，你我言尽于此，念你曾有护我之情，今日饶你不死。若不速速离去，众天官要想杀你，则与我无关。”

摩罗脸色渐沉：“翼轸，你当真不听本尊劝告，非要与我为难，非要与应龙等人同行？”

张翼轸斩钉截铁地答道：“不错，我意已决！”

摩罗长叹一声：“也罢，此时时机未到，大计未成，真相还不便言明，不过既然你如此固执，不听本尊劝告，不让你见识一下真正的天地之威，只怕你难以回头。翼轸，莫怪方才本尊故意拖延之计，哈哈！”

大笑声中，只见摩罗蓦然仰天喷出一口五彩之气，气息出口化云，云起雾生，随后如旋涡一般飞速旋转，渐渐化为一股细如手指的轻烟，一端指地，一端扶摇直上，没入云端，不知所踪。

张翼轸不知所措，微一愣神，还未开口，便听潘恒急急说道：“不好，天雷引……翼轸，摩罗又引天净沙天雷降世！”

话一出口却为时已晚，只见轻烟如同一道细线，一端倏忽间收回摩罗手中，另一端却飘忽间自九天之下引来金光闪闪铺天盖地的劫云！此次劫云与上次相比，非但厚重数倍以上，且还金光闪成一片，犹如实质。

抬头看时，虚空之中一片金光，如同整个空中布满金沙，其状撼人心魄，莫说木石化形及一众妖类不寒而栗，感应到劫云之中蕴含的灭绝之力，非但见所未见，且令人心生无力之感，便是应龙和烛龙也不由自主遍体生寒，竟是一时压抑

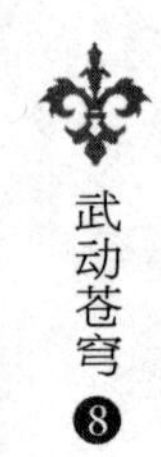

不住胆怯难安。

青丘猛然想到其中的关键之处，惊叫出声："翼轸，此事大有蹊跷！既然摩罗现出真身，不再有九天官天命和天仙之力，为何还能引来天净沙天雷？且依此次天雷威力来看，只怕是天帝亲自出手！"

张翼轸也想到此点，冲摩罗喝道："摩罗，莫非天帝也与你同流合污不成？"

摩罗也不隐瞒："正是本尊趁方才与你周旋之时，暗中与天帝传讯。天帝听闻七色天仙有意保下应龙等人，一时天颜大怒，震惊之下亲自出手催发天净沙天雷。天帝一怒天地之间无人可挡，翼轸，应龙等人必死。应龙一死，天帝将会在灵霄宝殿与你会面，到时你便会知道其中是非曲直……且听我一劝，翼轸，你只管退到一边静观其变，莫做追悔莫及之事。"

张翼轸一时心生苍凉之感，叹道："天帝不行天道之事，与魔尊联手做出如此卑鄙无耻之事，身为七色天仙，若不为万民请命，不为天下生灵一表仙家气象，如何令天地清明，如何自命为仙家正统？潘兄，商兄，青丘，赤浪，你四人可否联手拦下魔尊？"

潘恒等人毫不迟疑，异口同声："誓死不退！"

七天官在一旁听到张翼轸慷慨之言，又见无数木石化形以及妖类被天雷逼迫，苦不堪言，更因天帝明知九天官是魔尊假扮，依然催动天雷，此举大失威仪，众人无不心生羞愧。再加上痛惜九天官之死，对摩罗恨之入骨，七人心意相通，一齐向前，施礼说道："七天官愿听从七色天仙号令，即便违抗天帝之命也在所不惜！"

张翼轸点头赞道："我等修仙之人，所敬所遵乃是天道。若是天帝大失道心，不再以天心为己心，而是以一己私心行大逆不道之事，何来天帝威德？七天官，请助众人一臂之力，将魔尊拿下！"

七天官应声领命，将摩罗团团围住。摩罗摇头叹息："翼轸，千万不要再力抗天雷，天帝神通非你七色天仙可比，何况还有天净沙天雷之力，若你强行抵挡，性命难保。"

此时天雷已然再次成形，无形威压弥漫天地之间，应龙和烛龙身形晃了一晃，便难抵天雷的吸附之力，率先被吸到天雷之下。随后毕方、玄冥、木石化形以及妖类又如先前一样，依次排列被天雷锁定并且吸入其下。

张翼轸情知此次天雷威力非同小可，恐怕早在降临之前已然酝酿成形，一旦众人全被锁定，便会一击而下。他当下不敢怠慢，浑身七色光芒一闪，便再次跳入劫云之中。

应龙、烛龙等人一脸不忍之色，无奈无法开口，只好在目光之中流露无限感激之意。张翼轸却无暇顾及众人感受，刚一入劫云之中，只觉四周威压如天地合拢将其夹在其中，即便他全身仙力运转到极致，又调动阴阳二力平衡，也难以抵抗劫云之威。

天帝出手，果然不凡。

张翼轸只僵持片刻，便觉难以为继，暗叹天帝之能并不是因为其神通远比他人广大多少，而是可以随意借助天地之威，更可以调动天地大阵，有此等威福，天地之间几乎无人可挡。想通此处，张翼轸暗自感叹，只怕此次非但无法救下应龙等人，连自身也难以保全。

张翼轸头痛欲裂，仙体逐渐有溃散迹象，仙力耗费大半，阴阳二力也运转不畅，自知性命休矣，强行提升一口仙气，冲应龙、烛龙等人点头说道："翼轸无能，无法抵挡天雷之威，既然无法救下诸位性命，我便与诸位同生共死，也算对我无意之中促成此事有一个交代！"

应龙和烛龙此时再难自抑，二人都是万年以上修为，如今沦落至今，虽然一直跟随张翼轸身侧，也是因利益攸关之故，或是感念张翼轸宽宏大度之情，眼下却见张翼轸为救自已性命舍生取义，身为七色天仙甘愿为异类和天帝对抗，虽死不惧。此情此义令应龙和烛龙潸然泪下，二人苦于无法说话，只是含泪点头，神情无比悲壮。

烛龙之后是毕方和玄冥，二人此时也是苦苦挣扎，却一身硬气，誓不低头。本来二人被压天雷之下，听摩罗所说还是因张翼轸之故，多少对张翼轸心存恨意，如今却见张翼轸拼死来救，二人一时心中生暖，不但再无一丝怨言，反而暗下决心，张翼轸行事方正，心性坦荡，是值得托付性命之人。

潘恒等人将摩罗围在正中，却无人动手，只因众人目光全被张翼轸吸引。众人表情各异，或痛惜或惋惜或痛心疾首，都心如刀割，眼睁睁看着张翼轸身影在劫云之中慢慢淡薄，正是仙体溃散消失之象！

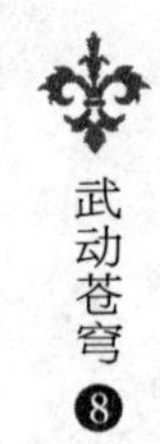

天地之气

想起以前种种，想起张翼轸救他出得灭仙海，还千方百计帮他化形而出，一直以来，他不过帮张翼轸坐镇无天山和东海，实则未立寸功，翼轸逢此大难，怎能袖手旁观？商鹤羽再也忍耐不住，大喝一声："翼轸，商鹤羽前来助你一臂之力！"

话音未落，商鹤羽一头冲入劫云之中。其势虽快，其心虽坚，只是他一身修为虽然已至飞仙顶峰，不过力抗天净沙天雷还相去甚远，身形只晃了一晃，一阵电光闪耀之后，商鹤羽难以抗拒天雷威压，当即仙体暗淡，昏死过去。

青丘凄惨一笑，对潘恒说道："青丘再世为人，枉活千年，先是不如翼轸大义凛然，又不如鹤羽情深意重！潘恒，希望你念在翼轸对你有恩的分儿上，拦下魔尊不让其残杀四海阁修道之士……我去也！"

青丘说着，也是将身一闪，如飞蛾投火一般，明知必死也是义无反顾直直扑入劫云之中！

潘恒肃然动容："修仙修魔者，皆是向往大道之人，世间情义即便没有断绝，也是淡薄如风！不想翼轸义薄云天，且身边之人也人人只求情义不问生死，潘某惭愧，如今才深为信服翼轸之德堪比天帝！"

他当下回身对七天官说道："摩罗交与尔等处置！"言毕，毅然决然头也不回跃入劫云之中。

方才九灵下凡之时，不知何故一直闪身到远处的箫羽竹和王文上此时也飞身近前，目睹此情此景，二人唏嘘不止，尤其是王文上更是大失身份，以手擦泪，哽咽说道："羽竹，王某成就飞仙数千年来，早已不知人间情义为何物，今日一见，竟然心中作痛，眼泪长流，丢人，当真丢人！不过，这人丢得值，王某深感欣慰！"

箫羽竹正容说道："文上，眼下不是动情之时，翼轸等人万分危急，我二人当联手拿下摩罗，以防他再节外生枝。"

七天官连同赤浪在内，都是一腔悲愤之意难平，不由分说施展平生绝学，朝摩罗狠狠打去。摩罗不敢大意，毕竟七天官联手也是非同小可，且他先前受了张翼轸一击，功力折损不少，当即打起精神，与众人战在一起。

随后箫羽竹和王文上也一同加入战团，十人围攻摩罗一人。七位天官连同三名飞仙，竟然只与摩罗战了个旗鼓相当，魔尊神通，也是了得。

摩罗边战边退，不时用余光关注劫云之中情景，自言自语道：“怪事，难道他当真如此决绝，宁肯杀死翼轸也不肯放过应龙等人……只怕还真是如此，想当初，他何曾对翼轸有过怜悯之心！天地大局，天地大计，当真有这般重要吗？”

摩罗打斗之时仍能分神观察场中情景，且还能分心思索其他事情，如此可见魔尊身为万魔之尊，也并非浪得虚名。众人打斗片刻看似不分胜负，其实也是因为摩罗心中有事，并没有与众人真心打斗之故。实则胜负已分！

此时场中情景却已是大变。

劫云之中，先是张翼轸以一人之力力抗天雷，其后有商鹤羽和青丘陆续闯入劫云之内，二人不过抵挡片刻便被天净沙天雷将一身仙力吞噬殆尽，若不是张翼轸将天雷威压抵挡大半，二人早就仙体涣散，灰飞烟灭于天地之间。

待到潘恒飞身来到劫云之中，张翼轸已是强弩之末，脸上勉强挤出一丝笑容，声音低沉：“潘兄，你又何必前来送死？”

潘恒被天雷威压逼迫得几乎说不出话来，却是紧咬牙关，笑道：“上次在铁围山之中潘某被天雷击顶，幸好有翼轸与我同在。现今怎能让翼轸一人独挡天雷，岂不让天下人耻笑潘某贪生怕死？”

张翼轸还想说些什么，奈何气力已尽，只好微一点头，抬头仰望直入云霄的劫云，迸发最后一丝仙力，猛然向上激发全部的阴阳之力，长吟一声：“天不在其高，奈何天！他日凌云时，还看今日事！”

话音一落，张翼轸身形一顿，再难支撑源源不断自九天之上压迫而下的天净沙天雷之力，双目一闭，就要颓然倒下。潘恒见状，猛然平伸双手，将张翼轸身躯托住，一时微微颤抖，心中痛惜。

正要拼了全力将张翼轸带出劫云之时，却赫然发觉劫云的合拢之势已成，劫云之中连同潘恒在内一共四人全部被劫云锁定，想要逃离已是绝无可能。潘恒长叹一声，心知大势已去，无人可以与天帝抗衡，更何况是天帝操纵之下的天净沙天雷，两重威力之下，天地之间无人可挡。

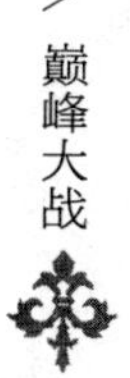

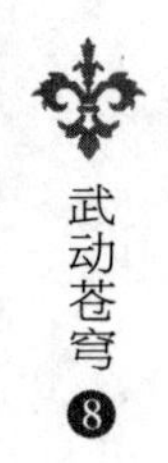

罢了，潘恒将心一横，不做他想，正要闭目待死，忽听一人大声嚷嚷，其声之响，竟将天雷的隆隆之声压了下去："翼轸休要惊慌，不要害怕，为师前来救你！"

何人口出狂言，自称能自天净沙天雷之下将张翼轸救出？

潘恒定睛一看，只见一人歪歪斜斜御剑飞来。此人生得一张大脸，正中却长了一个通红的酒糟鼻，煞是醒目，最让潘恒感到难以置信的是，此人御剑飞来，显然一身修为不过人仙之境！

人仙也大言不惭敢说救人？莫说地上一众地仙被天雷的威压之力压得无力抬头，连同神人以及寻常飞仙在内都无法飞身升空，比如先前下凡的风楚者也被压在地面之上，几乎不能动上一动，更不用说连神人地仙都远远比不上的人仙！

想通此节潘恒顿时吃惊不小，不明白为何此人身为小小人仙，竟然能够御剑飞空而起。这还不算，居然摇晃之间接近劫云，还大喊大叫要救张翼轸性命，当真是匪夷所思之事。

摩罗和七天官和箫羽竹、王文上以及赤浪等人争斗正酣之时，余光蓦然发现灵空自人群之中逆势飞空，摇摇欲坠攀升到劫云一丈之内，毫无畏惧直朝劫云一头扎入。

摩罗见此情景，脑中灵光大闪，顿时面如死灰，竟是一时忘记了抵抗，任由众人纷纷击中魔体犹自不知，喃喃自语道："原来是他，竟然是他，果然是他……悔不该当初被他蒙骗，灵空，灵空老儿，千算万算，终究还是你棋高一着，本尊与你在三元宫过招无数，又有本帝在天庭之上千算万算，终了还是输在你的手中，千年之功，毁于一旦！"

摩罗打不还手，呆立当场，七天官等人不免错愕不解，顺着摩罗目光望去，众人顿时惊得目瞪口呆！

只见灵空飞空姿态极为不雅，歪斜不说，还摇晃不停，如同手舞足蹈。只见到他来到劫云边缘，毫不迟疑，犹如失足落水一般，头下脚上一头扎入劫云之中，而他脚下的飞剑却被劫云气息扫中，顿时化为齑粉。

灵空一入劫云之中，身形随即被劫云吞没，消失不见。众人睁大了眼睛，不解为何灵空身为区区人仙竟然能够飞空且还能瞎打误撞闯入劫云之中，不过凭他人仙修为擅入劫云，不是送死又能如何？

只是让众人直惊得魂飞天外的是，灵空一入劫云，猛然间劫云的呼啸盘旋之势倏忽停止，如同狂风骤停，情景格外诡异。紧接着一道亮光闪过，纯白洁净，远胜任何天地之光，无比殊胜，无法形容。亮光一闪即没，随即一声若有若无的吟唱自天际传来，声若细竹，又如天鼓齐鸣，短暂的停顿之后，又猛然变为轰隆隆的惊天动地之声。

巨响一起，从灵空没身之处的劫云之中忽然生起一股大风。此风无比怪异，似风似水，又似火如金，五彩缤纷之中，还夹杂有一丝青翠绿色，仿佛汇聚世间千万种色彩，又似乎并无一丝颜色。此风并非世间八风，也不是阴间之风，看似浩浩荡荡，又如空空如也，令人不知究竟是风在天地之间，还是风起内心之中。

此风来无影去无踪，如起于青萍之末，又或是来自三十三天之上，雄姿勃发，气壮河山。风者，天地之气，蕴含无上天道，乃是天道于大道无言之中所留的唯一气息！

风起……云涌！

风声飘荡于所有人心间，一时令人心驰神往，浑然忘乎所以，不知身心飘摇到何处。围攻摩罗的众人也全部停下不攻，一脸痴迷之色凝望着劫云之中的万千变化。摩罗也是如中离魂之术，脸上流露愉悦之色，呆傻一般笑道："噫，妙不可言！"

清风吹拂到地面之上，一众神人与地仙，人人身心美妙，如翱翔九天自由自在之乐，伤痛全好，修为大增，一时沉迷于妙境之中不能自拔。

再看天雷之下众人，先是应龙蓦然一愣，随即面露喜色，长身而起，暴喝一声，竟是脱离天雷的锁定，自天雷之下脱身而出。应龙闪身而出，烛龙紧随其后，一声长啸也是恢复自由之身，随后烛龙以下的毕方、玄冥及木石化形连同所有妖类，全数脱困而出，各自四散而逃。

所有人等暂时脱离危险，劫云却并未散去，反而更加凝重厚实，从外面看时，已然不见张翼轸等人身影。应龙和烛龙对视一眼，二人没有半点迟疑之色，同时飞身直直冲向劫云之中。

正在此时，自虚空之中传来一个冷峻、威严又格外阴冷的声音："何人逆天行事，竟敢接下本帝的天净沙天雷？天帝权威，岂是尔等可以轻易冒犯？"

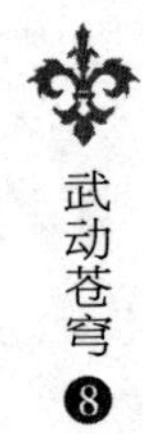

父子反目

天帝！

当真是天帝亲自下凡不成？

话音一落，不等众人有所反应，自虚空之中蓦然现出一人身影。其人高大无边，当空一站，顶天立地，巍峨庄严，布满整个虚空之处。再看此人面如黄金，目如大海，头顶之上放射无边光华，祥光熠熠，呈现无边威神之象！

此人现形空中，七天官、箫羽竹和王文上一见，顿时脸露惶恐之意，急忙趋步向前，匍匐在地，口中称道："参见天帝！"

天帝之威，果然非常人所能想象。众人万万没有料到，今日之事竟然引得天帝屈尊下凡，在天下修道之士面前露出真容，当真也算是不可思议之事。七天官心中大惑不解，箫羽竹和王文上更是疑窦丛生，只是表面之上众人却是毕恭毕敬，臣服于天帝之威。

再说地面之上一众地仙惊见天帝空中现身，如此惊天幸事只怕万载难逢，众人无比惶恐又欣喜若狂，全都跪倒在地，朝拜天地之主。

天帝却并不理会在场所有人等，刚一现身便一脸讶色，紧盯劫云不放。过了片刻，他忽然流露惊慌之意，急忙退后一步，伸出大如巨山的右手试图将劫云捏在手中。劫云粗有数丈，不过与天帝巨手相比，却小如细线。

天帝巨手闪烁耀眼光华，举手间便将劫云下端抓在手中，微微一怔，突然又脸色大变，扬手间正要将劫云扔出，却还是晚了一步。本来从天帝下凡之后一直悄无声息的劫云突兀之间风扬九天，白光万丈，浩瀚无边的天地气息连同远胜日月之光无数倍的白光一起迸发而出，其风浩荡如虚空，其光缥缈如天地，竟然以间不容发之势将顶天立地的天帝包裹在内！

随着一阵悠长而又令人心悸的闷哼响起，却见天帝高大无比的身形迅速缩小，片刻之内便降至和常人一般高低。不料天帝刚刚站稳身形，却见一股巨力自劫云之中轰然爆裂开来，气势直冲云霄，风卷残云般片刻之间将漫天劫云冲散，顿现朗朗乾坤，清明天日。

巨力席卷风云，余力不散，化为一团流影直朝天帝冲去。天帝不躲不闪，尽管脸色不善，显然方才一击吃了暗亏，不过也自信能够接下这雷霆一击，是以他站立不动，气息外放，无边光芒陡然生起，全身化为一道光华，随后自光华之上化出一只手指，迎着流影轻轻一点。

流影流光溢彩，手指一指定乾坤，两强相遇，蓦然之间白日如夜，天日无光，天地无色，四下无声，仿佛天地隐没不见，时光停止不前，世间一切全部化为虚无一般，众人同时如同心神俱灭，一时失去对外界的一切感知！

或许只是一瞬，或许过了万年之久，犹如于无声处见惊雷，猛然之间天光大亮，天地恢复勃勃生机。再看场中情景，劫云烟消云散，一派风轻云淡的清明景象，而天帝站立虚空之中，面无表情，双手背负身后，胜似闲庭信步，看似若无其事，其实众人却是看得分明，天帝背后双手却在隐隐颤抖。

方才一击，天帝竟是败北！

劫云一散，劫云之中众人全部现身空中。当前一人飘逸随风、淡然出尘，正是张翼轸。左侧一人，面带轻松笑意，正是潘恒。右侧一人却是一个精瘦的老者，浑身上下金光闪烁不停，身形时隐时现，虚实不定，却是应龙。

张翼轸身后，商鹤羽、青丘二人各自站定，商鹤羽头顶之上有一顶七片花瓣组成的花冠，青丘头顶之上却有三片花瓣缓慢绕行，二人竟是一人成就天仙，一人得了三份天福。

烛龙站立众人最后，周身上下云气纷飞，也是境界大成之象。

五人现身空中，不但人人完好无损，且皆是一脸淡然，却独独不见灵空身在何处！

张翼轸先不说话，抬头望天，片刻之后冲不远处的天帝微一点头，说道："天帝，应龙已然完全渡过天劫，从此天地之间无人可挡，如此结局，可是在你的神机妙算之中？"

天帝面色平静，眼神却流露无奈之意，淡淡说道："天地如局，输赢随意。本帝今日功亏一篑自无怨言，天道浩渺，天帝也不过是在天道之内，无法逃脱天地法则。今日本帝虽败，却也无人获胜！"

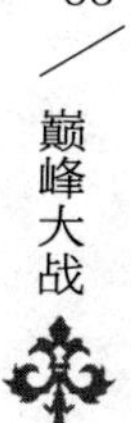

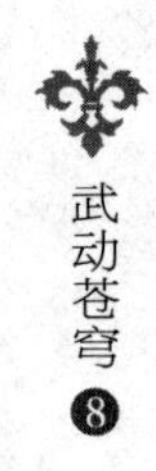

张翼轸淡笑如云，问道："应龙得了自由之身，再无天地限制，更有木石化形以及一众妖类全数得以不死，如何又说无人得胜？"

天帝静默片刻，似乎在感应什么，随即微一点头，一脸肃穆之色，答道："张翼轸，本帝得天心悟天机，以应龙、烛龙以及木石化形、妖类为饵，本意也并非要将其灭绝，而是要引出一人。此人现今已被天雷所灭，是以应龙等人死活已无关紧要。"

"此人莫非是灵空道长？"

"正是！"

"嗤，当真是天大的笑话，堂堂天帝布下惊天大局，竟然只为引出一名修为不过人仙之境的烧火道士。以天帝之能，莫说杀死灵空，便是将三元宫灭绝也不费吹灰之力，何必大费周章先是让天魔下世强抢世间的修道之士，又令七天官下凡，更有魔尊催动天净沙天雷，这还不算，天帝也要亲自出手亲自下凡间，如此大张旗鼓竟然只为了一名三元宫的小小道士，传将出去，岂非让天地之间所有生灵耻笑天帝威严，轻视天庭权威？"

天帝却不理会张翼轸的冷嘲热讽，只是静静打量了张翼轸半晌，脸色稍缓，开口问道："翼轸，你在世间倒也受了不少苦头，如此大局已定，可否随我返回灵霄宝殿，到时自有摩罗向你说明一切因果。"

张翼轸微微摇头："即便你贵为天帝，与我而言也不过形同路人，况且天庭之上，又岂有应龙、烛龙等人的容身之处？"

天帝微一沉吟："应龙与烛龙本帝暂且不再追究，毕方和玄冥也可以滞留世间，至于木石化形与所有妖类，自有天规所限，由天劫自行灭减即可。"

摩罗闪身来到天帝近前，先是冲天帝微施一礼，随即转向张翼轸急急说道："翼轸，天帝方才所说已是难得的法外开恩，还是快快谢过天帝，答应下来。如此一来，你即可一家人团聚！"

张翼轸微一愣神，却是缓慢摇头："虽说我无比期盼与亲生父母团聚，不过若以天地生灵性命为条件，我身为七色天仙，绝不会做出此等逆天道而行之事！"

摩罗一脸焦急，不顾众人在场，脱口而出："翼轸，你一直以来不是无比向往与亲生父母团聚吗？亲生母亲你已在方丈仙山相见，眼下亲生父亲正在眼前，还不上前大礼参拜！"

张翼轸一脸愕然，愣在当场：“天帝……当真是我的亲生父亲？”

“千真万确！”摩罗唯恐张翼轸不信，急忙又回身冲天帝说道，“天帝，翼轸如今身为七色天仙，又得应龙、烛龙相助，乃是天庭难得的可堪大用之人，就算父子相认，想必一众天官也无话可说……还是认下翼轸为好！”

天帝脸色淡漠，半晌不语，正当众人心焦难耐之时，却见天帝微一点头，说道：“翼轸，本帝确实是你的亲生父亲！”

张翼轸如遭雷击，虽然早有心理准备，不过亲耳听到天帝亲口承认，依然是脑中轰天巨响，一时身子摇晃数下，后退数步方才站稳身形，脸色变幻数下，终于说道：“父亲？你便是我历经千辛万苦追寻的亲生父亲？不想我父子二人以这般情景见面……天帝，敢问你为何要骗过母亲，骗过所有天官，骗过天下人，骗过我？我在世间一路走来，走到今日，终于修成七色天仙，还将中土修道之士会聚一处，齐心修仙，更有应龙、烛龙归心，你却节外生枝，要将一切全数毁去？这便是你身为天帝的所作所为，身为一个父亲对儿子所有努力的决然的态度？”

天帝被张翼轸慨然质问，脸色平静如水，漠然答道：“天地大局，天道循环，天命所规，自有超然事外之因。本帝身为天地之主，岂可因私废公？更不能因小失大。翼轸，你身为天帝臣子，或是身为人子，当敬天地尊父母，怎可当面顶撞、忤逆父亲？本帝与你亲生母亲之事，乃是家事，不便在此地言明，待你与本帝返回天庭之后，一切自见分晓。”

张翼轸却是缓慢而坚定地摇头：“无论你尊为天帝也好，贵为父亲也罢，在我眼中，先是行灭绝天地生灵之事，乃是逆天而行，只此一事便不合天帝之德，不符天帝之尊。再有，你对母亲隐瞒真相，宁肯让她一人独自身心俱受煎熬，也不肯如实相告。还有，你瞒过所有人等将我打落凡间，还暗中指引诱导，令我身如傀儡般依照你所设定之局在世间一路行走，若是能够如你所愿，则为幸事；若是不能，即便我身死也无关紧要，不会影响你天地大局，如此父亲不称其职，难当父亲之名！”

天帝脸色微怒：“怎么，你不认我这个父亲不成？”

张翼轸郑重点头：“我不认你为父，更不尊你为天帝！”

此话一出，蓦然间天地风云变色，刚刚还晴空万里的天空之中，突然阴云密布，须臾之间便天降倾盆大雨！

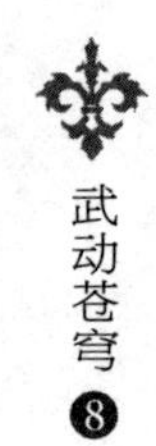

天地大战

大雨滔天，一片苍茫不见，风声呜咽，无数世间悲欢。

天昏地暗，如同天颜怒火冲天！

天帝的声音仿佛来自九霄之外，冰冷、冷漠，不带一丝起伏："张翼轸，你先是与神女相恋，违犯天条，后又与毕方、玄冥等违背天意之人来往，却不替天行道将其拿下。再有与烛龙交友，与应龙交好，更有在方丈仙山违抗天官之命，与天魔携手，同抗天命。更不用提将海内五洲据为己有，残杀天仙杨不忘以及无数飞仙，条条大罪足以将你打入万劫不复之地！本帝念你不过是受人蛊惑，被天魔利用，故网开一面，暂时不予追究。不想你不知悔改，反而变本加厉竟然率众逆天，为救应龙、烛龙等异类甘愿与天庭为敌，与天帝反目，其罪滔天，罪不容诛！"

张翼轸未施展丝毫法术，任由雨水冰冷打在身上，全身皆湿，雨水如注，却浇不灭他心中一腔怨愤和满心失望。原本以为亲生父母在方丈仙山受尽冤屈，被天帝囚禁至今，只等他前往营救，逃出生天。不想天帝竟然身为他的亲生父亲，不但瞒过母亲，瞒过所有天官天仙，且还瞒天过海，只为他所谓的天地大局，世间清明，丝毫不顾天帝之德和仙家根本，行不良无端之举，做出种种令人心寒不耻之事，不但有损天帝之名，且在他心目之中，再无父亲之德！

可怜母亲一人被囚禁在方丈仙山，还始终认为父亲不知在何处受苦，却不知父亲始终高居灵霄宝殿之上，毫不在意母亲身心憔悴，不理会亲生儿子在世间以身涉险，数次险些形神俱灭，更不顾及天地无数生灵生死，只为他心目中所谓的天地大局漠然俯视世间万事万物，只有一颗自私自利之心无视天道的大公无私，无视身为天帝的大威大德，无视身为人父的仁爱慈祥。

如此天帝，儿子不敬其父，天魔不敬其德，天仙不敬其正，天地万灵不敬其威，身为天帝，其实已然不配为天地之主！

张翼轸心如雨水，凉意渐生，果如先前所言，一番追寻，最终也落个父子反目的下场，当真也是世事变幻，任凭天帝也好，七色天仙也罢，只有徒生无奈罢了。

“敢问天帝，布下如此惊天大局，一是为了灭绝应龙等人，二来也如你所言，是为引出灵空……灵空究竟何许人也？”如此局面，张翼轸本想率领应龙等人与天帝决一死战，只是心中仍有疑惑未去，是以耐住性子开口问道。

天帝一愣，显然没有想到张翼轸此时此刻竟然还有闲心关心此事，不由冷哼一声：“灵空何人与你无关。眼下本帝只是问你，你是与本帝同时返回天庭，与你母亲相见，还是铁心与应龙等一起，聚众逆天？”

张翼轸见天帝如此决绝，心中凉意转为冰凉，当下环顾四周，冲众人朗声说道：“天帝无良，与魔尊勾结，置天下修道之士修道慕仙之心于不顾，视天地生灵如草芥，生杀予夺肆意妄为，在下身为七色天仙，得天道而成就，理应与天道同道而行。由此张翼轸以四海阁之主之名，当着众天官以及天帝之面郑重宣布，从此四海阁独立于天地之外，不受天庭节制，不听天帝之命，且以自家性命承诺，愿与应龙、烛龙以及所有异类共存亡，以死捍卫四海阁安危！”

张翼轸言辞铿锵有力，掷地有声，飘荡在天地之间玉皇顶之上，回旋不散。

一众修道之士几乎全因张翼轸获救，如今更是得见天帝，证实五洲之事确实是天帝亲命，再亲眼看见天帝与魔尊联手，心中对天帝敬意全无。再有先前张翼轸誓死相救之举，心中对张翼轸敬若神明，一时被张翼轸情绪感染，群情沸腾，异口同声高呼：“誓死追随阁主左右！”

应龙与烛龙自不必说，二人如今对张翼轸死心塌地，商鹤羽、青丘有以身赴死之举，更不会临阵退缩，四人方才自劫云之中获益匪浅，现今更是信心大增，分列张翼轸两旁，对天帝凛然相视，毫不畏惧。

潘恒对刚才在劫云之中发生之事虽然不甚明了，不过心中却是清楚，自他千年以前被压一天柱之下，心中感悟天机而得明悟，决心舍身入魔，从而与天道呼应，一直隐忍至今，总算可以认定当时的决定无比英明！

现今千年已过，天帝无德，纵容天魔下凡猎取地仙，更是与魔尊同流合污，置天地平衡于不顾，已是大失天帝威严，大损天庭在世间高高在上的形象。再有劫云之中灵空忽然化身为三十三天的涤荡之风，不但将几人自劫云之中解救出来，更是令众人伤势全好，神通恢复，隐隐还有增长之意。

潘恒虽然不敢妄下结论，不过心中大安。再后灵空化身为风之后，忽然消散不

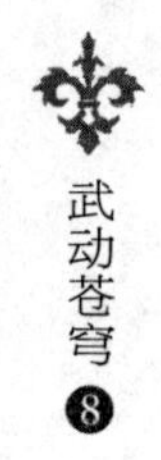

见，不知所踪，心中更是认定一点，就是先前他毅然决定下凡助张翼轸一臂之力，阻挠天魔得逞，并且与天帝对抗，依眼下情形来看，当真是用对了最为关键的一招。

潘恒听张翼轸所说，心中更是大定，冲天帝拱手说道："潘某不才，不过也敬翼轸为人，愿与翼轸同进共退！"

无天山神人以及四海龙王虽然畏惧天帝威严，不过想到天帝处心积虑暗中挑拨两族之间矛盾，让金翅鸟与龙族自相残杀以消耗各自实力，也是恨上心头，是以倾东和戴风斗胆越众而出，大声说道："四海与无天山愿听从翼轸号令！"

倾东此言一出，倾西只是微一皱眉，未做任何表示，倾北和倾南二人相视一眼，脸露犹豫之色。二人一脸畏惧地仰视天帝片刻，又凝望翼轸少许，欲言又止，见手下众人齐刷刷望向张翼轸等人，一脸仰慕之意，竟是无人敬畏天帝，心知不可勉强，只好硬着头皮站立原地不动，不发一言。

木石化形以玉成为首，妖类以蓝魅为首，经历两次生死，早已将生死置之度外，二人自知法力低微，也是挺身而出，站立张翼轸身后，齐声说道："木石化形与妖类愿奉翼轸为主，永世追随！"

风雨大作，所有人心中却烧起熊熊火焰。此情此景，张翼轸率众公开与天帝决裂，公然与亲生父亲对抗，不知会引发怎样的轩然大波？

摩罗见此情景，不免暗自摇头，转身看向七天官："怎么，尔等也要追随张翼轸与天帝作对不成？"

七天官面面相觑，见天帝一人屹立于漫天风雨之中，虽然身形无比伟岸，神情无比孤傲，却是形影相吊，真正的孤家寡人。更为讽刺的是，只有一人与天帝并肩而立，而此人竟然是魔尊！

七天官一时踌躇，身为天官理应与天帝同在，只是眼前天帝无比陌生又无比可怕，身为天地之主，眼下情景却是孤身一人，落个无人追随的下场，只有与魔尊同行。身为天官本当奉其为主，只是一是于天道不容，二是若与天帝为伍，却又相当于听命于魔尊之言。七天官成就天仙数千年，自有一身正气，且身为天官，一心认定仙魔有别，怎能与魔尊同流合污？

是以七人左右为难，一时难下决断。

北布身在七天官之中，审时度势，盘算一番，认定天帝再是神通广大，只怕也难敌七色天仙与天魔联手，更何况应龙渡劫成功，已有通天彻地之能，当即眼睛一转，一转身来到张翼轸身后，自嘲地一笑："本仙与翼轸有旧，与潘恒也算是旧识，今日之事本仙顺应民意，愿与翼轸为伍！"

北布见风使舵，也算是识趣之人，东星见状，长叹一声："好一个顺应民意，诸位，北天官言之有理，我等也只好……从善如流！"

东星此话一出，其余几人竟是毫不迟疑纷纷转身，瞬间全部闪到张翼轸身后。

摩罗一脸惊愕，对天帝说道："天帝，我等是否先返回天庭再说，此事需从长计议！"

天帝一副君临天下的神情，视张翼轸及其后身后无数人如无物，漠然说道："不必！既然张翼轸与本帝决绝，也好，本帝与他之间的父子恩怨，连同应龙、烛龙在内的所有异类，还有此间所有不敬天帝的神人以及修道之士，今日一并了结此事，不妨来一场天地大战。本帝不信，凭天庭之上无数天官天仙，连同不计其数的飞仙在内，拼了打破天地平衡，还不能将泰山小小的玉皇顶荡平！"

天帝话一说完，蓦然身形有千丈之高，一手托天，一手平伸胸前，双手之上各自放射七彩光芒，连接一起，直冲九天而去。

潘恒见状悚然动容："引天诀……天帝身为天地之主，怎会做出此等毁天灭地之事！"

摩罗也是惊叫出声："天帝万万不可，引天诀一出，引来天官天仙下凡，稍有不慎，天地平衡一破，到时天崩地裂，我等又到何处容身？岂非自寻死路？"

暗藏杀机

天帝却不理会摩罗的震惊，片刻之间法术已成。冲天白气一起，将漫天乌云生生冲开一道方圆数十里的宽阔通道。通道一开，自虚空之中突然传来轰鸣之声，如泰山迸裂，又如海水倒灌，其声之响，只怕传遍了整个中土大地！

紧接着虚空之中凭空裂开一道巨大的裂缝，裂缝一开，漫天乌云倏忽一收，全数被裂缝吸收一空。随后自裂缝之中密密麻麻现出无数身影，身影来势极快，转眼

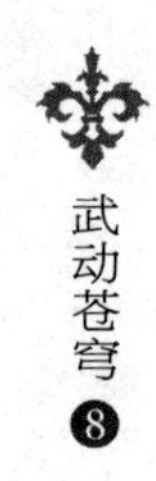

之间便由淡到浓，不过片刻工夫，空中便有无数天官天仙现身，更有车马幢幡，鼓乐齐鸣，声势浩大，惊天动地。

众人定睛一看，天官天仙遮天蔽日，至少百人！

天仙下凡需要突破天地界限，依仗法宝护身，才会力保天地平衡不被打破。如此多天官天仙同时下凡，天帝此举当真令所有人等心寒。只为一时得失，竟然置天地平衡于不顾，万一稍有不慎天地失衡，到时天地尽毁，又何曾顾及天庭之上无数仙人魔人以及世间无数生灵的性命？更不将天地万事万物放在心上，如此天帝，如何担当天地之主？

想通此处，人人心生凄凉之感，再次认定眼前天帝全无天帝之德，更无天地之主风范。

天官天仙只一现身，便一齐向天帝躬身施礼："臣等听候天帝调遣！"

天帝微眯双目，目不斜视，声音之中透露无边冷漠："眼前人等，一个不留，全部杀无赦！"

为首天官眼中蓦然红光一闪，一脸狠毒之意，应声答道："谨遵天帝之命！众人听令，天帝有命，无论天官还是天魔，一律斩杀，不得有误！"

话音一落，所有天官天仙全是眼中红光一闪，随后脸露痴迷之色，齐声答道："遵命！杀，杀，杀！"

张翼轸瞧出其中的端倪之处，对潘恒说道："天帝不知用了何法，控制了这些天官天仙的心神，如今他们全无是非善恶，只知听命行事，如同傀儡。"

潘恒点头称是："眼下只怕……麻烦大了！面对数百名天官天仙，以你我之能，即便不敌，也能全身而退，只是此地尚有无数修道之士，况且还有天帝在一旁虎视眈眈。"

青丘却是呵呵一笑："大不了拼了一死与之周旋，反正方才也是死里逃生，再死一次又有何妨！"

潘恒却是忧心忡忡："死不足惜，怕只怕，如此之多天官天仙下凡，天地界限大开，再有打斗之时的冲击之力，恐怕会打破天地平衡！"

商鹤羽脸色微变："翼轸，天帝若真是你的亲生父亲，怎么与你的性子大相径庭？如此无德无良不说，还用心狠绝，不惜以天地为赌注，如此歹毒之人，怎会高居天帝之位？当真令人叹惜。”

张翼轸脸色无比凝重：“潘兄，应龙，我三人联手务必保证一举拿下首恶之人，如此才可令众天官天仙收手！不必顾及此人身份，管他是天地之主还是我的亲生父亲，为救天地无数生灵，为保天地平衡……不必手下留情。”

应龙难得地暗暗摇头：“翼轸，倒是难为你了。只是有一事不得不提，身为天帝，是真正的不死之身，无法将其真正杀死，只能禁锢或是封印！”

“好，不管如何，今日我等要将天帝拿下，罢黜天帝，以正天道！”张翼轸意气风发，冲青丘微一点头，也不多说，当前一步直冲天帝而去。

青丘领会张翼轸心意，当下与商鹤羽微一商议，又转身与七天官等人交代几句，随即飞身闪入地面之上地仙之中。片刻之间，无数地仙听从青丘号令，排列成行，组合成队，列成数个大阵，严阵以待。

再说张翼轸一马当先，左有应龙，右有潘恒，三人呈尖刀之势以锐不可当之气直逼天帝身前一丈之内。天帝面容不变，面露轻蔑之意，缓慢抬起双手，平伸胸前，自口中吐出一字：“开！”

一字即出，无数耀眼光芒汇聚成一片光华之海，将张翼轸三人笼罩其中。摩罗人在一旁不知何故呆立不动，既不出手迎敌，也不加入天官天仙的战团之中，只是一脸无奈，犹如石化。

天帝自忖有天命在身，有天地之力为其所用，认定张翼轸三人定然不是他的对手。不想一击出手，光华之海将三人束缚其中，竟是无法将三人定在当场。三人来势不减，张翼轸手中的声风剑、应龙的阴阳斩、潘恒的大天魔神通已然同时发作，轰然一声与天帝正面相迎。

天帝并不躲闪，自恃身份，勉力强行接下三人合力一击。以天帝推算，三人之中应该是以应龙修为最高，张翼轸次之，潘恒最弱，是以也是按照三人修为将反击之力均衡分配，避免浪费一分。不想蕴含天地之命和天地大阵的法力刚一释放，却蓦然发觉应龙之力和潘恒之力全部消失不见，而张翼轸之力陡然增强百倍以上！

这还了得！

想要再有所反应已然不及，不说七色天仙之能，也不说大天魔之神通，单是已然渡过天劫的应龙神通便可纵横天地之间，无人可及。若不是天帝自负有天命在身，

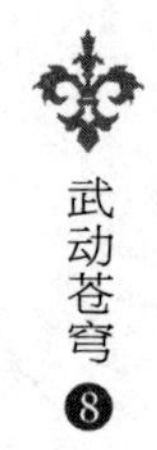

能够从容借助天地之威，单凭自身修为此时已然不是应龙对手。而七色天仙的神通，与天帝和魔帝相比虽然犹有不及，不过也是相差无几，如今七色天仙之力突然剧增百倍以上，天帝再有天命在身，也是难以抵挡。

毕竟七色天仙的七色仙力乃是天道之力，试问天地之间包括天帝也全在天道之内，何人可敌天道之力的无情和轮回？

天帝感应到张翼轸手中一剑光寒，如天道冷漠无言，瞬间突破护体仙气，一剑迸发星汉之力，电闪之间视天帝一身天命和天地神通如无物，长驱直入，一剑穿心！

不错，正是一招之下，张翼轸将天帝一剑穿心！

此时天帝的光华之海已然发作，应龙和潘恒方才将全身修为转移到张翼轸身上，全身气息大开，再无一丝防护之力，被光华之海击中，二人同时闷哼一声，身形接连摇晃数次，险些从空中跌落。好在二人紧咬牙关，顽强地站直了身形，相视惨然一笑："好生厉害！至少折损千年功力！"

再看天帝一脸难以置信，呆愣当场，眼中流露惶恐不安之意。张翼轸紧握声风剑，站在天帝面前数尺之内，一脸决绝。

"弑父杀帝！"天帝一字一句吐出一句话，随即脸色大寒，浑身气息一收一放，隐含天地大阵的仙力磅礴而出，将跟随张翼轸多年的声风剑直接化为虚无，余势不减，又将张翼轸冲到千丈之外，在他尚未站稳身形之前，又自虚空之中突兀闪出一只手掌，毫不迟疑地印在张翼轸胸上。

张翼轸被一掌结实击中，身形随即消散不见。片刻之后，又在原地重新现形，脸色变换数次，才堪堪稳住心神，恢复一脸淡然之色，浑身气息流转，七色光芒闪过，全身完好如初，然后转身问应龙和潘恒："伤势如何？"

二人微一点头："无妨，并无大碍。多亏灵空化身而成的涤荡之风，伤势片刻即好，果真是无上妙药。"

说完，二人又看向天帝，应龙问道："天帝老儿……可是有事？"

张翼轸微一感应，淡然一笑："合我三人之力，天地之间再无能够从容抵挡之人，即便身为天帝……也是不能！"

天帝气色变换三次，终于恢复冷漠之意，冷笑答道："不过是区区一把声风剑，本是由我炼制而成，怎能伤我分毫？张翼轸，你得意得未免太早了一些。"

张翼轸淡笑如风，信心满满："是吗？声风剑既然由你所制，还给你理所当然。不过还剑之时，另有厚礼相赠，此时，应该正是发作之时。"

天帝脸色微变："天地之间谁人可以伤我分毫……"他话未说完忽然身体大震，痛彻入骨，一时惊呼出声，"此力绝非天仙之力，为何如此怪异？"

张翼轸心中清楚，自劫云之中死里逃生之后，得三十三天的涤荡之风洗涤，非但修为略有长进，且意外之下可以再次感应到体内的死绝之气，更让他惊喜的是，动念之间便可将死绝之气自体内七色天仙之力之中随意分离出来。

死绝之气可以专门克制天仙天魔，即便天帝和魔帝也难以抵御其消融湮灭之能。是以张翼轸眼见天帝不顾天地失衡不理万民生死，要强行发动天地大战，当即心意已决，拼死也要将其拦下，不让他的阴谋得逞。

得应龙和潘恒两大高手相助，张翼轸成功突破天帝周身的天命笼罩和护体仙气，一剑穿心，同时借机将死绝之气注入天帝体内。张翼轸自然清楚，只凭声风剑之威决无可能伤及天帝仙体，不过死绝之气并非天地所有，就算强大如天帝者，也不可能将死绝之气轻易化解。

依玄真子所言，死绝之气在此间天地从未出现，没有修炼中脉之人，绝无可能轻松化解死绝之气的暴烈之力。天帝即便身负天命，不过天命也只是此间天地的天命，而死绝之气并非源自此处天地，天命一说，对死绝之气全然无用。

天圆地方

此时天帝身内如九幽之火与黄泉之水共存，死绝之气只与他体内仙力一接触，便猛然爆裂开来，其势威猛，远超天帝想象。就算他调动天命天福，以全部仙力与之抗衡，也收效甚微，死绝之力不同于天帝所认知的任何一种力道，其势猛不可挡，其威见所未见，最主要的是，其力无比诡异，全无化解之法。

张翼轸见天帝身受死绝之气的侵蚀，冲应龙和潘恒点头说道："天帝心神被制，身心被牵，被他所控制的天官天仙此时威力大减，正好乘机将他们全部拿下！"

应龙和潘恒也不多说，转身来到正向七天官、烛龙等人步步紧逼的天官天仙之

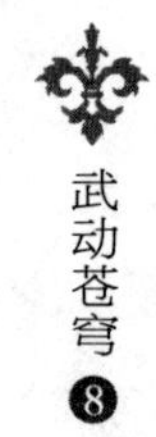

中，幸好青丘和商鹤羽在地面之上指挥一众地仙结成大阵，又有四海龙族和无天山神人联手，才保得一众地仙得以不死，他们在天官的攻击之下虽然受伤不轻，不过因为张翼轸出手及时，并无多少人丧命。

而七天官此时见昔日至交竟然都被天帝控制了心神，更是心中大骇，侥幸的同时，铁心要与天帝周旋到底，不死不休。在张翼轸三人与天帝力战之时，烛龙施展神通，与七天官一起与一众天官天仙混战在一起。

也多亏张翼轸拼死击中天帝，才让天帝心神大损，对天官天仙的控制之力大为减弱，才让七天官和烛龙在百余名天官天仙的攻击之下，得以不死，饶是如此，也再难多支撑片刻。此时正好应龙和潘恒赶到，二人出手如电，片刻之间便制伏禁锢数十名天官天仙。七天官和烛龙见状顿时精神大振，七人联手，也将数名天官禁锢。烛龙自然不甘落后，出手之间也拿下近十名天官天仙。

不多时，天帝自天庭之上施法唤来的百余名天官天仙全部被应龙等人拿下，除了有数名地仙和十数名神人陨落之外，再无其他伤亡，可谓大获全胜。

摩罗却始终站立天帝一侧，既不出手加入战团，也不向张翼轸攻击，只是一脸关切之意，眼睁睁看着天帝苦苦挣扎，却是束手无策。

天帝五内俱焚，痛不可言。死绝之气威力非同小可，若非天帝一身修为超绝天地，早已当场爆体，落个仙体尽毁的下场。不过天帝毕竟身为天地之主，可以借助天地大阵为己所用，所以仍能强行调动全身仙力和天地神通，与死绝之气强行对抗，在不停的爆裂和湮灭之中，竟然一点点将死绝之气消融一空！

险些被死绝之气当场爆裂，天帝大为震怒，再看所有天官天仙已然被张翼轸等人制伏，更是恼羞成怒。眼见大势已去，而摩罗人在一旁只是袖手旁观，不但没有想出应对之策，且没有如他所料将法宝天圆地方祭出，天帝更是怒不可遏。

“张翼轸不敬天不尊生父，率众反天，胆敢刺伤天帝，其罪滔天！摩罗，此时此刻你还心存妇人之仁，不肯对张翼轸痛下杀手不成？”

摩罗欲言又止，忍了一忍，终于还是毅然说道：“天帝，依我之见，今日再无胜算，既然已经引出灵空其人，也算是虽败犹胜。我二人不如先行返回天庭，避其锋芒，至于日后之事，再行定夺不迟！”

“糊涂！”天帝一脸怒气，念及方才身中死绝之气时的情景，心有余悸，对张翼翎更是无比痛恨，“张翼轸心中无天眼中无父，还亲手将本帝击伤，若不将之除去，天帝之威全无！此事说来也是怪你当年非要将本帝拦下，不让本帝将他杀死了事，留待今日不但未成本帝助力，反成大害。眼下若不亲手将其以及一众党羽全数覆灭，难解本帝心头之恨！”

摩罗大惊：“天帝，依你现今情景，断断不是张翼轸等人对手。”

天帝森然一笑：“本帝以天圆地方法宝为引，催动天地绝大法，不信无法将一众叛逆全数灭绝！”

摩罗脸色剧变，后退数步，一脸惊愕：“天帝，难不成你疯了？天圆地方是毁天灭地的法宝，一旦以天地绝大法催动，到时天崩地裂，天地归于混沌，天地之间无人可以幸免！”

摩罗上下打量天帝片刻，黯然摇头：“天帝，我今日才算真正看清你的真正面目，原来你还真是丧心病狂之人，宁肯将天地毁去也要满足一己私欲！”

天帝轻蔑一笑：“天道无言，实则也是天道不仁。天地兴衰，万事变迁，全在天道大道无情之外，无论何人身为天帝，无论万民生死存亡，天道依然如故，从不假以颜色。我等顺天而生，所作所为但问心意，何必再唯天道是从，况且天道又何尝明言如何为正如何为邪？正邪从来只在胜负之中，胜者正，败者邪，待本帝重整乾坤之时，又有谁人敢不以本帝为尊？”

摩罗连连摇头：“身为你的臣下，今日我也只好抗命不遵，天帝，莫怪臣下不敬天帝之德，实乃你已经不配为天地之主，告辞！”

摩罗转身要走，天帝脸色一沉：“想走，哪里这般容易？留下天圆地方再说！”

只见天帝额头一闪，一道亮光疾飞而出，正中摩罗后背。摩罗大叫一声，飞出数百丈之远，身形还未落下，忽然一个方方正正如石块一般的事物自他身上飞出，倏忽间飞到天帝手中。

众人见天帝和摩罗突然反目，大惑不解，应龙却是识得此物厉害，叹道：“天圆地方乃是天地之间最为神奇最是霸道又威力第一的一件宝物，一旦以天地绝大法催动，可以将方圆万里之内的所有生灵毁去，无人可以抵挡。不过此物过于决绝暴虐，极易引发天地崩裂，如此看来，天帝当真要拼了同归于尽也要置我等于死地！”

张翼轸骇然问道：“此宝当真无法可解？”

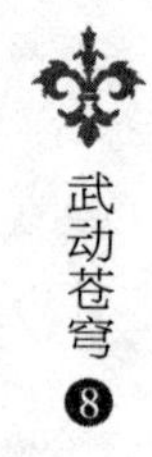

应龙摇头："恐怕天地之间无人可挡，也无法宝可以抵御，天圆地方只要发动，我等只有听天由命。"

烛龙感慨说道："身为天帝，居然用心如此险恶，拼了毁天灭地，哪里有半点天地之主的风范和气度！"

众人说话间，却见天帝持宝在手，微一停顿，蓦然将天圆地方向上空一抛，随即左右各伸出一指，正好将天圆地方用两指夹住。双根手指迸发如流水一般光华，源源不断注入天圆地方之中，同时天帝口中念念有词，显然正在催动法诀。

"天地绝！好一个心狠手辣的天帝！"应龙见天帝果然悍然发动天圆地方，不顾及天地平衡也要将众人全部杀死，当真是绝情绝义，冷酷无情，当下将心一横，大喊一声，"应龙在世间躲藏千年之久，只想重返天庭，今日渡劫成功，也算一了心愿，再无遗憾。诸位，应龙有幸与诸位为友，把手同行，甚是欣慰！"

张翼轸听出了应龙的言外之意，哈哈一笑："应龙，你也太小瞧我等。方才劫云之中我几人早已同生共死，眼下怎会让你一人前去阻止天帝？诸位，振作精神，且随我诛杀天帝！"

众人豪气冲天，再次列队成形，直奔天帝杀去。

天地绝大法虽然威力无穷，不过若要施展却是颇费法力，即便天帝法力通天，也并非一时半刻可得。是以天帝见张翼轸数人再次来袭，心知定是应龙识得此法，才有先下手为强之举。本想要拖延片刻再将天圆地方释放，无奈时不我待，情急之下，天帝不等天地绝大法完全发作，便悍然将天圆地方向前抛出。

天圆地方一尺见方，一出天帝之手，迎风便长，瞬间变为数千丈大小。这还不算，随后光芒一收，天圆地方一分为二，一半悬浮其上，一半凝重其下，犹如天地对立。同时上部分化为圆形，下部分化为方形，犹如天圆地方自成一方天地，天与地相距不下数百丈。

天圆地方化形之后，与真实天地相互呼应，犹如天中之天。蓦然，自天圆地方之中放射万道亮光，其光若有若无，仿佛无比耀眼，又似乎漆黑一片，照在在场每个人的身上，顿时情景大变。

先是一众人仙最先支撑不住，被天圆地仙吸入其中，紧接着是地仙、神人，纷纷惊叫出声，都难抵天圆地方强大的吸附之力，不断被吸入天圆地方之中。人仙和地仙一入天圆地方，便修为尽失，萎靡倒地，人事不省。

果然厉害。

张翼轸一时心惊，正要不顾一切冲到天帝近前，与他生死一搏，不料虚空之中突然响起迸裂之声，如银瓶破碎，如玉器落地，清脆悦耳，却又说不出来的诡异莫名。

他急忙抬头一看，直惊得魂飞天外，只见虚空之中，本来空空如也的空无可空之处，却如水面一般，平白生起一道道波纹，如水波荡漾，又如瓷器之上的裂纹，道道触目惊心，令人莫名心生无边恐慌之意。

天地失衡！

不等张翼轸有所反应，天帝仰天一笑："张翼轸，天崩地裂，万物皆毁，如此结局，你可是满意？"

张翼轸咬牙切齿："毁天灭地，好一个堂堂的天地之主，只恨不能亲手将你诛杀！"

天帝一时状若疯狂："哈哈哈哈，不过是七色天仙，还想逆天杀帝，痴心妄想！如今一切尽毁，你又能奈我何？"

两帝相争

张翼轸一时气极，正要不顾一切趁天地毁灭之前，挺身向前与天帝一决生死之时，忽听虚空之中一个无比熟悉的声音响起："翼轸，休要惊慌，不要害怕，为师来也！"

灵空！

灵空先前以极其不雅的姿势冲入劫云之中，只来得及冲张翼轸等人欣慰地一笑，便化身为一道清风消散于劫云之内。张翼轸当时已然晕死，并未亲眼得见，不过即便张翼轸亲眼得见也不会识得灵空所化清风究竟何物。潘恒虽未见过，却是有所耳闻，微一感应之下顿时大惊："涤荡之风！"

传闻涤荡之风源自三十三天之上，与三十三天其他威力无穷的宝物不同，涤荡

之风对九天之上的天仙天魔全无丝毫威胁，反而是难得的无上妙药，可以瞬间助天仙重塑仙体，助天魔抵挡天劫，乃是天庭之上人人求之不得的更胜天地法宝的宝物。不过涤荡之风来无影去无踪，忽而起于青萍之末，来无所来，忽而充盈虚空之中，又去无所去，令人捉摸不透。况且即便有缘得见，也无福取之，只因九天之上并无宝物可以保存涤荡之风。

虽说天官天仙乃至天魔极少受伤，不过若是万一伤及仙体，也是极难治愈，需要耗费无数岁月的休养。而涤荡之风不但可以令伤重的天仙天魔起死回生，还可以提升功力，化解心劫，绝对是天庭之上所有天仙天魔的渴求不得的巨宝。

灵空未留一言，化身为涤荡之风随后消失不见，以潘恒的神通，丝毫感应不到灵空一丝气息。若说灵空就此身死，也难以说清，毕竟灵空身为人仙修为，被劫云化为乌有也实属正常。不过寻常人灰飞烟灭也就罢了，怎会还有涤荡之风将众人包裹在内？非但将众人伤势全部治愈，且还提升了众人修为，除此之外，还将劫云的威力全部消散殆尽。

潘恒猜测一番，心中隐隐有些眉目，不过在事情未得完全真相大白之前，不敢妄下结论，毕竟今日有太多出人意料之事，潘恒千年以来未曾动摇的恒心竟然有些微微松动。

好在片刻之后，张翼轸等人醒来，接下来劫云烟消云散，众人都深感一身轻松，不但神通复原，且心情大好，显然也是得益于涤荡之风。

时间紧迫之下，潘恒也不及向张翼轸等人明说灵空之事，不过张翼轸几人醒来之后，也并未过问灵空之事。眼下天帝悍然催动天圆地方法宝，引发天地失衡，此时灵空又意外现身，直让潘恒既惊又喜，心知此时正是重大转机之刻。

张翼轸听到灵空的声音自虚空之中响起，微微一愣，抬头仰望，只见虚空之中的裂缝之处，一人蓦然现形。此人身材雄伟庄严，生得方脸阔眉，气宇非凡，当空一站，当真是不世男儿，绝世儿郎。正是萧萧肃肃，爽朗清举，肃肃如松下风，高而徐引，令人眼前一亮，不由暗中叫好。

此人是谁？并非灵空原先的胖脸红鼻形象！

不等众人多想，此人只一现身，便一舒长臂，双手呈合拢之势，遥遥朝天圆地方微一招手，口中说道："天圆地方，天道所成。奉天承命，来去何从！"

蓦然之间此人双手之上迸发无边氤氲之气，此气似光非光，又如水雾光影，不过其中却是蕴含天地灵气，与天圆地方遥相呼应。天圆地方被此人法力催动，倏忽之间变大为小，同时将所有吸附其中之人全数抛回地面，随即光华一收，天圆地方化为一尺方圆，竟是自行飞到此人手中。

天圆地方一入此人之手，便见他双手冲虚空之中指指点点。随着此人手指纷飞，无数灵气自他的手中飞出，没入虚空之中的裂缝之中，消失不见。随着灵气注入，如一位极其高明的裁缝缝补破损衣物，不过是以天为衣，以灵气为线，在众人眼花缭乱之中，只用了片刻工夫，虚空之中的裂纹及水波全数消失不见，竟是完好如初。

地上一众地仙及神人对天地失衡虽然不太明了，不过对突然现身之人的补天之术叹为观止，一时惊呼不断。此人却并不理会众人的惊诧，收手之后，负手来到天帝面前一丈之处站定，上下打量天帝半晌，这才说道："千年之前一别，时至今日你我二人才得以重新相见，天道浩渺，何人可悟天机？当真是天地如局，你我不过是其中小小棋子罢了。"

天帝强作镇静，却是难压心中的惊恐之意，问道："怪事！你怎么能从无法解除的封印之中脱困而出，又如何能够重得天机？难道方才的天净沙天雷没有将你击得魂飞魄散，反而助你神通大成？"

此人含笑点头，神态颇为自若，答道："不错，正是得天净沙天雷之助，更有翼轸的七色天仙之力，应龙的天地初始之力，我才得以重见天日，重返天庭！不过重塑形体需要一些时候，神通大成也得借助灵霄宝殿之上的一件宝物，所以耽误了片刻才再下凡间。幸好还来得及出手将天圆地方收回，只是没有料到，你竟然以天地为赌注，宁肯毁天灭地也不肯承认失败。难道天地之主当真要高于天地不成？"

天帝怪笑说道："不错，在本帝眼中，若失去天帝之主的威名和权势，宁肯玉石俱焚。"

此人微微摇头，语气之中流露淡淡威严："天地之主当真对你如此重要？若你真有担当天地之主的威德与福泽，尽管稳坐灵霄宝殿便是，哪个敢与你去抢？"

天帝冷笑连连："说得好听，你现今重返天庭，不正是要将本帝赶尽杀绝，才好高坐灵霄宝殿，升任新的天地之主吗？"

此人环顾四下，说道："我若不及时出手，天地皆毁，天地既无，何来天地之

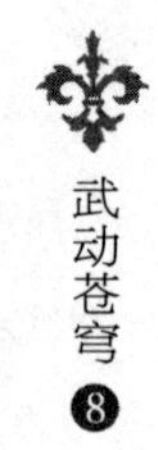

主一说？我若不得天道垂青，又如何滞留世间千年而轮回不断，终于天道不负，得翼轸相助，又有无数机缘，终于换回真身，自天地禁锢之中脱困而出？我若不得天心，又如何能及时出手，阻止你毁灭天地疯狂之举……张子名，你篡位千年，私结党羽，暗中培植天官天仙势力，以及布置五洲之局，所作所为全是偏颇之举，不过是为了大兴天魔实力，又有何公正可言？试问，你身为天帝，是将天地放在心中，还是只为贪图天帝权威，好利用天地之主的身份，行一己之私？”

天帝漠然反问："你又何尝不是？当年你连同无数天官天仙，设下天雷大限，一时令无数地魔被天雷所杀，难以成就天魔，岂有公正可言？”

“地魔杀劫过多，若不是有天雷灭减，到时天魔过多，必定会引发仙魔争战不休，从此天地之间再无宁日，战火不断，又岂是你我所愿？况且天雷一事，乃是顺应天道之举，也是让天魔有所束缚，避免残杀太多无辜。凡是杀劫过重之人，必遭天谴。凡是心存仁慈之辈，即便身为魔人，天雷也是力道大减，敢问，此举哪里大失公允？”

天帝轻蔑一笑："若论冠冕堂皇，本帝自然说不过你。不过任由你说得再是天花乱坠，本帝也不认同此举。天魔之事暂且不说，应龙又何罪之有，被你打落凡间，同时封闭神通，还有金翅鸟与龙族之间的恩怨，也是你暗中默许，纵容天仙前去从中作梗，可是承认？”

一听此事，此人遥望应龙一眼，点头说道："不错，此事我确实有错。金翅鸟与龙族之事，乃是我听信谗言，一时失去身为天地之主的大度和威严，从而做下此等不端之事。应龙之事，也是因我认定天魔日益坐大，而应龙游离于仙魔之外，再加上传言所说应龙生性暴烈，万一被天魔所用，定为大患，才出此下策。也正是因此二事让我大失天帝之德，才在千年之前的仙魔大战之中，被你击败，又被你的谎言所骗，一时不察，中了你的离间之计，被你偷袭成功，导致坠落凡间千年，险些被你的大封印术永久封印神识，再难返回天庭。”

天帝难得地脸色黯淡下来，叹道："看来还是你得天道青睐，又得悟天机，才有今日之幸。不想本帝费尽心机，派摩罗下凡寻你千年，又在三元宫与你对弈数十年，竟然成功被你骗过。更令人气愤的是，本帝本想借张翼轸四海阁成立之际，掠取天下的修道之士入我魔门，同时借天净沙天雷将应龙、烛龙以及木石化形、妖类一网打尽，再有张翼轸相助，从此魔门势力大增，不愁不一统天地，将所有天官天仙或是转化为天魔，或是统统灭去，到时即便你再次重返天庭，也不过是孤家寡人一个，再也无力与本帝抗衡。谁知人算不如天算，天算不如机缘，本帝精心策划许久，险些丢了亲生儿子性命，又痛失亲生儿子信任，末了却是你因此得以破困而出不说，还力挽狂澜，救下无数生灵，不但神通大成，还成就你的万德之名。灵空，为何本帝与你争斗无数年，最终还是以惨败收场？”

灵空伸手向张翼轸一指，笑道："一切全因翼轸之故，只因你始终未曾看透翼轸的所作所为正合天道精髓，乃是天道选定之人，得翼轸者得天地！”

李代桃僵

天帝一脸讶然："张翼轸不过是七色天仙，并非你我对手，又如何能得天道之心？”

灵空一脸肃然："张子名，你身为魔帝，虽然以金蝉脱壳神通化身为天帝，不过魔心未去，一心认定天地之间唯神通至上，以为法力高强修为第一者可以为所欲为。难道今日之事，你还不幡然醒悟吗？”

张子名哈哈一笑："灵空老儿，天地之间不以实力为上，难道还以软弱和优柔寡断为上不成？想当年你不正是因为一时犹豫才被我突袭得手，以至于千年沦落，莫非你还不幡然醒悟？”

灵空悄然而笑，答道："说得也是，当年我先是犯下挑拨金翅鸟与龙族之间恩怨之错，然后又想肃清异己，还天地清明，才有应龙之事。现今想来，此两件错事也全是你暗中指使他人在我面前大进谗言所致。不过说来也是我当时天心动摇，心有偏差，所以才轻信此法可行。也正是因为犯下此等逆天之事，身为天帝已无天帝之德，故才有沦落凡间之事，也是天道无言，实则天机丝毫不差的体现。而你得此机会以魔帝身份入主天庭，若是顺应天道而行，或许我从此再无回天之机，永世沉沦于世间，生生世世不过是一名邋遢道士。谁知你魔心未除，贪心大起，与我当时相比，更是倒行逆施，妄图一统天地，魔门一家独大，而要将仙家以及

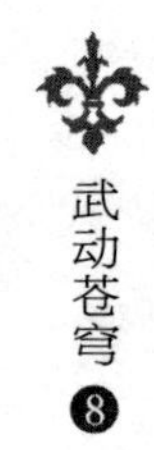

异类全数灭绝，如此行径上不应天道，下不顺万民，又如何能得天道护佑，如何能得翼轸认可？”

一听张翼轸之名，张子名咬牙切齿："休提那个逆子之名，此事乃是我二人争霸天地，与他有何相干？况且他不过是七色天仙，又无天命在身，与我二人相比，差之千里！”

灵空忽然叹气一声，摇头说道："张子名，不想你如此可悲可叹，有今日惨败，犹自不知悔改还则罢了，竟然连败在何处为何而败都丝毫不知，真是可怜之人……

“翼轸本是你与任平素所生之子，你以天魔之身，假扮飞仙骗取任平素信任，得其芳心，堂堂魔帝做出此等下作之事，传将出去，也算是无耻至极。他人不知你真正动机，却是瞒不了我。你屈尊降贵与任平素结亲，倒也不是因为你生性风流，更不因为你贪图任平素美貌，而是另有重大谋算。”

张子名不以为然地笑笑："本帝身份何其高贵，怎会看上一名小小的飞仙？本帝与任平素之事，天地之间并无几人得知，灵空，你不要胡乱猜测，信口开河！”

灵空再无以前的猥琐之态，全身隐现金光，无比威严，与张子名相对而立，相比之下，比张子名要庄严高大无数倍。他头戴紫金冠，身着天地衣，当真是天地之间无出其右的天地之主！

“天地之间，除了仙魔对立之外，尚有应龙、烛龙等天地圣兽存在，也有玄冥、毕方等天地灵兽，还有玉成等木石化形以及蓝魅等一众妖类，可谓天地有大德，万物纷纭生。其实也是天道给我等仙魔一个启示，便是天大地大，唯天道最大，仙魔不过是其中之一，虽说一时仙魔高居于万物之首，平分天庭，也不过是悠悠天道之中一时兴衰罢了。若不心怀天地苍生，顺天道而行，难免最终被天道所弃，沦为木石化形等异类的旁枝，再无兴盛之时。

“仙家有天帝，魔门有魔帝，龙族有万龙之尊天龙，更有万龙之始应龙。不提应龙是比天帝魔帝还要高出一等的存在，便是天龙也是称雄一方，实力丝毫不亚于仙魔任何一家。如此看来似乎天庭之上为三足鼎立，仙家、魔门以及天龙，各自为政，仙魔对立，天龙两不相帮，只知逍遥岁月，不问天地是非。本来如此局面也是互为制衡，不想有人包藏祸心，认为仙家势力日益壮大，魔门式微，便心生一计，从中挑拨天龙与仙家，导致天龙与仙家大战，最终两败俱伤，而此人坐享其成，认定仙家再无与魔门抗衡之力，于是发动仙魔大战。

“不过此人也算是不世奇才，非但借天龙之力将仙家实力重创，还借机削弱天地之间所有龙族力量，同时又施展离间之计，借助天帝之手将应龙打落凡间。由此天地之间向来相安无事的平衡被全然打破，魔门大兴，在仙魔大战之中将仙家打得节节败退，眼见魔门便要一统天庭之时，在九天之上，三十三天之下，忽有玄女出面示警，警告此人不得妄动杀劫，不得擅自打破天地平衡，更不能随意残杀天地生灵，如若不然，必将天降惩罚。

“此人志得意满，自然不信，不但不信，反而一时自大，认定他不但有一统天地之能，还有力抗九天玄女之神通，是以一时张狂，将玄女警告置之不理。不想正当他即将攻占灵霄宝殿之时，玄女自九天之上降临，挥手之间便令十数名天魔修为尽失，更是出手阻止此人前行之势。玄女神通果然不是此间天地之人所能猜测，只一出手便将此人击退。此人一惊之下，豁然惊醒，原来大道无边，天外有天，即便一人独步于天地之间，更有九天之上的玄女、玄仙可以挥手之间，平定天地！

“此人尽管心怀怨恨，无奈之下也只好止步于灵霄宝殿之前，率领魔军退回魔宫，不过心中愤恨难平，日夜难安。终于他重生一计，因为此时他正好修成金蝉脱壳大法，正好可以用来施展瞒天过海大计。此人也不愧为旷世奇才，若论计谋当为天地第一，无人可及。此人退兵之后，又亲自前来灵霄宝殿与天帝言和。天帝感念其诚，与其密谈，不料正中此人之计，不及防备之下被其封印神识，打落凡间，从此生生世世为愚痴之人，再无重返天庭的可能。而此人施展金蝉脱壳大法，化身为天帝，夺天帝天命，得天帝天福，高居灵霄宝殿之上。其后不久，此人最为信赖之人摩罗也以同样方法夺取九天官仙体，化身为九天官。若非金蝉脱壳大法极难修成，魔门之中唯有此人与摩罗练成，是以灵霄宝殿之上，也只此二人仙体魔心。幸好此法不易修炼，否则魔门纷纷李代桃僵，灵霄宝殿早无天官天仙，已是群魔乱舞。

“此计一成，此人顾及九天玄女神通，不敢大张旗鼓做出兴魔门灭仙家之事，只好暗中行事。正好此时凡间仙魔大战之中，修道之士大胜。此人看中潘恒资质，便命三天官前往方丈仙山炼得一天柱，将潘恒镇压其下，以九幽之火炼化潘恒心智，磨其斗志，令其因愤恨而入魔。此后更是令三天官强占五洲，掠夺地仙，意欲将所有地仙引入魔门。这还不算，世间之局在此人眼中不过是细枝末节，他最为惧怕之

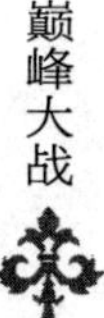

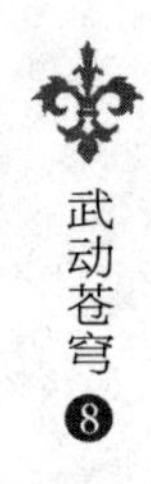

人乃是九天之上不知何时会意外降临的玄女！

“也是此人生性机智，且胆大妄为，伺机飞升到九天之上，临近三十三天之处，暗中一探究竟，意外得遇一名女子。此女与此人不期而邂逅，机缘而相遇。此女单纯而痴情，而此人却是阴险且狡诈，在得知此女乃是九天玄女弟子之时，顿时心生一计，自称本是一名闲散飞仙，因贪恋九天美景而飞至此处，意外迷失，得遇佳人，也算是三生有幸，如此等等。此女生性单纯，如初生孩童不知人心险恶，轻信此人之言，与此人同行，被此人花言巧语蒙骗，芳心暗许。

“此人也是了得，不但成功骗得此女与之同行，结为仙侣，还由此女口中得知不少九天玄女之秘，因此此人更是对九天之上心向往之，心中认定若得九天玄女之助，莫说魔门大兴，便是天地一统也不在话下。此人一面以飞仙身份与此女交往，一面加紧布置天地之局，同时循序渐进想从此女之处接近九天玄女，以便为己所用。

“不想其后九天玄女得知弟子与飞仙相恋，勒令此女断绝与此人来往。此人自然不愿轻易放弃，向此女表白，愿与此女结为永世之盟。此女感念此人情深意重，置九天玄女命令于不顾，不但与此人私奔而逃，且听从此人之言自九天玄女之处偷得天地法宝一件，此宝名为镜界，威力尚在天地宝鉴之上！只可惜此女徒有此宝却无开启之法，而此人本来也想将此宝据为己有，苦于无法运用，最后只好作罢。

“本来有意利用此女得九天玄女之助，即便不行，若有宝物可得也算是不虚此功，不料最后却是一无所得，此人大失所望，便对此女起了杀心。尚未来得及动手之时，却得知此女身怀有孕，此人顿时大吃一惊，只因此女与他并非同类，虽然二人身为仙侣，依照常理，并无孕子的可能，而且先前他也曾听此女言明，此女一族，并无生育之能。此事来得过于突然且大异常情，此人一时踌躇，便没有对此女痛下杀手。因此一念之故，才保住一人性命，此人……正是张翼轸！此女正是张翼轸之母亲任平素，而此人便是你，魔帝张子名！”

07　晋升玄仙之境

张翼轸先是摇头，随即又微一点头，却道："以我目前情景，确实比七色天仙要强上几分，不过我本人并不清楚玄仙之境究竟是何等境界，是以若说这般微末本领就是玄仙，也是有些勉为其难。是以此事暂且不论，管他玄仙还是天仙，我还是我，张翼轸！"

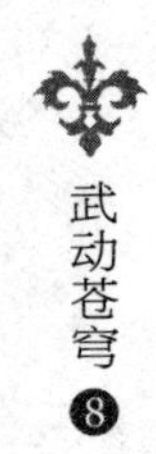

是非曲直

张翼轸等人自灵空现身之后，一直站在不远之处，倾耳细听。虽然早已猜测到灵空来历不凡，不过亲眼所见灵空竟是被魔帝打落凡间的天帝，也是心中大震，一时难以置信。

而他的亲生父亲竟是魔帝，更是令张翼轸心中百感交集，不知是何种滋味。若是亲生父亲身为天帝，即便大失天德，毕竟也是仙家正统。现今却是得知亲生父真实身份竟是魔帝，身为七色天仙，其父却是万魔之主，岂非莫大的讽刺?

不过转念一想，既然已与亲生父亲决绝，管他是天帝也好，魔帝也罢，又是哄骗母亲之人，与他已是形同陌路，天帝魔帝不过全是虚名，无良无德之人，即便名声再响，也是无用。

应龙、烛龙听到灵空讲到仙魔大战之中的秘史，得知真相之后，二人不胜感慨。烛龙还好说一些，毕竟天龙与天仙之战，双方都是受人蒙骗，并无对错可言。应龙此时听灵空亲口承认当年用计将他打落凡间，心中竟是再无一丝恨意，自嘲地说道："想我应龙本来无事无忧，却因自身法力高强，得意外之祸，也算是怀璧其罪。不过经历此番入世历练，我也是收获颇丰，不说结识翼轸为生平唯一至交好友，便是从未有过的人情世故，也让我感慨良深。说来来人间一场，也算是不虚此行，大慰平生。只是我遭此大难也是因为魔帝之故，而得以重返九天，却是因为翼轸之助，父债子还，莫非也是天道浩渺，只可意会不可言传！"

潘恒却对应龙感慨并无兴趣，说道："应龙少说为妙，且听灵空说些什么。"

应龙白了潘恒一眼，笑骂："你被魔帝看中，被迫入魔，也算是难得的高才。"

潘恒却是神秘一笑："说是被迫，其实也有自愿之意，此事另有玄机……"

应龙一听大感兴趣："说来听听……"

潘恒不耐烦地说道："还是听灵空说话要紧！"

"九天玄女因任平素逃走，降临到九天之上寻到她，本来意欲将她带走，不料见她有孕，一时大为惊讶。沉吟良久，九天玄女赐画三卷给任平素，令她以后将此画卷时刻不离身边。若是日后有子降世，可将此画赠他。若是此子流落凡间，可将此画三卷分开，分别送与世间三大道观三元宫、清虚宫和极真观之中。玄女说完，转身离去，竟是不曾追问镜界下落。任平素虽然心有愧疚，不过她深恋张子名，一心要与张子名厮守。张子名却是另有所图，见九天玄女看重此子，认定此子定是不凡，若以其为要挟，假传天帝震怒要将其除去，任平素情急之下求助于九天玄女，说不定便能知晓此子究竟有何不同之处。

“其后不久，任平素生下一子，张子名依计而行，声称天帝大怒，要置张翼轸于死地。任平素自然大为恐慌，在张子名授意之下向九天玄女求助，不料九天玄女置之不理不说，还传讯说道，此子不该降世而降，生死由命。且任平素背叛师门，有违天道，九天玄女身为玄女，断断不会做出与天道不合之事。张子名得知之后，大为恼怒，见不但从任平素之处未得到丝毫好处，且还有子拖累，心中杀心便起，有意置母子二人于死地。此事倒也幸亏摩罗从中周旋，劝说张子名以大局为重，因九天玄女所说此子日后或许会有所作为，不如将其打落凡间，任其自生自灭。

“摩罗之话打动了张子名，也是他认为九天玄女既然有所暗示，或许还真有可乘之机，便和摩罗依计而行，成功骗过任平素，将张翼轸打落凡间。张子名也是存了一探究竟的心思，要看九天玄女究竟有何玄机，便让摩罗将画卷分别安放在中土世间三大道观之中。同时，张子名对天帝被封印沦落世间仍不放心，只因天帝一坠落凡间便失去感应，他寻找千年未果。而张翼轸刚一下凡，张子名便心生感应，模糊之中消失千年之久的天帝封印在世间突生呼应，顿时令他大吃一惊。

“张子名心中惶恐，怕是封印失效，天帝会重返天庭，便令摩罗下凡寻找天帝行踪。同时他也对张翼轸大感好奇，认为此子果然非同一般，莫非九天玄女所说之事，正是可以借助张翼轸之手，不但可以找到销声匿迹的天帝行踪，还可以另有所得。摩罗在世间苦寻无果，最好只好依张子名感应，落脚在三元宫，只因三元宫离张翼轸降生之处最近，也正好是三大道观之一，放置九天玄女画卷之地。因此摩罗便在三元宫住下，假扮三元宫厨房总管，实为寻找天帝并暗中监视张翼轸……此后种种之事，大出张子名意料，也让摩罗始料不及，而当张翼轸走完一段匪夷所思的人间仙路之后，直到今日父子相见，却是反目成仇。张子名，你身为魔帝又假扮天帝，以如此权势却不能完成之事，翼轸在世间一路走来，却在无心之中促成，你且说说，得翼轸者得天地，有何不对？”

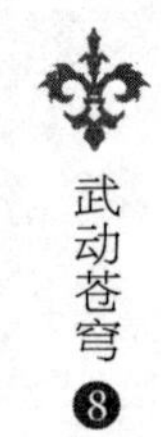

灵空恢复天帝真身，尽管相貌大变，不再是先前酒糟鼻子的胖道士模样，不过口若悬河的口才却是未变，滔滔不绝一连说了半晌，将事情完完全全从头至尾交代一清。在场众人直听得呆若木鸡，不敢相信其间有如此曲折的不可思议之事，更是对张翼轸的离奇身世深表同情与感慨，都对张子名投去鄙夷的目光。

张子名也是凝神静听，没有流露丝毫不耐之色，眼下身单力薄，和摩罗一起被众人围困当中，也是一脸淡然，不见有一丝担忧之意，当真也是枭雄本色，非常了得。

待灵空说完，张翼轸与应龙等人飞身向前，见灵空现出天帝真身，众人一时多少有些陌生，连张翼轸也是一时迟疑，不知该说些什么。

灵空却是呼哈一笑："翼轸，莫要以貌取人，为师不管是烧火道士，还是天帝，身为你的授业恩师却是无法改变之事，怎么，难道不想与为师相认不成？"

听了灵空活灵活现之话，张翼轸才开怀一笑，说道："不想师傅却是天帝在世，如此说来，当年师傅捡了个便宜徒弟，说到底，还是我这徒弟得了天大的便宜。"

灵空一听此言，顿时一脸肃然，竟是向张翼轸深施一礼，说道："灵空谢过翼轸再造之恩，若无翼轸顺应天道，一手促成今日之事，为师也不知还会在世间沉沦多久，或许永无出头之日。翼轸此情，当铭记在心。"

不管灵空身为天帝还是身为师傅，张翼轸都断然不敢接受他的大礼，急忙跳到一边。灵空也不理会，转身向应龙又躬身作礼："应龙老儿，当年我一时糊涂，动用天地之力，又暗中施计将你打落凡间，此事全是我贪心之故，导致你在世间受苦千年，这便向你赔礼道歉，此后天庭之上任你遨游，所有天官天仙都敬你为三分。"

应龙眼睛一瞪，不服气地说道："灵空老儿，我在世间受苦千年，难道你一句话便能轻松过关，岂不太容易了一些？"

灵空竟然也大眼圆睁，怒道："应龙老儿，我也是因此之故差点永世沉沦，现今以天帝之尊向你谢礼，你还要怎样？"

灵空一怒，应龙忽然"扑哧"一乐，笑道："胡乱嚷嚷才是灵空本色，方才你一本正经的样子让我不敢相认，眼下虽然变了模样，不过听刚才所说定是灵空老儿不假。哼，你身为天帝也好，人仙灵空也罢，我应龙交的是你这个朋友，不是你的身份！"

灵空哈哈一笑，又转向烛龙，也是深施一礼，说道："天龙之事，虽是受人挑拨，我身为天帝也有不察之罪，烛龙，请受我一礼！”

烛龙急忙还礼说道：“天帝不必如此，此事错在双方，也有天龙脾气急躁不求甚解之过。既然事已至此，也不必再论是非。因为翼轸之故，我得以不死。而你既为天帝又为翼轸之师，且今日于我又有救命之恩，此后烛龙定当敬你三分。”

灵空与应龙、烛龙相视一笑泯恩仇，随即又向所有木石化形和妖类郑重说道：“本帝在此以天帝之名诏告天下，木石化形此后免除天劫，妖类天劫依杀劫而论。若有修行之中从未杀生之妖，可直接飞升天庭，绝无天雷击顶！”

此言一出，木石化形与妖类无不欢欣鼓舞，尤其是众人感念灵空方才自劫云之中的救命之恩，又听闻此等天大的好事，怎不欣喜若狂？一时众人纷纷跪拜在地，感谢天帝洪天之恩。

摩罗在一旁呆立半晌，忽然醒悟过来，惊叫：“灵空，灵空？原来是灵霄宝殿已空之意，原来早已暗示你便是天帝，怪只怪我当时被你成功骗过，认为你不过是烧火道士，虽然有古怪之处，不过是疯癫而已，却原来你是装疯卖傻。”

“他当时神识封闭，确实是不知自己究竟是谁，或许有暗合天机之处，只是以无心应天心罢了……不过灵空，方才你所说之事虽然头头是道，却只是你一家之言，即便骗过了所有人，本帝却也不信，单是本帝与任平素之事，你当时身在凡间，又如何得知？”张子名突然发难。

灵空听罢却是胸有成竹一笑，说道：“张子名，是非曲直自有公道，你所行之事也有公论，我下凡之时也并非一人前来，你且来看，此人是谁……”

心比天高

灵空话未说完，右手一扬，手指虚空之中，口中说道：“天开眼！”

虚空之中，虚无之处，突现万丈光芒，光芒如辇舆形状，其上坐有一人，素眉淡妆，脸上淡淡浅浅，泪痕未干，双眼迷离，张望张子名片刻，却又转身看向张翼轸，温情无限。

张翼轸惊喜交加：“母亲！”

任平素顿时泪水长流：“翼轸，母亲对你不住！”

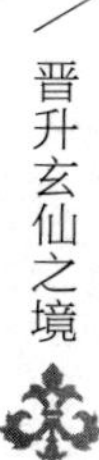

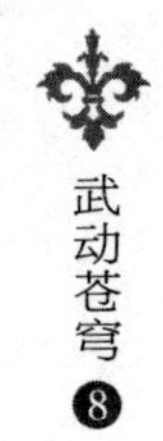

张翼轸见母亲心伤难抑，也是心潮起伏，忙道：“母亲何出此言？若无母亲，天地之间哪有翼轸？是孩儿不孝才是，让母亲独自伤心，被恶人哄骗千年。如今真相大白，母亲不必再为无谓之人哀伤。”

任平素含泪点头：“母亲被张子名所骗，虽然一人孤苦千年，好在天道垂青，母亲意外得子如你，夫复何求！本是绝无可能之事，以母亲身份，并无生子之能，却能生下翼轸，已是惊天之喜，其他之事全如过眼云烟，母亲已经不再挂念于心。”

张子名见任平素现身，微微动容，竟是叹息一声：“平素，本帝与你相伴千年以来，也是时常扪心自问是否对你稍有情义，虽说也觉得对你不公，不过你当时痴心一片，也认定本帝与你两情相悦，只要你一心感觉天长地久即可，至于本帝是否假装并不重要！我等参悟天道之人，早已看透虚幻真假，所谓真假不定，虚幻由心，本帝一心系在天地大局之上，对你或许用心不够，总也在闲暇之时，也有一丝柔情。”

任平素淡然如风，端坐天车之上，不离本座，缓慢说道：“张子名，你我之间情义已绝，从此天地宽广，如参商永不相见。我自会回到玄女身边，从此三十三天自在随意，朝风暮雨。而你却被天地所弃，被万灵厌恶，永世不得翻身。”

张子名目光流露无边柔和之意：“平素，以眼下情景，本帝妻离子散，已是孤家寡人。现今大势已去，一时心灰意懒。本帝忽有所感，天地大局自有兴衰，万事万物自有章法，何必再有天地之主枉费心思维持秩序。是以本帝决心舍弃一切，只做一名天地散人，从此遨游天地之间，随意所往，随意所住，只与心爱女子朝夕相伴……不知平素可否与我携手同行？”

任平素脸上无喜无悲：“转眼千年已过，张子名，我早已不再是当初的烂漫女子。如今亲眼得见翼轸成就七色天仙，心愿已了，所谓仙侣永世相伴已再难让我动心，你也不必再虚情假意骗我上当。你能够隐忍千年，骗过了我，骗过了无数天官天仙，如此心性，又岂是自甘平淡之人？说出方才之话，怕是连你自己也不相信自己所说。”

张子名正要开口反驳一番，却见任平素微微摇头，继续说道：“张子名，你也不必再枉费心机，想必是又另有所图罢了。若你束手就擒或许还可得以不死，若是再另有谋算，到时魂飞魄散，莫要怪罪他人！”

张子名蓦然哈哈大笑，笑声充满不屑和狂妄：“笑话，本帝身为魔帝，已是不死之身，天地之间何人能够置我于死地？且本帝才学天地之间无人可比，非但炼成金蝉脱壳大法，且还有大封印术，即便灵空老儿恢复天帝之身，动用天地之力，也无法将我魔帝天福剥夺，更不能将我神识封印打入世间永世沉沦。是以莫看尔等人多势众，却是拿我没有一点办法，就算尔等一哄而上将本帝打败，也难以将本帝擒下！”

任平素微叹一声：“张子名，你一向如此嚣张并且自命不凡吗？”

张子名目光扫过众人，如视无物，傲然说道：“本帝以魔帝之身，本是稍逊天帝一筹，却能够将天帝打落凡间，随后假扮天帝千年不被无数天官天仙察觉，又暗中筹划大事。若非逆子张翼轸之故，本帝大事可成，可将应龙等异类一网打尽，同时天帝也永无机会重返天庭，到时天地之间唯我独尊！今日本帝虽然功亏一篑，不过虽败犹荣。道之所在，虽万千人逆之，吾往矣！”

张翼轸再也忍耐不住，反唇相讥：“你所求不过是唯我独尊于天地之间，全无天道可言，却还自称道之所在，当真是厚颜无耻！”

张子名一脸蔑视之意：“本帝之心，可比天道，天道无言，尔等自认为可替天行道，为何本帝行事却被尔等认为逆天而行？既然天道从未言明孰对孰错，尔等强词夺理污蔑本帝用心高深，不过是成王败寇的俗套之事重演而已，何必再自以为以己心拟天心。”

应龙见状，越众而出，喝道：“不要再与魔帝啰唆，直接将他拿下便是，翼轸，你且静候一旁，魔帝若无天命在身，没有天地法宝，只论修为，他不是我的对手。”

张子名哈哈一笑：“本帝打不过尔等，更不会做困兽犹斗的无谓之举，我去也……”

张子名倒也干脆，话一出口，身形便自原地消失不见，以应龙之能，也失去他的气息感应，不由大为沮丧，摇头说道：“我当他是如何宁死不屈之人，不想也是临阵脱逃之辈！刚刚还故作高深，昂然面对千军万马，正要动手之时，却是跑得飞快，连手下也不顾不上带走！”

张子名一跑，摩罗只身一人呆立场中，被众人围住，面露失望、失意之色，说道：“本尊不做抱头鼠窜之人，既然惨败，自当承担后果，敢作敢为才为男儿本色。只可惜今日功败垂成，魔帝千算万算，本想先以天魔下凡掠走无数地仙，作为日后的魔军，然后再由天官天仙下凡将应龙等异类诛杀，从此仍可以假借天帝之名，明

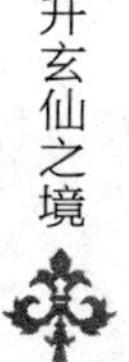

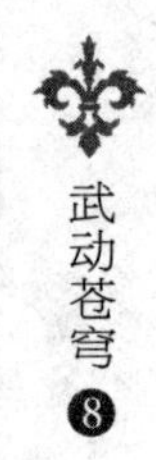

里控制众天官天仙，暗中不断壮大魔门。谁知天魔之中出潘恒此等叛逆之人，给张翼轸通风报信，导致天魔损失惨重，如今天帝归位，魔帝再无天帝权势，也失去魔帝号令天魔之威，即便逃走又有何用？”

摩罗自言自语一番，愣神半晌，随后又长叹一声：“翼轸，念在本尊一直暗中照顾你的分上，可否留我一丝神识，即便封印万年之久，也好过魂飞魄散。就让本尊生生世世当一名凡人，砍柴打水，烧火做饭，做一个与世无争的市井之人也好！”

张翼轸微一思忖，说道：“摩罗，若你说出魔帝会潜藏到何处，我可保你神识不灭。”

摩罗沉思片刻，说道：“魔帝其人行事周密，又从不相信他人，即便本尊身为他的最亲信之人，对他的藏身之处也所知甚少，只知他在九天之上三十三天之下，临近天净山之处有一处空中之海，名咸水海，在咸水海之中有一座咸水宫，此处是魔帝三处藏身之地之一。另外两处……本尊也不得而知！”

张翼轸尚未说话，应龙愤愤不平地说道：“魔帝作恶多端，难道就任由他如此轻易脱逃不成？天地之大，又如何上天入地将其擒拿，以慰天道公允！”

灵空却是笑不作声，转身向任平素轻声说道：“仙子，张子名应该所去不远，还请仙子出手，将其困住！”

任平素微一点头，也不搭话，素手一扬，一道丝绢自手中倏忽飞出，直奔天际而去。丝绢呈洁白之色，如流星划过天际，闪现之间没入天之尽头。

片刻之间便听到魔帝的声音远远传来：“任平素，既然你我之间已经情断义绝，为何又用千丝万缕将我束缚？”

却见天边极远之处，一朵并无异状的云朵忽然化身为魔帝模样，现出张子名真身，他一脸怒容，身上缠绕万千柔丝，挣不断理还乱，任凭魔帝修为通天，却又无处着力，直气得暴跳如雷却又无计可施。

众人一身修为超绝，闪念间便一同来到魔帝身前。任平素见张子名苦苦挣扎而无法脱身，淡淡一笑，说道：“子名，此物乃是我千年之间日夜不息的思念和一腔痴情炼化而成，对他人全然无用，只对你一人有效，只因此情只为你一人心伤，是以尽管你修为通天，也难以挣脱一身情债。眼下你逃无可逃，有今日下场，全是咎由自取。”

张子名一听此言，顿时呆立不动，凝望任平素半晌，才道：“万千柔情便能抵御通天之能，果然厉害，此等神通闻所未闻！任平素，原来你也一直暗中设计害我。”

任平素脸色微霁，一脸薄怒，嗔道：“我不过是无心之举，并非有意为之……不想你死不悔改，还血口喷人，张子名，你果然无耻至极！”

张子名仰天大笑：“是便是，有何不敢承认？任平素，你并非仙家，却与天帝等人一般德行，明明做出恶事，偏偏还要说得冠冕堂皇，装得光明正大，也是虚伪小人！”

任平素一时气极，浑身颤抖说道：“张子名，你，你……我等木石化形虽非人身，也非仙家，不过生性仁爱纯朴，从来不起恶心。你非但没有半点懊悔之心，反而将一切过错推到他人身上，果然不愧为万魔之帝，确实也是集无数魔头之恶为一身！”

什么？张翼轸在一旁听得真切，顿时大惊失色：母亲竟然是木石化形！

混沌之力

虽然一直以来张翼轸对母亲身世来历多有猜测，却从未想到她竟然身为木石化形，并非人身。怪不得方才母亲说她本来并无生子之能，张翼轸还以为母亲另有隐患，却不知原来她不但不是寻常飞仙，而且还是异类！

也难怪，母亲既然身为木石化形，画儿之画也是九天玄女之物，能够孕育而出画儿这般浑然天成的女子，自然绝非凡品。只是张翼轸心中隐隐不明，画儿与母亲又是何等关系？画儿与九天玄女又有何干系？九天玄女又是何等身份？为何会有木石化形弟子？

不提张翼轸心中疑问连连，却说任平素在张子名的言语挑衅之下，难以自抑，一时心神大乱。心神一乱，万千柔情化为一腔怨恨，绑缚在张子名身上的丝丝缕缕顿时色泽暗淡，化为道道轻烟消散一空。

张子名得此机会，飞身跃到一边，哈哈一笑：“任平素，你生来便是被本帝利用之命，休要怪本帝无情，怪只怪你自己愚不可及！”

张子名一动，在一旁早有防备的应龙也紧随其后，直朝张子名袭去。张子名也

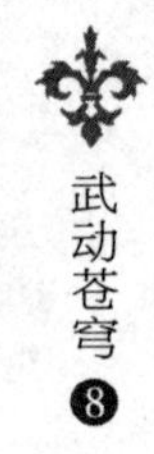

是了得，显然早有打算，挥手间打出一物，蜿蜒蛇行，眨眼间逼近应龙面门。

应龙不知何物，不过感应到其上沛然的力道古怪莫名，也是不敢怠慢，唯恐是何等天地法宝，毕竟是魔帝出手！他正要躲闪之时，此物突然中途转向，向右一偏，正中尾随众人前来有心看个究竟的摩罗身上。

摩罗怎会想到张子名在被众人围困之时，不出手则已，一出手却是取他性命，不及躲闪，正被此物电闪之间没入额头？只一入体，摩罗便浑身电光乱闪，如被天雷击中，虽是痛楚万分，心中却是无比清楚此物的厉害，惊骇之下强忍剧痛，大喊："此乃混沌珠，威力……威力无穷！与我体内魔力混合，可，可，可引发天地塌陷……"

混沌珠的威名张翼轸几人并未听过，灵空和应龙却都有耳闻，自然知道一旦摩罗爆体会有何等后果。到时方圆万里之内一切尽灭，归为混沌一片，莫说万里之内的所有生灵无一幸免，连天地也极有可能被混沌珠的湮没之力合拢一处，一切归为虚无。

灵空和应龙同时大为动容，二人一左一右分立摩罗左右，几乎同时出手。灵空全身仙力流转，双手之上光华如水如雾，化为一团氤氲之气，将摩罗紧紧包裹在内。应龙也是不甘落后，一身法力提升到极致，和灵空一样迸发凝重如实质一般的光华，和灵空仙力融为一体，几乎凝结成乳白之色，厚如蚕茧密不透风将摩罗围个严严实实。

灵空和应龙，一人身为天帝，一人身为万龙之始，二人联手即便玄女玄仙也不敢小觑，却也无法阻止摩罗全身的沸腾之气和膨胀之力！

张子名也当真厉害，天圆地方本是天帝之物，被他得到还算情有可原，混沌珠本是传闻中的宝物，竟然也被他得手，此人之能，灵空也自叹不如。

张翼轸见张子名如此嚣张，竟是伺机当着众人之面逃走，顿时大怒，向潘恒说道："潘兄，除恶务尽，追！"

潘恒点头，也不多说，和张翼轸一前一后闪身飞空到千丈之外，捕捉到远处一丝微弱的魔力波动，二人相视一眼，正要再次追击，却听灵空喊道："翼轸，穷寇莫追，我与应龙无法压制混沌珠之力，速回！"

张翼轸心中骇然，不敢怠慢，和潘恒飞速返回，却见片刻之间灵空和应龙二人已然脸色苍白，显然是仙力不济之象，顿时吃惊不小：混沌珠竟有如斯威力，连灵空和应龙两个天地之间顶级的存在也无法应对！

张翼轸和潘恒见此情景，急忙运转全身功力，同时注入光华之中。合天地之间无人可比的四大顶尖人物之力，才堪堪稳住摩罗的暴涨之势。不过被混沌珠侵袭，摩罗此时浑身痛不可言，犹如被天地之力撕裂拉扯，痛不欲生。

四人僵持片刻，感到自摩罗身上源源不断逸出磅礴浩瀚之力，沛然如星辰，浩大如银汉。四人都是拼了全力，仍然感到围绕摩罗的光华被一点点向外推开，众人都是一身修为提升到极致，却还是无法阻止混沌珠的混沌之力。

摩罗无法忍受两大巨力的拉扯和煎熬，从牙缝之中挤出一句话："翼……轸，拜托你将我杀死了事！"

若是对方是十恶不赦之徒，又不知悔改，张翼轸也不会手软，偏偏摩罗虽然身为魔尊，对他又颇为照应，与魔帝相比，也算是良知未泯。眼下又见他被魔帝所弃，身受巨苦，求死不能，也是心中一软，叹道："师傅，若摩罗一死可救天下苍生，不如就随他而去！"

应龙却是眼睛一瞪，苦笑说道："翼轸当真心性坦然，不记摩罗之仇。不过你当我和灵空老儿是为救摩罗而施展全力不成？非也，实在是摩罗一爆便有天崩地裂之忧，因此，摩罗想死也是不能。"

灵空点头："恐怕只有等混沌珠之力全部消散之后，才可放摩罗出来。翼轸，莫要分神，混沌珠威力尚在天地法宝之上，稍有不慎，便有大患。"

张翼轸无奈，只好收敛心神，全力以赴应对混沌的反击之力。

此时七天官、箫羽竹、王文上等人不等灵空吩咐，纷纷赶来主动出手相助。不提七天官心中对灵空化身天帝之事如何震撼万分，也不说箫羽竹和王文上二人如何暗自得意，几人先是向灵空施礼过后，才同时出手以各自仙力输入光华之中。七天官的天仙仙力连同两位飞仙仙力，再加上张翼轸四人之力，共十数人合力之下，才勉强将混沌珠的外放之势强行压制，暂时维持平衡状态。

不过虽然将爆裂之势暂时压下，却无法将其完全湮灭。灵空摇头一笑："不想我还未正式归位灵霄宝殿任升天帝，却被张子名困在此处。眼下混沌珠虽然被我等一时控制，不过也不是长久之计，又该如何是好？"

张翼轸一愣："以前师傅身为烧火道士，还能暗合天机，怎么眼下天帝归位，

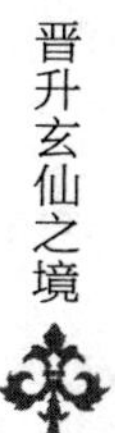

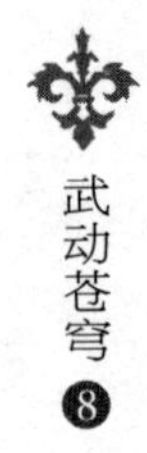

却对此事束手无策不成？”

灵空苦笑：“张子名非同常人，况且这混沌珠威力巨大，天地之间无人可挡。也幸好一时将天地之间神通最高之人全数聚集一处，否则天崩地裂在所难免……应龙，你可有良策？”

应龙讪讪一笑：“混沌珠是天地未分之时所生之力，合阴阳二力归一，远胜于天地初始之力，混沌之力比起初始之力还要高上一个层次。未渡劫之前，我可运用阴阳二力，渡劫之后，便可施展初始之力。不过面对这混沌之力，还是无计可施。”

天地未分之时所生之力，岂非是与死绝之气同根同源？张翼轸赫然心惊，一时想起在未名天之时玄真子三老所说之话，顿时心有所感。怪不得死绝之气如此了得，能够击伤魔帝，所有天官天仙都无法抗拒此力一时半刻，原来有此等渊源。既然混沌珠含有混沌之力，岂不说明死绝之气可以与之一较高下？

既然眼下众人都无法可想，照此下去一直僵持也不是办法，不如试上一试再说！张翼轸心意一动，阴阳二力立时全部回归自身，随即逆转阴阳，化二为一，再由体内的七色天仙之力中感应到死绝之气，随即提取而出，沿手臂引到手掌之上，也不迟疑，纵身向前，一掌便直接拍在光华之上。

因死绝之气无法逸出体内，与此间天地元气融合，张翼轸只好以手掌抵在光华之上。甫一接触光华，感应到其内束缚的混沌之力毫不安分，正欲自光华的围困之中脱困而出，张翼轸不及多想，急忙将体内剩余的死绝之气一丝不剩全部注入光华之内。

死绝之气自手掌逸出之时，一直找不到突围之处的混沌之力得此机会，竟然趁死绝之气外放张翼轸手掌气息大开之际，突破张翼轸的护体仙气，一闪便自张翼轸手掌之中没入，随后沿他的手臂直入体内！

待张翼轸察觉不对收手之时，已有无数混沌之力闪入体内。张翼轸顿时大惊，微一感知，却是发觉体内的死绝之气并未全部注入光华之中，仍有少许在中脉之中盘踞。而混沌之力一入体内，便以狂风扫落叶之势将体仙七色天仙之力一扫而空，再无一丝任何力道，除了躲藏在中脉之中的死绝之气以外，张翼轸体内空空如也，再无一丝仙力可用！

怎会这样？

大惊之下，张翼轸只觉身体一滞，直向地面坠落。原来是全身仙力一失，仙体变清为浊，竟无法飞身升空。好在举心动念之间，张翼轸控风之术施展，清风一卷托住下坠之势，才没有落个摔得仰面朝天的下场。

众人不知发生何事，皆是大惊。灵空、应龙等人虽是关切，却不敢稍有放松，唯恐心神松懈，失去张翼轸支撑的混沌之力会反弹而出。

潘恒开口问道："翼轸，出了何事？"

张翼轸不及向众人解释，只是点头一笑，随后徐徐徐飘落地面之上，盘膝而坐，心神沉入太虚之中，意念汇聚一点，直朝体内的混沌之力扑去。

先天地生

只因张翼轸心中明白，稍后混沌之力反扑之时，他命丧当场还是小事，万一不慎被混沌之力引爆天地失衡，他便是千古罪人！

果不出所料，混沌之力刚将体内七色天仙之力扫荡殆尽，便停留体内正中不动，蓦然迸发强大吸力，竟是要将整个仙体生生吸入其中，从而化为虚无。

张翼轸全身仙力已失，调动天地元力与混沌之力对抗，却不是混沌之力的一招之敌。眼见仙体便要溃散如烟，被混沌之力化为乌有，张翼轸心有不甘，虽然方才并未亲眼见到将死绝之气注入光华之后，会有什么变故，不过眼下已是无法可想，索性再试上一试。

他当即自中脉之中唤出死绝之气，情势万分紧急之下，也顾不上小心翼翼，而是将中脉之中残留的少许死绝之气全数放出，虽不及侵入体内的混沌之力的半数，不过也以锐不可当之势毫不迟疑地与混沌之力纠缠在一起。

死绝之气虽不及混沌之力沛然，不过其威赫赫，其势汹汹，两种力道甫一相遇，如同天地相合，仿佛惊天动地，又似乎寂静无声。张翼轸只觉恍惚之间进入无比久远以前，其时无天无地，无日无夜，更奇怪的是，无黑无光，所谓一切皆空，又似乎一切皆有，似空似有之间，却有一股若有若无的风力悄然吹拂。

非空非有，又如空如有，张翼轸一时心生茫然，不知为何会置身此地此时，更

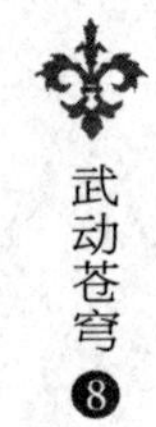

不清楚明明两股力道相撞，怎会不引发轩然大波，而只是身隐迷失之中？

刚一动念，眼前蓦然情景大变，先是风力加大，呼呼作响，随后虚无之中突起漫天大水。水势浩大，风力狂吹，无数泡沫自水中升起。泡沫聚聚散散，犹如过了数万年之久，忽然如烟花一般飘散不定的泡沫竟然一分为二，轻者上升为天，重者下降为地，从此天地初开，无数浊气愈加凝固，最终化为山川大地和河流湖泊，随后更有花草树木遍布世间。

天地一成，张翼轸便如梦方醒，感觉意识回归自身，感应到体内的混沌之力和死绝之气全部消失不见，同时体内空空荡荡，还是全无一丝仙力，不由大为沮丧。随后转念一想，虽说痛失修为，不过好在并未丧命，也没有引发天地失衡，也算是一件幸事。

随即抬头一看，只见虚空之中，灵空等人仍然围住摩罗，几人都已是强弩之末，却仍是死死支撑，不肯放手。张翼轸情知只怕方才他的死绝之气并未奏效，不由喟叹一声，暗道莫非今日当真无救不成？

见看身边无数人围绕，倾颖、戴婵儿、戴风、商鹤羽、青丘，还有四海龙王以及玉成、蓝魅等人，目光闪过，意外发现风楚者和之秋也在其中，张翼轸心中一暖，对众人说道："今日便是与天地同灭，也有诸位亲朋好友同行，何惧之有？生死不过平常事，天地也有毁灭时，何不坦然面对？"

灵空在空中听得真切，哈哈一笑："翼轸，方才你注入的是何等力道，竟然让混沌之力减弱不少！不过只是力犹不及，若是再多一些，我合应龙之力便能将其化解，只可惜还差了一些……既然天道如此，我等也不必怨天尤人。诸位且放手离去，我一人也可再坚持一时片刻，稍后等诸位远离数万里之外，不信我拼了一身修为再有天命辅佐，不能以一身换取天下太平！"

灵空慷慨陈词，大义凛然，哪里有半点当年灵空的畏缩之态，一副君临天下舍我其谁的气概油然而生，直令众人心生臣服膜拜之意！七天官更是心潮澎湃，终于认定眼前的灵空才是真正的天帝。而地面之上一众地仙与神人更是被灵空舍身救人之心所动，一齐跪拜在地，山呼天帝大德。

应龙一本正经点头赞道："这才是天帝之德，万物之尊。灵空，不要以为只有你有高心大德，我应龙也有救护天地生灵之心！翼轸，你与潘恒、烛龙等人即刻带领众人远离此地，以免被混沌之力涉及。由我与灵空二人合力，再有你方才怪力之助，现今混沌珠威力大减，即便无法将其化解，至少可保天地不毁。只是混沌珠湮灭之时，方圆万里将会化为乌有。”

灵空又道：“好个应龙，倒让我好生佩服。七天官听令，尔等此后听命于翼轸，若我有事，便由翼轸暂代天帝之位。同时此地方圆万里尚有无数凡人，尔等与一众地仙一起，作法将所有凡人转移到安全之地，不得有误。”

随后又对应龙说道：“应龙，此间凡人众多，能够救出多少，全仗我二人能够坚持多久！”

应龙微一感应：“依我一身法力，能保两个时辰无忧。灵空，依我推测，你恐怕只有一个时辰之力。”

灵空豪气大生：“不怕，我借天命化天福，不会比你差上一分！”

七天官一时踌躇，不肯离去，灵空不怒自威，喝道：“尔等敢不遵天帝之命，莫非还心有疑虑，不认我这个天帝不成？”

七人一听顿时惶恐不安，一起躬身施礼：“臣下不敢！”

灵空脸色一沉：“还不快去！”

七人心有不忍，却又不敢违背天命，只好无奈应下，飞身投入地仙之中。七人各自挑选十数名地仙，随后又向张翼轸微一施礼，便纷纷带领地仙向四处飞空，为疏散方圆万里之内的凡人而去。

其余地仙、神人虽知留下无用，不过却无人主动离去，人人感念张翼轸及灵空的救命之恩，心生同生共死之想。商鹤羽和青丘却是清楚张翼轸心意，二人也不等张翼轸开口，便各自以四海阁护法和副阁主名义，命令众人撤离此地。众人心有不甘也不好抗命不从，只好互相搀扶动身，便要飞离玉皇顶。

应龙和灵空二人一心认定合二人之力再坚持两个时辰不在话下，不想就在二人微一分神之际，被光华包裹在内的摩罗终于无法再忍受抽丝剥茧一般的痛楚，猛然催动全身魔力，一道光芒自头顶逸出，直冲九霄之上。

光芒一闪，灵空和应龙二人都大叫“不好”，可惜却是晚了一步。摩罗拼了一身上万年的修为自毁魔体，灵体自头顶逃逸而出，得此机会，混沌之力也自光华之中逃出少许，若非灵空和应龙发现及时，只怕混沌之力会因此逸出大半！

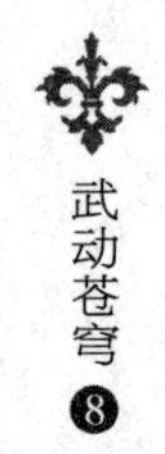

摩罗灵体一现，天地法则即刻发作，轮回大阵立时自行生成，将其灵体吸入轮回旋涡之中，随后又消弭于无形。虽然摩罗灵体被打入轮回，混沌之力却不被轮回大阵吸收，一逃出光华之外，便化为一道虚无之气，除了灵空、应龙以及张翼轸有所感应之外，其余人等全然无法感知混沌之力的存在。

只是众人一时惊愕，仰望虚空之时，不知何故突然心生莫名恐惧，只觉天地界限无故模糊起来，天非天地非地，连心神也不由自主不受自身控制，忽然之间感觉神识离体。人站立原地不动，神识却飘忽之间飞升空中，被一股莫名之力吸附而出。

正是混沌之力化天地万物为混沌的湮灭之能蓦然发作之象！

连灵空和应龙也险些中招，二人身子晃了一晃，感到一阵心神恍惚，差点把持不住。还好二人毕竟修为高深，瞬间便得知发生何事，顿时大吃一惊。

却见在场所有人等全部如中离魂之术，人人神情迷离，或手舞足蹈，或原地打转，或引吭高歌，竟无一人幸免，全部陷入神识迷乱之中。

灵空和应龙二人虽然心中叫苦不迭，不过手下却不敢有丝毫放松，只因混沌之力不过自光华之中逸出少许，若是二人稍有松懈，再有无数混沌之力逃出，莫说方圆万里将会毁于一旦，怕是天地合二为一也只是片刻之事。

二人正一筹莫展之时，目光所及之处，却赫然发觉张翼轸呆立于众人之中，虽不像他人一般痴迷不醒，不过也是犹如石化，双目直视虚空之中，一动不动，仿佛入定一般。若非一身淡然气息飘荡出尘之意，在外人眼中，张翼轸直如死去无二。

灵空和应龙对视一眼，心中大骇：难道翼轸以七色天仙之能，也被混沌之力转眼之间将神识控制不成？若真是如此，今日之难，看来再无安然渡过的可能。

任平素一脸关切之意看向张翼轸，柔声说道："天地无兴衰，万事自由心！虽有凌云志，尚须有缘人。翼轸，混沌之力名未名，既然未名，哪里会有毁天灭地之力存在！"

也不知张翼轸是否听清，任平素话音一落，忽见张翼轸蓦然惊醒，面露喜色，犹如寻常漫步一般，不见脚下清风起，周身也没有云雾随行，就这般施施然轻轻一迈，一步便迈到虚空之上，越过灵空和应龙，来到青天之间，双手翩翩一挥，口中吟唱："有物浑成，先天地生……吾不知其名，强字之曰道，强为之名曰大……人法地，地法天，天法道，道法自然。"

张翼轸话一说完，灵空和应龙等人蓦然感到全身一轻，身边有一股轻风飘荡，再定睛一看不禁大吃一惊，只见张翼轸左手背负身后，右手竖于胸前，手中一物，非圆非方，非黑非白，却是一颗一寸方圆的宝珠。

混沌珠！

玉皇大帝

真是混沌珠？竟然是混沌珠！

灵空和应龙睁大眼睛，不敢相信眼前所见。张翼轸就这般若无其事地将混沌珠拿在手中，如同孩童手持一枚寻常玩球一般，淡定自若，面露好奇之色，眼露欣喜之意，连连点头，说道："何物先天地而生？风也。此风吹生一切，化无为有，化虚为实，乃是天地万物之源。此风无名，自然而成，来自元始之初，故称之为元始之风！

"元始之风无所生，又无所不生。元始之风化无形，又化润混沌。混沌开天地，天地立世界，由此再成世间万法万灵。师傅、应龙，原来这便是人法地，地法天，天法道，道法自然之理，当真是奇哉妙哉。正可谓，运用之妙，存乎一心。"

众人听得一头雾水，都不明白张翼轸说些什么，只有灵空和应龙一脸喜色，二人皆是若有所得的神情，异口同声赞道："恭喜翼轸七色天仙修为再进一层，晋身玄仙之境！"

玄仙！

此话一出，众人皆震撼当场，目光如箭齐刷刷射到张翼轸身上。却见张翼轸与先前并无区别，一脸淡然之色，站立空中，若即若离，却又无比真实，飞仙修为以下者，全然看不出张翼轸有何不同之处。

潘恒、烛龙等人却是心中掀起滔天巨浪，只因张翼轸飞身空中，脚下并无清风，周身也无法力波动，更令人难以置信的是，他体内空空荡荡，非但没有一丝仙力，连仙体也仿佛并不存在，明明人在眼前，感应之中却又是虚空一片，甚至比虚空还要空无所空。

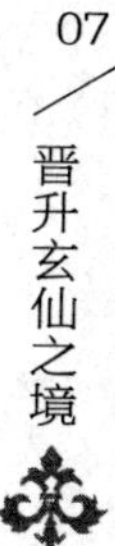

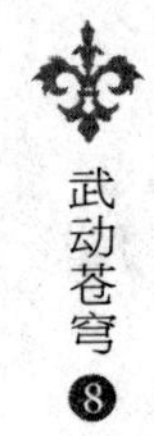

见非所见，所见非见，举手之间便将毁天灭地的混沌珠把手玩弄，莫非这便是远超天地的玄仙之能？

张翼轸却是摇头一笑，说道：“玄之一字，玄之又玄，所谓玄仙，也不过是与天仙相同的一个称谓而已，不必过于计较其中分别。”

说完，张翼轸将手中混沌珠小心交与左手，笑道：“空有玄仙之名，混沌珠于我而言，可以掌控在手，却无法将其湮灭，只能珠不离手或许还可保无事。元始之风虽然可以掌控混沌之力，不过因我可以操纵的元始之风之力过于微弱，远不如此珠所含的混沌之力磅礴浩大，是以也只是可保暂时无忧。”

话说当时张翼轸身中混沌之力之后，心神沉入自身体内，正是体内混沌之力与死绝之气相互争斗并且湮灭之际。二力相互吞噬又相互融合，化二为一，又由一湮灭一空，一直空到不可再空之时，仿佛天地未开万物未生之时，忽在寂静空寂之中，有微风化生。此风茫茫不定，倏忽来去，说是有，却又无从感应。说是无，却又清风拂面，令人百骸舒适，无忧无烦，无欲无求，此时一便是一切，片刻便是永恒。

张翼轸一时沉浸其中无法出离，只想尽情享受此刻无法言说的随意之乐。正沉醉不知归路之际，脑中蓦然灵光一闪，顿时心有所得。

混沌之力与死绝之气看似相互融合然后化为虚无，其实虚无也并非一无所有，而是另有玄机。由清风化虚无，由虚无化混沌，由此可见，此风尚在虚无之上，更在混沌之力之前。以大道至简的道理来看，混沌之力是天地未生之力，是以天地之间无力可敌。而此风远在混沌未生之前，岂非是说可以操控混沌之力，将混沌之力掌控于手心之中？

一想到到此点，张翼轸猛然惊醒，这才强行将心神回归自身，迈步间来到虚空之上，调动元始之风。果不其然，元始之风看似无处着力，比起世间清风犹有不如，却有包容一切化解一切之能，混沌之力再是有消融天地之能，在元始之风面前也全然无力可使，所有力道全被元始之风包容，从而化为空无可空。

从容地将混沌珠掌控于手，张翼轸心中大安，同时脑中闪过一丝明悟，想起一件久远之事，自言自语说道：“他日闲暇之时，便是故友重逢之日！”

既然大患已除，众人无不欢呼雀跃。在场人等，最不济也是人仙修为，多数都是地仙乃至飞仙，都是百岁以上年纪，一时兴之所至，都如孩童一般击掌相庆，群情沸腾，欢呼一片。

顾不上与众人同庆，灵空、应龙以及潘恒等人将张翼轸团团围住，人人面露疑色，尤其是灵空，更是咳嗽几声，全然不顾天帝威严，抓住张翼轸胳膊摇晃几下，又如长辈爱护晚辈一样摸摸张翼轸头顶，仍是难以置信地说："不敢相信，了得，当真了得！当年我身为人仙，却教出一个飞仙弟子还不算惊人的话，如今我贵为天帝，弟子竟然晋身玄仙之境！传将出去，我这天帝也是当得索然无味，不如拱手让人的好。"

应龙见灵空看他，急忙跳到一边，连连摆手："天帝之位有什么稀奇，你爱让给何人是你的事情，千万不要让给我！我宁愿和翼轸一起随心所往，也比当什么高高在上的天帝来得舒坦。"

此话一出，顿时令当场众人深感不可思议。想那魔帝为当天帝处心积虑，舍妻弃子，最终却落个众叛亲离的下场，而灵空却要让出天帝之位，这还不算，应龙却是推辞不受，宁肯和张翼轸一起遨游天地也不愿被天帝之名所累，当真是人各有志，连天帝也不可强求！

应龙说完，不理灵空一脸惊愕，转身问张翼轸道："翼轸，你说实话，你当真晋身玄仙之境？"

张翼轸先是摇头，随即又微一点头，却道："以我目前情景，确实比七色天仙要强上几分，不过我本人并不清楚玄仙之境究竟是何等境界，是以若说这般微末本领就是玄仙，也是有些勉为其难。是以此事暂且不论，管他玄仙还是天仙，我还是我，张翼轸！"

可以将灵空和应龙两位不世高人费力半晌无法控制的混沌珠举手之间拿在手中，若说此等本领也是微末本领，岂非让人哭笑不得？不过灵空却是清楚张翼轸此说并非故弄玄虚，而是张翼轸确实在境界修为之上并不过于执着，正是无欲则刚，以无求无想无得之心上求天道，正合道家的自然无为之道。所谓道法自然，万事自然而然，不强求不做作不偏颇，才为天道之精髓所在，正是得大道无言、浑然天成之意！

总算成功将大难化解于无形之中，虽说张翼轸眼下珠不离身，必须时刻持珠在手，多少有些不便，好在总是强过让混沌珠引发天地混乱。众人死里逃生，心中感

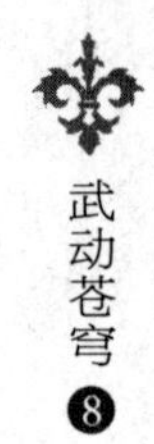

念灵空、应龙的大恩大德，更是对张翼轸舍身忘死的大义之举念念不忘，再加上众人见灵空虽然身为天帝却又平易近人，并无高高在上的威势，一时纷纷上前将张翼轸等人围在正中，躬身致意，交口称赞。

灵空相貌大变，不过性子却是没变多少，与众人打成一片，哪里有一丝天帝威严，浑然如同一名寻常道士。不过众人都畏惧其身上天命，即便是灵动等与他无比熟识之人，也无人再敢和灵空嬉笑说话，皆是一本正经，躬身施礼，让灵空好不无奈。幸好张翼轸和应龙对他的天帝身份毫不在意，对他依然如故，才让灵空多少得些慰藉。

经此一役，玉皇顶上一片狼藉，四海阁宫殿尽毁，一众地仙也死伤不少，青丘看在眼中，痛在心里。张翼轸岂能不知青丘心思，来到他的身旁，哈哈一笑说道："青丘不必过于伤心，已然死去的地仙，可令华瑞入鬼界传他们鬼仙法术，若不学鬼仙，可再世为人，一样再入我道门修行。在世之人，可以重振四海阁大计，虽说四海阁全数被毁，不过既然我身为四海阁之主，又有天帝在此，岂能不出手相帮一二？"

青丘一听此言恍然惊醒，这才想到张翼轸如今修为堪比玄仙，重建四海阁不过是举手之劳，当即喜道："还请翼轸作法！"

张翼轸微微一笑，当仁不让当前一站，青丘见状急忙令众人让到一边，且看张翼轸如何施法。众人都有意一观玄仙神通，是以都睁大眼睛，一眨不眨地静观玄仙的通天彻地之能。

不过让众人失望的是，张翼轸站立原地不动，也不见他有何举动，却见眼前的废墟之中，一阵清风刮过。清风徐徐，所有杂乱之物全部化为乌有，连一丝灰烬也不曾留下。紧接着，自地面之上生出无数花草树木，鲜花妙洁，树木青葱，随后无数亭台楼阁拔地而起，如雨后春笋一般布满整个玉皇顶，不过片刻工夫，一座金碧辉煌、宽广巍峨的宫殿便矗立在众人眼前！

无中生有，化万物于一瞬，不动声色，变腐朽为神奇，此乃为无所不能的玄仙境界！

众人一时呆立当场，皆被眼前之事震惊。灵空悄然一笑，一闪身来到正殿面前，手指虚空，遥遥指点数下，一幅七宝所成天帝亲笔书就的横匾出现在众人眼前，上书三个大字“四海阁”！

青丘见此情景，急忙率领一众弟子谢过天帝亲笔赐匾之恩，灵空连连摆手，说道：“天帝之名此后不可再用，既然本帝在玉皇顶之上得天机重生，日后便称为……玉皇大帝！”

论功行赏

灵空此举可谓用心高深，一是天帝之名留给众人太多误解，令人仙帝魔帝不分，更何况张子名以魔帝之身假扮天帝千年之久，天帝之名已毁，不可再用。二是无数应缘之事皆发生在玉皇顶之上，且也是因张翼轸的四海阁成立才引发一系列天地变化，再者说来，四海阁在玉皇顶之上成立，且阁主张翼轸为其嫡传弟子，以玉皇大帝为名，也可以显示与张翼轸亲近之意。

而且在场所有人等亲身经历新任天帝更名之事，所有人等又全与四海阁渊源颇深，如此一来，无人不心生亲近之意，认定玉皇大帝不再是高高在上的天帝形象，而是与天地同在与万民同往之人！更深一层来说，灵空也是认为天帝之名过于托大，自诩为天地之主，实则天地亘古不变，人生于天地之间，怎能自抬身份自以为是自认为天地之主？天帝之名，过于自大且有以己心拟天心之意，天心不变，人心善变，是以天帝之名大大不妥。

灵空此言一出，张翼轸立时明白灵空心意，应龙也是连连点头，赞道：“好一个玉皇大帝，比起天帝之名更顺应民心。四海阁成立于玉皇顶之上，而天帝因此改名为玉皇大帝，天下修道之士怎不对四海阁心生无比敬意，修仙慕道之心更胜以前。灵空老儿，不想你的如意算盘打得倒是精明。”

灵空佯怒：“应龙老儿，你的言外之意便是我借翼轸之名，行笼络人心之实？翼轸乃是我的亲传弟子，我师徒二人情意深重，即便借他之名又有何妨？再者，玉皇大帝不过是虚名，你当我真是贪恋帝位权势不成？要不我将帝位传于翼轸，或是传于你应龙也可，你可是答应？”

应龙嘿嘿一笑：“玉帝息怒，应龙不过是随口一说，有口无心，不必非要与我

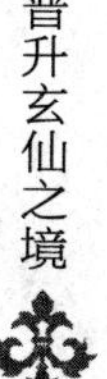

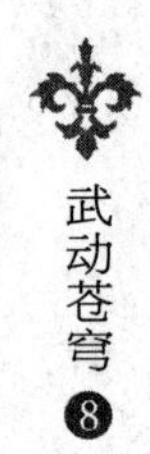

一般见识。莫怪，莫怪！”

灵空见占了上风，顿时笑道：“怎能如何轻易饶过你，要不你来担任玉皇大帝一些时日，看看是否自由自在，如何？我正好得此机会，与翼轸把手同游，同时与他探讨玄仙之道才为正事。”

应龙一听急忙跳到一边，连连摆手：“莫提此事，我自由懒散惯了，当什么玉皇大帝，简直是大受活罪。我宁愿在四海阁担当供奉，嘿嘿，也好过天天高坐灵霄宝殿之上，被人拜来拜去，太不自在。”

不提二人斗嘴，但说任平素降落到玉皇顶之上，早有戴婵儿和倾颖二人向前，盈盈大礼参拜。任平素虽未见过二人，不过心思剔透之间早已猜到七八分，与二女执手谈笑，其乐融融。

七天官感应到危机已除，去而复返，围绕灵空左右，不肯稍离。灵空虽然恢复帝身，不过在世间千年以来，性情大变，于人情世故之上颇为老到，与七天官以前印象中的冷漠淡然大相径庭，更愿与人交往，举止谈吐之间再无一丝威严之意，反而多了热情和亲近。

灵空见七天官亦步亦趋，大为不满：“尔等即刻返回天庭，理清一应事宜，等本帝回转之时，且看灵霄宝殿是否一切井然有序……”

微微一顿，灵空上下打量七天官几眼，点头说道：“今日之事，尔等顺应天道，不与张子名同流合污，也算是大功一件。既然九天官已然身死，其位现今无人担任，可在你七人之中提升一人为九天官之职，可好？”

七人一听大喜过望，九天官之职在天庭之上位高权重，仅位于玉皇大帝以下，高居百官之首，若得此职，可谓一步登天。七人得灵空金口一诺，顿时异口同声作答：“玉皇大帝圣明！”

灵空挥手让七人先行离开，转身来到灵动、灵性、灵悟和灵静等人面前，施礼说道：“诸位师兄，灵空有礼了！”

玉皇大帝一礼何人敢受？直惊得灵动等人急忙跪拜在地，不敢抬头。灵空叹息一声：“诸位师兄，说来翼轸成就玄仙，比我这个玉皇大帝还要强上百倍，为何不见各位对翼轸敬而远之？难不成我担负玉皇大帝这个虚名，便无同门之谊了吗？”

灵动不过地仙之境，与灵空差距何止千里，匍匐在地小声说道：“回玉皇大帝，翼轸即便高为玄仙，也只是随意之身。而玉帝身为天庭万仙之尊，天地之主，身份高贵，我等怎敢与玉皇大帝称为同门，所敬的也是万仙之尊罢了，毕竟事关天地伦常，礼节不可偏废。”

灵空情知灵动等人乃是道门正统的修道之士，于礼节观念之上一向固守，当下也不过于强求，交代几句便又来到箫羽竹和王文上面前。

二人自灵空现出天帝真身之后，心中惊喜交加，也是百般滋味，不知该从何说起。见灵空亲自来到近前，二人不敢怠慢，急忙大礼参拜。

灵空亲手扶起二人，赞道：“二位虽然不过是飞仙之境，却识大体知天机，顺应天道而行，不明魔帝身份却能与其疏远，有此等远见卓识，尚在无数天官天仙之上。如此才华却屈居飞仙，也是机缘未到。今日本帝重掌帝位，二人有功于天，当论功行赏，可得天福七份，即刻晋身为天仙！”

灵空话音一落，忽然天乐齐鸣，天花乱坠，无数花瓣围绕箫羽竹和王文上二人盘旋而飞，须臾间七片花瓣组成一顶花冠，落在二人头上。只见二人头上黄光一闪，立时天仙大成。

多年夙愿一朝如愿，二人喜不自禁，纳头便拜。灵空呵呵一笑，摆手说道：“不必多礼，以后不在灵霄宝殿之上，虚礼全免。天仙之境也是你二人自身修为已到，天福已齐，本帝不过是顺势而为罢了，其实并未行赏。真要说到赏赐的话，他日灵霄宝殿之上，定有天官之职相授。”

箫羽竹和王文上虽然暗中与张子名假扮的天帝对抗多年，其实在内心之中，还是对天官之职无比向往。现今玉皇大帝重归帝位，不但上应天道，且还下应民心，如此大好形势之下，二人自然有辅佐明帝之心，眼下得玉皇大帝金口一诺，当即大喜过望，踌躇满志。

四海阁大殿一成，一众地仙及人仙纷纷进入四海阁之内，各自忙碌起来。青丘和商鹤羽身为四海阁主力，自然要身体力行，亲身而为。其余四海龙子龙孙也是无比欢喜，各司其职。自天雷之下得以幸存的木石化形及一众妖类，在烛龙的引领之下，也先在四海阁之内寻得一处楼阁先行住下。

灵空化身为玉皇大帝，与灵空相识之人的震惊自不在话下，四海龙王之中，倾东与灵空交往不多，对此事虽然也在意料之外，不过因为张翼轸之故，倒也心中坦

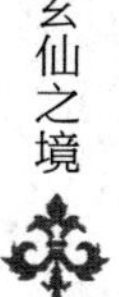

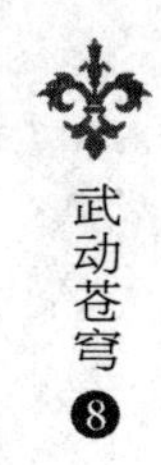

然，并没有太多想法。倾西和倾南先是心中震荡不安，稍后各自想到与张翼轸还算交好，且灵空不但名为张翼轸之师，且还身为四海阁供奉，倾巍和倾景皆为四海阁弟子，有此等关系，料想他也不会对四海龙王有何不满之处。

不过倾北却与三海龙王不同，心中忐忑不安，无比担忧。一想到先前九灵命他将灵空绑到北海之事，竟是听从魔尊之命，将玉皇大帝擒拿，若是追究起来，将他绑上剐龙台也是应当。倾北越想越是后怕，眼巴巴看着张翼轸在人群之中与众人一一招呼，直想飞身向前向张翼轸求情，让他在玉皇大帝面前替他说些好话，以免被天规所罚。

倾北正胡思乱想之时，忽听耳边传来一人说话之声："诸位龙王，如今四海升平，普天同庆，各位功不可没。四海有诸位龙王治理，本帝大为心安。"

正是灵空不知何时来到四海龙王面前，主动开口说话。

四海龙王不敢怠慢，急忙跪拜在地，拜见玉皇大帝。灵空也不推托，端正而立，受了几人大礼，才说："龙王不必多礼，平身！说来本帝与四海多有交集，与东海是亲家，南海倾景是翼轸徒弟，自然与我也有干系。西海倾巍是四海阁弟子，本帝身为四海阁供奉，也是关系不远。至于北海嘛……"

倾北一听顿时吓得瘫倒在地，声音颤抖："臣……死罪！"

灵空一脸讶色，伸手扶起倾北："小北何出此言，你何罪之有？说来本帝与你还算交往最多，还曾在你北海住了一些时日，再说你也待我不薄，不但让女儿认翼轸为师，且还尊我三分，允许我对你以小北相称，此事也是大为有趣，哈哈！"

灵空提及此事，哈哈一笑，在倾北听来不啻于天音悦耳，当即心花怒放，却又不敢过于表露出来，只是连称不敢。灵空笑完，依次打量四海龙王一番，语重心长地说道："诸位龙王也是识大体之人，助翼轸成就大事，也为本帝归位立下大功，因此本帝特赐天命，各位龙王日后可自行突破天地界限，飞升天庭面圣，不必再等候天命相召！"

四海龙王喜形于色，急忙叩谢天恩。

戴风站立四海龙王身后，心中也是百感交集，不知如何面对灵空。见灵空与四海龙王说完，转身离去，心中不免大为失落。正于心难安之际，忽见灵空又转回头来，古怪一笑，说道："戴风，莫要以为我会忘记你这位堂堂的金王！"

大巧若拙

戴风难掩一脸喜意，不过口中却是说道：“玉帝身居高位，要事众多，不理小臣也实属正常。”

“言不由衷！”灵空假装一脸怒气，说道，“听金王口气，莫非是想耍赖，收回我的灵空峰不成？”

戴风心中狂喜，心知灵空依然如先前一般平易近人，不忘与无天山交好之情，急忙答道：“怎敢？小臣正求之不得。再说即便小臣小气，便是小女婵儿也要责怪小臣不敬翼轸之师，况且以小女与玉帝交情，怕是玉帝不常来无天山也是不成！”

戴风此话一出，在一旁的四海龙王暗中大为后悔，为何没有戴风这般机灵，三言两语便和玉帝拉近关系？尤其是倾东更是后悔不迭，按说倾颍与翼轸定情还在戴婵儿之先，且倾颍与灵空关系也是不远，为何刚刚没有想到以此节示好？

灵空一听顿时喜笑颜开，一拍戴风肩膀：“要得，要得。婵儿这个丫头，连我也得让她三分……”

灵空一走，戴风不由自主挺直了腰身，不无得意地看了倾东一眼。倾东心中不满，不过还是近前说道：“恭喜金王与玉帝攀上关系！”

戴风正想自夸几句，忽然想通虽说表面之上玉帝与无天山和四海交好，其实全因翼轸之故，且依翼轸目前修为，实在是高深莫测，连玉帝也逊其三分，更何况翼轸身边尚有应龙、烛龙等不次于天帝之人，说来眼下天地之间最有权势之人是张翼轸才对。再仔细一想，相比无天山，翼轸最早却与东海来往过密，怕是在翼轸心目之中，无天山还要稍逊东海一筹。

想通此处，戴风顿时惊醒，哪敢再矜持半分，急忙伸手拉过倾东，笑道：“哪里，龙王客气了，你我亲如一家，何出如此见外之话？其实大家同心一处，都是得翼轸之福……”

众人各怀心事，各归其位，张翼轸却是隐患未除，与应龙、烛龙在一起议事。他一手背负身后，一手立于胸前，一脸坦然笑意：“混沌珠其上的混沌之力过于雄

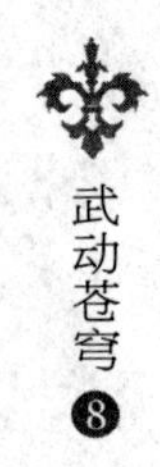

厚，我一时也无法将其完全化解。不过我已想到妙法，待此间事了，便会前往一处将其危机解除。只是眼下只好珠不离身，紧握不放了！”

应龙猜到几分：“可是你身上莫名之气的来历之处？”

张翼轸点头。

应龙又道：“此处看来也是自成天地，此气也当真了得，可与混沌之力不相上下，如此说来，此人至少也是相当于玄仙的所在……”

“怕是比玄仙还要高上几分……”灵空意外来到众人眼前，插话说道。

张翼轸大感意外：“怎么，师傅你也知晓此事？”

灵空大摇其头：“你隐瞒不说，我怎会知道？不过在你向光华之中注入此气之时，我心中猛然想到，天地初开之时，有人要以道法立天地，却有人要以外法立天地，结果自然少不了一场大战。最终外法败走，道法成立。从此天地始成，天道乃立。”

张翼轸讶道：“当时以道法立天地之人，难道不是师傅你？”

“当然不是！你当为师真有如此天大的本领，真是立天地之人？此人其实便是上任天帝，只是以道法立天地之后，在任数万年，后不知所终，只留下一本《金刚经》。”

“便是你当初用来骗走我五个包子的《金刚经》？”

“不错，正是此书！”

张翼轸从身上取出《金刚经》交与灵空之手，说道：“此书义理颇深，难以悟透。看起来也并无太多异常之处，不过却能抵御真阳之火的炼化而丝毫不坏，也是难得。”

灵空接书在手，收起藏好，笑道：“此书我就此收回，以后得空之时好生钻研一二，或许会有所得，也好提升修为，超过自己的徒弟才是。话又说回来，当初落败之人也不知逃往何处，从此他们不为天地所容，只能另寻方外之所。莫非翼轸意外与他们相遇不成？”

张翼轸哂然一笑：“此事暂时不宜多说，毕竟我曾有诺在先，师傅勿怪。”

灵空身为玉帝，也是不顾身份，讥笑一声说道：“不说拉倒，谁人稀罕！好了，不与你啰唆，魔帝之事稍后我们再行商议，一定要将其禁锢才好。眼下我还另有要事要办……”

“何事？”张翼轸见灵空说得神秘，不由问道。

灵空嘿嘿一笑："此事说来与你也有莫大的干系。既然是徒弟惹下的是非，身为师傅，怎能不替徒弟解忧……我去也！"

灵空也不多说，转身扬长而去。

应龙和烛龙未说什么，赶来此处的商鹤羽和青丘正好目睹灵空行径，青丘摇头说道："先前魔帝假扮的天帝过于自傲，眼下的玉皇大帝又如此随意，天威何在！"

烛龙微一沉吟却是说道："玉帝随意而行，随心行事，看似大失天威天颜，其实不然。只因先前魔帝行事过于严厉，且多隐晦之举，致使众多天官天仙心生猜忌。灵空回归帝位，本是由四海阁之事促成，且他一直在世间行走，以一名烧火道士的身份出现。即便现今身为天帝，由先前之事之故，众人心中喜忧参半，唯恐玉帝会因世间无良不端之事而对众人不满，是以玉帝此等禀性落在众人眼中，不但不失威严，且还平白增加亲切之感，认定玉帝以其随心所欲之行而暗合天道，再加上以他以前众多传闻之事，谁人敢将他的嬉笑怒骂当成无谓之事？正是大巧若拙之境！"

潘恒听闻此言，面露惊讶之色，打量烛龙片刻，赞道："想不到眼光如炬者，竟是烛龙也。青丘心有担忧，听来似乎也有一些道理，不过却并未明了玉帝的高深用心，在暗合天机之上，还是差了几分感应。"

被潘恒当众反驳，青丘尴尬一笑，想了一想，也不恼，问道："如此说来，灵空道长化身玉帝之后，但心机颇深，还大行笼络人心之事，与以前判若两人，若是他日后忌惮翼轸之能，暗中对翼轸不利，又该如何？眼下看来，他深得天官天仙之心，又有救下四海阁之举，且还为四海阁供奉，而翼轸生性淡然，万一最终四海阁为玉帝所用，我等又该何去何从？"

潘恒一愣，没有想到青丘所虑如此深远，随即又呵呵一笑，说道："青丘不必多虑，玉帝沦落世间千年，若无翼轸之助，绝无重返灵霄宝殿的机缘。且他与翼轸本是师徒，在世间一路走来，与翼轸也是相扶相携，二人可谓各得便利，各得其所。最为要紧之处在于，灵空也是合该可得天道之人，否则也不会有今日之幸。所以莫要以为眼前的灵空所作所为是刻意为之，不过是他一向以来为人处世所养成的习气，是随心所欲无为而为之举，或说是上应天机之举，并不见得是故意为之，非要培植势力。"

商鹤羽对此表示赞同："玉帝和翼轸之间，我认为并无猜疑，更无结仇的可能。

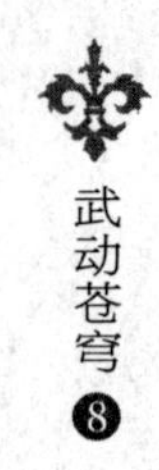

方才万分危急之时，玉帝命令七天官此后听从翼轸之命，由翼轸暂代天帝之位，可见他师徒二人不分彼此，心意相通。退一万步来说，以如今翼轸之能，即便玉帝翻脸无情，天地之间又有何人能是翼轸对手？”

话虽如此，青丘忧心未去：“怕只怕，玉帝会对我等心怀猜忌。”

应龙突然一脸严肃地说道：“青丘，若要上合天道下顺民心，切不可随意心存猜忌时刻暗怀不满，做事只求顺意而为，以自然而然之道证悟天道。若总是心存顾虑，忧虑他人谋算局势，终归落于下乘，难免处处落后他人，难有大成！”

青丘悚然而惊，顿时呆立当场，愣神半天，才惭愧一笑，冲应龙深施一礼，叹道：“方才应龙一席话，正中青丘一直以来的欠缺之处！怪不得我修为增长缓慢，千年以前晋身飞仙，现今却进展甚微，并无突飞猛进的迹象，却原来是心有所累，一直挂牵忧虑，难以释怀，与天道不符。多谢应龙前辈指点迷津，青丘受教了。”

张翼轸在一旁静听几人谈论，见青丘心性大开，心开意解，也是微微点头。

再说灵空离开众人，三步两步来到任平素近前。此时任平素身边围绕四位女子，分别是戴婵儿、倾颖、倾景和之秋，几人各怀心思，在任平素面前都是温顺乖巧的模样。

任平素岂能不知眼前几名女了的心思，虽然与众人从未谋面，不过对戴婵儿和倾颖却颇有好感。因为与张翼轸定亲之故，生性活泼的戴婵儿在任平素面前也是束手束脚，不敢大声说话，更不敢稍有放肆。倾颖更是端庄得体，笑意盈盈。

之秋亲眼得见张翼轸经历数番生死，以至现今更是超越七色天仙的存在，早已不敢再心存奢望，只是心中对任平素颇为敬重，更对她一番柔情感同身受，同时因为在方丈仙山认识张翼轸之故，也借机与任平素说些话常。

倒是倾景最顽皮成性，没大没小，一口一个伯母叫得无比顺口，滔滔不绝说起她和张翼轸相识之事，一时眉飞色舞，只恨不得将她和张翼轸在一起的点滴之事全数说出，甚至将她专门为张翼轸炼制的红袖牵与任平素的千丝万缕相提并论，直说得戴婵儿和倾颖紧锁眉头，之秋暗皱眉头。

08　人月圆

四海阁张灯结彩，处处欢声笑语。张翼轸在应龙、烛龙的陪同之下，打扮一新，只是左手紧握混沌珠，多少有些怪异，好在众人全都见怪不怪，每人都恨不得挤上前来，亲口向张翼轸道谢并且祝贺一番。张翼轸也是颇有耐心，来者不拒，与大家一一见礼，更令所有人都心生敬意。

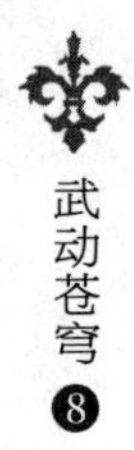

各得其所

正当倾景说得难分难解之时，灵空正好赶到，戴婵儿如遇救星，疾步向前，一把拉住灵空说道："灵空道长，你身为玉帝也该管管倾景，没完没了不说，还满嘴胡言乱语。"

倾景在一旁听得真切，眼珠一转，正要反驳几句，突然退后几步，跪倒在地，口中称道："南海四公主倾景拜见玉皇大帝！"

此言一出，戴婵儿如梦方醒，才知灵空如今身份大不相同，急忙放手退后几步，愣神片刻，也要盈盈拜下，却被灵空拦住："免了，自我变灵空为玉帝之后，被人拜来拜去不免头大，难得有婵儿这个丫头不管我是哪个，只管与我嬉笑怒骂。若你再和外人一般俗不可耐地拜，也太没了乐趣。"

戴婵儿一听立时喜笑颜开，连腰也不曾弯下，急忙起身，翻了倾景一眼，得意地说道："就是，灵空道长一直在无天山与婵儿游山玩水，不亦乐乎，这般交情非外人可比。"

倾颖却不管灵空方才所说，盈盈拜下，说道："东海公主倾颖参见玉帝！"

灵空眼睛一瞪："颖儿，你也与我客气不成？我是翼轸师傅，也是东海贵宾，在他人面前我是玉帝，在你与婵儿面前，我是长辈。"

倾颖笑道："先拜玉帝之尊，再说长辈身份。不知玉帝来此，有何贵干？"

灵空扫了一眼跪在地上的倾景，笑骂："起来吧小滑头，还跪在地上不起，难道还要讨赏不成？"

倾景一吐舌头，从地上一跃而起，毫不认生地一把拉住灵空胳膊，嚷道："玉帝师祖，你可要为徒孙做主，张翼轸师傅他欺负我……"

"出了何事？"灵空一愣。

"师傅为了哄我回南海，骗我说等我成就飞仙之后，就与我结成仙侣。现今他修为大长，就算我突破神人体质晋身飞仙之境，也与他相差甚远。玉帝师祖，你能不能让师傅不要修为太高，我等小小神人与他犹如天地之别，让人好生无奈！”

本来戴婵儿和倾颖对倾景信口开河心生不满，不想听她正好说出心中担忧之事，二人相视一眼，一时都是一脸黯然，不发一言。

灵空一听也是一脸愁容，摇头说道：“神人体质天生受限，乃是天地法规，无法更改，即便有异变神人可以修成飞仙，也是万无其一。依我看来，婵儿和倾颖虽然天资聪颖，但并非异变神人之姿，此生想要成功晋身飞仙，怕是并无可能！”

灵空身为玉帝，金口一开，相当于已成定论。戴婵儿勉强一笑，说道：“无妨，在我有生之年能够陪翼轸度过即可，岁月迟暮，红颜老时，我便自行了断，不会连累翼轸分毫。”

倾颖叹息一声：“只可惜我福薄缘浅，无法永世追随翼轸左右。景儿，若你真能飞仙大成，以后翼轸由你陪伴，我与婵儿也可放心归去，再无牵挂。”

此话一出，无比沧桑凄凉，倾景“哇”的一声哭出声来：“好姐姐，景儿错了，景儿不和姐姐抢姐夫，景儿不敢了。”

灵空不免头大，本想有意卖弄一番，不想惹得三个女子个个心伤，如同生离死别一般，心中大呼失败，当下也不再卖关子，咳嗽一声，说道：“要说以前确实是无法可想，不过现今却是不同，不说翼轸现在有通天彻地之能，便是灵空我身为玉帝，有天命在身，在此事之上，自有天命可用！”

戴婵儿大喜：“灵空道长，有话快讲，莫要藏着掖着，害得我等哭哭笑笑！”

话一说完又觉不对，毕竟灵空现今身为玉帝，她不过是小小神女，身份悬殊，有天渊之别，对玉帝呼来喝去，当有冒犯天颜之罪！想到此节，戴婵儿顿时脸色微变，一脸懊恼闭口不语。

灵空瞧出端倪，哈哈一笑：“婵儿，你向来天不怕地不怕，怎么偏偏在我面前又拘束起来？身为玉帝当真有诸般不便之处，连婵儿也与我有了远近之分！”

戴婵儿被灵空一激，顿时又直起腰来，“哼”了一声，说道：“要是你是个穷凶极恶之徒，我才不会怕你分毫，还要与你周旋到底。只是你先是灵空道长，又化身为玉帝，转变之大，让婵儿一时难以适应。”

倾颖急急问道：“敢问玉帝，我与婵儿……可有晋身飞仙的可能？”

灵空却不作答，转身向任平素说道：“仙子，此事还是由你来说更为恰当，毕

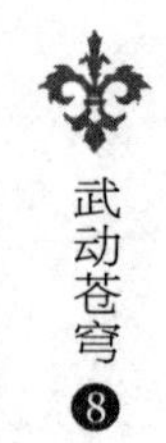

竟二女身为你家媳妇，由你这位长辈亲口说出，更显亲近之意。”

任平素点头一笑，说道：“如此也好……婵儿、颍儿，现今灵空道长化身玉帝，翼轸功居第一，且不但有助玉帝平定天地之举，还有化解天地危机之德，两相结合之下，可得天命天福无数。却偏偏翼轸又得悟玄仙，超越七色天仙境界，天命天福对他全然无用，不过功不唐捐，他所得天命天福自然会落到身边之人身上。”

“那也该母亲得此天命天福才是！”倾颍听清其中玄妙所在，开口说道。

任平素一脸慈爱地冲倾颍点头，笑容中饱含欣喜和满足：“颍儿有所不知，母亲身为木石化形，本是化外之人，并不为此间天地羁绊，天命天福对我而言，不过是浮云而已。若非张子名之故，我身在三十三天之上，朝云暮雨，但见漫天花海，不见九天云霄，只是不幸被张子名所骗，误入尘网之中。好在天道眷顾，有翼轸相伴，总算一慰平生……翼轸天命天福至少可让数十人一步登天，直任天官之职，若是落在你二人身上，助你二人脱胎换骨成就飞仙，其实也是弹指之间之事。”

戴婵儿和倾颍闻言大喜，不想有如此天大好事降临，当真是想未曾想。翼轸之功，堪比天高，竟有如此无穷妙用。

之秋在一旁心生羡慕，插话说道：“既然翼轸天命天福用之不尽，何不让婵儿和倾颍直接成就天仙之身，也好与翼轸比肩。”

“不可，万万不可！”却是倾景在一旁连连摆手，一脸惶恐说道，“天命天福乃是天地之间最为神秘莫测之物，无形无质，却又真实存在，本是天地之间最无上法则之一，无人可以更改更无人可以无中生有，徇私舞弊！天命天福虽说可以旁落到当事之人最为亲近之人身上，不过毕竟并非是自身所得，若是承受之人无福消受，非但不能让此人得到天命天福，还可折损福德，或许还有可能因此意外身死！所以天命天福不可贪求多得，恰到好处才为最好。”

灵空一听顿时愣住，上下打量倾景半晌，奇道：“你这个小女娃倒是稀奇，不过是小小神女，竟然对天命天福也有如此心得，了得，厉害……你是从何得知？就算四海龙王也未必如你所知详细。”

倾景得意一笑，小嘴一翘：“玉帝师祖，景儿虽然年纪最小，不过志气最高，一心追寻天道，不信神人无法依靠自身努力突破体质所限。既然飞仙凡人也可修得，为何神人天生比凡人还要高上一等，却偏偏只能终生止步于神人之境？景儿倒也并非埋怨天道不公，只是心有不甘，有心试上一试，听闻以前曾有神人异变，景儿不才，也有此等志向。”

灵空大加赞赏：“年纪不大志向不小，不错，正合天道自强不息之意。景儿说得不错，翼轸天命天福众多，莫说婵儿和倾颍二人无法消受，便是他身边所有亲近之人都得此恩泽，也有剩余……景儿身为翼轸徒弟，也有一份可得。”

倾景却是昂然摇头：“多谢玉帝师祖好意，景儿自信能够凭借自身修为达到飞仙之境，不想假借外力！”

戴婵儿和倾颍都不禁赞道：“景儿好生了得，比我等强了许多！”

倾景不知何故面色一红，小声说道：“其实我是不想让翼轸师傅瞧我不起，我和他定下千年之约，要是现在凭借天命天福而晋身为飞仙，在他面前我怎能抬起头来，又如何能理直气壮紧跟他寸步不离？”

原来如此，戴婵儿与倾颍对视一眼，二人却都对倾景无言以对，不知是该同情她还是支持她。

倾颍微一怔神，又问：“既然天命天福是翼轸所得，灵空……玉帝方才为何自称在此事之上有天命可用？”

任平素答道：“天命天福虽是翼轸所得，若他不要，虽不会消散也会落于空处，只有玉帝身为天命所归之人，才可以金口一开，转化天命天福为他人之福！除玉帝之外，他人均无如此神通！”

原来这般，众人面面相觑，才知眼前机缘是如何来之不易，若不是翼轸福德齐天，若不是玉帝身为翼轸之师，翼轸的众多天命天福，只怕最终会落于空处，无人可得。

灵空收敛笑容，一脸肃然说道：“其实说来翼轸有今日成就，婵儿和颍儿功不可没，从最初对翼轸的坚定支持，到后来一路不弃不离，以神女身份甘愿与一名凡间少年同生共死，其情对天可表，且一直以来对本帝行走世间多有照顾，即使没有翼轸的天命天福可用，自身也有功于天。因此，本帝以玉帝之身，以天命之命特封无天山无喜公主戴婵儿为风仙子，掌管天下清风，册封东海公主倾颍为水仙子，掌管天下之水，二人得天命天福，飞升天庭之上，为飞仙之体……”

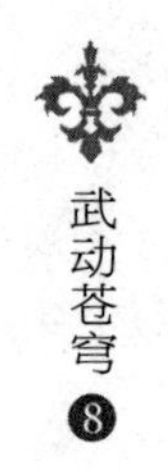

木石始祖

灵空金口一开，浑身金光大盛，话一出口，便见无数光芒自天而降，洋洋洒洒落在戴婵儿和倾颖身上。二人光芒及体，立时周身祥云缭绕，红光弥漫，随后一道甘霖自空中洒落，将二人笼罩其中。片刻之后，一切恢复如常，再看二人，轻体飞空，戴婵儿周身清风围绕，盘旋如云，倾颖四周云雾随行，飘然若风。

二人自空中徐徐飘落，喜不自禁，冲灵空盈盈拜倒，口中称道："臣女谢过玉帝大恩！"

灵空朗朗一笑："我这玉帝还是得翼轸之助才有今日，谢我不如谢翼轸！不过今日之喜此为其一，仍有第二大喜……"笑完，转身对任平素说道，"既然仙子难得莅临凡间，正好今日又万事俱备，得此良机，既是四海阁成立大典，又是本帝归位之日，再有众天仙、飞仙以及天下修道之士全汇聚于此，还有魔门中人，最为要紧的是，仙子身为翼轸亲生母亲，若不亲眼所见此等盛况，岂非错失良机！"

戴婵儿和倾颖听出了灵空的言外之意，二人羞不可抑，面红如花，躲到一旁低头不语，早有倾景在一旁高喊："恭贺翼轸师傅大婚之喜！"

倾景一言，语惊四众，众人都蓦然停下，随即爆发一阵雷鸣般的喝彩之声，响彻云霄。

任平素笑容盛开如花，连连点头："如此就有劳玉帝大驾，亲自主持轸儿的婚事。"

灵空当仁不让："那是自然，我身为翼轸师傅，又是玉帝，担当主婚之人，乃是众望所归。"

倾景笑容之中多少有些失落，却还是努力表现出大方得体地说道："恭喜颖姐姐，贺喜婵儿姐姐，终于和师傅修成正果，景儿无比高兴……"

之秋也是脸上隐隐露出落寞之色，不过也是强颜欢笑上前恭喜戴婵儿和倾颖。任平素也是心怀大慰，伸手将倾景揽在怀中，安慰说道："景儿，我倒是喜欢你的倔强性子，希望你有朝一日终如所愿，得以成就飞仙，与天地同寿。"

倾景毕竟是小儿心性，虽然假装坚强，却是觉得满心委屈，听任平素一说，只觉如母亲低语安慰，鼻子一酸，“哇”的一声哭出声来：“我不求与天地同寿，只希望不离师傅左右……”

哭声真切感人，只听得任平素一时唏嘘，说道：“景儿莫哭，待你成就飞仙之后，自有天地宽广无限。现今轸儿大婚，我看你心有戚戚然，不如我先收你为义女，你可是愿意？”

倾景乍听此言，惊喜交加，哪里有不愿之理，当即跪倒在地，口中高呼：“母亲大人在上，请受女儿一拜！”

倾景一拜，戴婵儿和倾颖也是暗自欣喜，任平素更是喜笑颜开，当即素手一点，一道青朦之光没入倾景额头，说道：“好，好，既然你我情同母女，母亲自然有礼相赠。方才流光一点，乃是万年木精之华，可助你修行路上，大步跃进。”

倾景只觉体内一股生机勃勃之力蓦然迸发，直冲头顶，压抑不住一股向上之力，以前诸多难通不解之处，被此力一冲，无不迎刃而解。更让倾景万分惊喜的是，此时她感到体内轻盈冲淡，竟是临近突破之象！

虽不知此物是何等天材地宝，不过有如此功效绝非凡品。虽说先前倾景信誓旦旦说要自成飞仙，不过也是心中清楚由神人化身飞仙，千难万难，只凭一股勇往直前之心，心中尽管有必胜之念，对于何时能够成就，却是着实没底。得此青朦之力，倾景心有所悟，情知飞仙必成，不过是早晚之事。

戴婵儿、倾颖和倾景各得其所，只有之秋一人在一旁落落寡欢，无所适从。还是倾颖心细，怜惜之秋对张翼轸一番情义，向前伸手拉过之秋，说道：“姐姐，你身为飞仙，我不过是凡间龙女，本不想高攀，不过见姐姐貌美心善，心生爱怜，愿与姐姐结为姐妹，不知姐姐肯否屈就？”

之秋心中自然清楚倾颖所想，一时感触良深，对倾颖心生好感，急忙答道：“妹妹辅佐翼轸成就今日之事，与他同甘共苦，在他不过是懵懂少年之时便对他情深义重，可见妹妹之心非但高远，且目光如炬，之秋能有如此妹妹，也是三生有幸！”

戴婵儿虽然性子有些乖张，不过也不是小气之人，懂得大体之道，当下也是拉住之秋，说道：“既如此，婵儿也要认之秋为姐姐，我三人从此情同姐妹，不分彼此。”

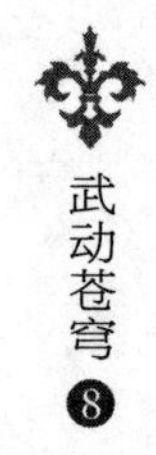

倾景嘻嘻一笑，也加入三人之中，说道："如此好事怎能少了景儿？不如我四人一起结拜，不知是不是会有人嫌弃景儿修为最为低下？"

倾景先将众人之口封死，谁人还再拒绝，四人当着灵空和任平素之面，结拜为异姓姐妹。

任平素因张子名之事之故，深知女儿心思难解，也有心慰藉之秋，开口说道："景儿为我义女，婵儿和颍儿又是轸儿仙侣，三人全是之秋姐妹，如此说来，之秋也与我的女儿一般无二。"

之秋一愣，正愣神之时，却被倾景推了一把，轻声说道："还不快快拜见母亲大人！"

之秋猛然醒悟，顿时大喜，急忙拜倒在地，心中温情无限。任平素满脸含笑，忙让之秋起身。

见众人皆大欢喜，灵空也是满脸开花，大声叫道："翼轸，翼轸何在？快来为师这里，商议一下你的婚事！另外有请金王戴风和东海龙王倾东！"

张翼轸这个当事之人被灵空当众一喊，虽是面临天净沙天雷毫无惧色，面对魔帝也从不退缩，听到大婚之事却是脸上一紧，面露紧张之色。众人看在眼里，不由心生亲切之感，只觉相比高深莫测的玉帝来说，眼前这个淡然如风却又修为超绝的年轻人才更得人气。

应龙见状，哈哈一笑："翼轸一身修为堪比玄仙，怎会听闻大婚将近还会脸红，哈哈，好笑！"

烛龙、潘恒、商鹤羽和青丘都是一脸笑意，忙不迭向前恭喜。张翼轸顾不上理会众人，挥一挥手，转身来到母亲身前。

戴风和倾东正在人群之中与几名地仙谈论，忽然听到玉帝高呼其名，不由心中一惊，等得知竟是玉帝要亲自主持张翼轸大婚之时，虽说也在情理之中，不过仍是受宠若惊，哪里敢怠慢半分，急忙快步向前。一路之上耳边听到"恭喜贺喜"之声不断，二人强压心中狂喜，匆忙之中不忘向众人回礼，在众人的羡慕目光之中，来到灵空面前。

二人正要大礼参拜，却被灵空制止："此处并非天庭，不必拘礼。再说二位身为翼轸岳丈，不提玉帝身份，我身为翼轸之师，倒也和金王、龙王亲如一家。"

戴风和倾东不敢托大，连称不敢，不过喜悦之情却是溢于言表。

张翼轸见灵空私自做主，不与他商议一二便定下大婚之事，不免嗔怪说道："师傅，如此大事你也该事先与我说明，怎能自作主张？莫要忘了你现今是玉帝之身，不是三元宫的烧火道士灵空。"

对于灵空是烧火道士还是玉皇大帝，在张翼轸看来却并无分别，是以一如既往态度坦然。灵空对张翼轸如此态度倒也颇为受用，笑着骂道："怎么，是埋怨师傅先斩后奏，还是心有不甘，不愿和婵儿、颍儿成亲？"

被灵空犀利一问，张翼轸一时尴尬，急急辩解说道："师傅何出此言？现今身为玉帝，还是如此性情，让人无奈。我所担心之事乃是手中的混沌珠，此间天地并无破解之法，眼下只能紧握左手之中，不能离身。我本有意待将混沌珠化解之后，再迎娶婵儿和倾颍。"

灵空一脸郑重："说得也是，不过为师如此考虑，也有不得已的理由。若等你将混沌珠之事了结之后再成亲，恐怕你的母亲再无机会亲临！"

张翼轸顿时愣住，转身问道："母亲，可有此事？"

任平素点头，一脸平静："轸儿不必担忧，母亲已然答应玄女，明日便要返回三十三天玄境之地，从此不再踏入天庭和世间一步。此事轸儿不必勉强，并非玄女强人所难，而是母亲心意已决。以你现今修为，日后自然可以到玄境之上与我见面。"

张翼轸情知诸事不可强求，微一点头，猛然又想起一事，惊问："母亲，画儿究竟何人？九天玄女，又是何方神圣？"

任平素显然早就料到张翼轸会有此一问，也不隐瞒，答道："画儿自然也是木石化形，不过画儿又与寻常木石化形大不相同，只因她是因画卷而生，而画卷之上的女子又确有其人，是以画儿与其本体之间有天然联系。也不怕轸儿知道，画儿留在你的身边，是用来监视你的一言一行的！"

"何人要对我的行踪了如指掌？"

"九天玄女！"

"九天玄女为何对孩儿大感兴趣？她身居三十三天之上，怎会关心世间之事？九天玄女难道也是玄仙之境？"

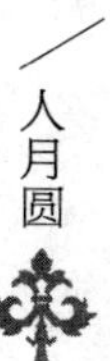

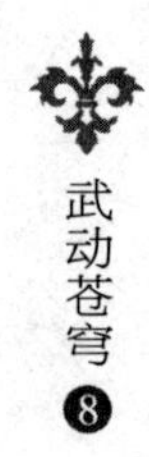

对张翼轸的连串发问，任平素报之一笑："高居三十三天之上，因天道所限，虽说并不能出面干涉天地之事，不过玄女心存大爱，于情于理都不能对世间之事置之不理，只因说来世间万事万物都与玄女息息相关！"

张翼轸惊道："此话怎讲？"

"九天玄女乃是木石化形始祖！"

普天同庆

什么？

张翼轸赫然心惊，九天玄女竟然是木石化形始祖？岂非是说，天地之间的万事万物，包括山川河流、花草树木都是九天玄女化身所成，或者是说，都与九天玄女有着密不可分的内在相连之处。

自得悟天地初开之前境界，并晋身为玄仙之境以后，张翼轸眼界大开，以前诸多不甚明白之处无不一通百通。玄女既然如母亲所说，身为木石化形始祖，自然是天地初开之时，天地万物未成之前，玄女便已然生成。以玄女如此境界，自然高居三十三天之上，不再受此间天地限制。而应龙则生于天地初开之后，其时天地已然形成，花草树木、山川河流一应俱全，只是万兽未生，而应龙则为万龙之始，也可以说是天地万兽之祖。

应龙之后，才有天龙一族以及天地灵兽，再后才有龙王，及至最后才有凡人现世。不过虽说凡人看似最为低下，不过万事万物自有章法可循，大道至简，落于两边，最早与最后往往却是最为关键所在。是以最终却是凡人修成地仙、飞仙乃至天仙，不但在天上建立天庭，还在世间繁衍生息，且有天帝自认天地之主。除去木石始祖九天玄女高居三十三天不被天地之力侵袭之外，应龙、天龙都被天官所害，天地灵兽也几乎死伤殆尽，而且龙王一族又听命于天帝，说来还是最后出现的凡人一统天地之间。

悟透其中玄机所在，张翼轸一时无语，愣神片刻，才又问道："如此说来，画儿本体，定是九天玄女本人。只是九天玄女为何出此计谋，让画儿伴我左右，莫非一旦察觉我有倾向魔门之心，或是有入魔征兆，便要将我除去不成？”

任平素点头：“不错，玄女确实有此想。只因我等木石化形并无育子之能，是以母亲意外生子，也是大大出乎玄女意料。玄女特意下凡探知一二，却并无所获，只是心中隐有不安。只因张子名此人确实也是本领高强，隐隐有超越此间天地迹象，玄女担忧你的真实来历，或许是张子名神通广大，幻化而成，不过又无法确定你是否是天道机缘所得。而玄女已是得天道悟天机之人，对你应世之事早有预感，虽然不是十分肯定，不过也早在母亲与张子名相识之时便已有准备，那时玄女便作画三卷，交代我日后放于中土世间三大道观之中。日后你果然有打落凡间之难，因此才有画儿问世！”

“画儿本体本是九天玄女，与玄女有天然联系也实属正常，如此也是否说明，画儿便永远从属于九天玄女没有自由之身不成？”张翼轸心中对画儿早无一丝恨意，只有无尽的思念。

任平素悄然一笑：“此事还是由你亲口问画儿为好！”

“怎么说？”张翼轸微微一愣，正不解之时，蓦然心生感应，自虚空之中有人飘飘落下，眉眼如画，裙裾飘扬，更有一张俏脸绽放如花，不是画儿又是何人？

画儿自空中降落，尚未站稳身形，便飞身投入张翼轸怀中，喜极而泣：“主人师兄，画儿可是……回来了！画儿今后再也不离开主人师兄了，永远！”

画儿一哭，娇啼如孩童，嘤嘤如私语，任平素在一旁淡笑安然，灵空一脸慈爱，微微点头，戴婵儿和倾颖二人也是喜泪长流。只有张翼轸被画儿扑入怀中，一时手足无措，过了半晌才恍然一笑，用手轻抚画儿肩膀，轻声安慰：“画儿莫哭，既然你我得以重逢，应当欢喜才是……其实主人师兄也是无比想念画儿！”

张翼轸强忍心中激荡之意，好言劝慰将画儿安定下来，这才问道：“画儿此来，莫非得了九天玄女允可？”

画儿点头应道：“不瞒主人师兄，画儿自咫尺天涯之中被玄女唤回玄境之中，便向玄女禀明主人师兄在世间的所作所为。玄女听了，对主人师兄大加赞赏，说主人师兄心性坦荡为人坦然，行事飘逸如风，暗合最为无上天道，日后必有大成。不过因主人师兄身世过于离奇，且日后还有磨难，玄女不许画儿下凡与主人师兄相伴……”

“不错，玄女虽说心存大爱，不过也是太上忘情，不会插手天地之间诸多是非

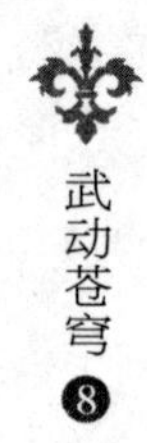

争论，是以玄女严令弟子不得出手伤人，也无须援手帮人，只是冷眼旁观世间兴衰变迁。我身为玄女弟子，也不过学了一些防身法术，并无任何杀敌之能。画儿被玄女留下，一是当时钤儿已然成就飞仙，飞仙一成，便可感天应地，不必再由画儿滞留世间；二是玄女也有意考验钤儿心性，待时机成熟之时，自会斩断与画儿之间的感应，给画儿自由之身。如今既然画儿下凡，想必已是不再受制于玄女。"

任平素毕竟在九天玄女身边日久，比起画儿更是深知玄女性情，是以在一旁主动说道。

画儿眉开眼笑地说道："是了，玄女趁画儿在身边之时，便施法令画儿脱离玄女本体所限，从此可以天地之间自由往来，再无后顾之忧，也就是说，画儿再也不用担心随时会被玄女收回玄境之上！"

任平素感慨说道："玄女之德，高过天地，钤儿，玄女允许画儿认你为主人师兄，便是认定天地之间所有木石化形都可以归你统领，从此所有木石化形在未飞升玄境之前，全数以钤儿为主！"

张翼钤叹道："先要谢过玄女大德，不过统领天下木石化形之事，倒也不必。"

画儿俏皮一笑："主人师兄有所不知，画儿是玄女钦命，如今身为天地之间木石化形之圣女，引领木石化形潜心修行，以便早日证得大道。而画儿又要听命于主人师兄，你且说说，木石化形是否全要认主人师兄为主？"

张翼钤无奈一笑："且随他去，天道自有循环，天地自有法规，天地之主也好，木石化形之主也罢，只要顺应天道，也是无为而治，不劳费心。"

随后张翼钤又与母亲和画儿说了片刻，随后又与戴风和倾东商议大婚之事。戴风和倾东见张翼钤如今身为玄仙，依然举止平和，绝无一丝高高在上之意，且不忘旧诺，二人感慨万千的同时，暗自庆幸戴婵儿和倾颖眼光超绝，都心怀得意生了一个好女儿。

张翼钤身边自有青丘张罗大婚之事的种种细节，戴风和倾东都亲身亲为，不敢交与手下办理，只因主婚之人乃是玉帝。

灵空身为玉帝，全无玉帝威严，指挥众人忙前忙后将整个四海阁布置一新。应龙想以法术一挥而成，却被灵空制止："法术动念可成，却远不如亲自动手更得乐趣，况且一众地仙与所有神人都有意置身喜事之中，不可平白剥夺众人喜庆之心。"

应龙听了连连点头："此话深得个中三昧，灵空，在人情世故之上，我还是输你三分，佩服。"

灵空得意地哈哈大笑。

不说潘恒等人围上前来，纷纷向张翼轸祝贺，但说不多时四海阁便在众人的布置之下焕然一新，处处花团锦簇，幢幡飘扬，更有精于乐技的飞仙、神人飞身空中，鼓瑟吹笙，一时天乐飘荡，天花飞舞，天香弥漫。

不提南海、西海和北海龙王无比羡慕东海龙王倾东，三人又各怀心思，盘算如何拿出镇宫之宝当作贺礼，以讨张翼轸欢心，以弥补自家女儿没有嫁给张翼轸之憾，但说不多时玉皇顶之上已是万事俱备，灵空见时机已到，当即站立台前，朗声说道："良辰吉日到，天地任逍遥。不说天庭事，但言世间妙！今日乃是张翼轸与戴婵儿、倾颖大婚之日，本帝身为玉帝，同时又是翼轸师尊，便以两重身份为翼轸主婚！"

众人齐声欢呼。

灵空双手虚压，待众人平静下来，又道："翼轸大喜之日，正是普天同庆之时。有请本帝的宝贝徒弟张翼轸上台讲法，演说人间仙路之道！"

张翼轸被当众点名，摇头一笑，跃身来到台前，先是冲灵空拱手施礼，随后面向大众，作礼说道："今日在下正式迎娶戴婵儿、倾颖为妻，得两位娇妻，也是值得庆幸之事。婵儿和倾颖与我相识之时，我不过是区区山村少年，初入道门，体无道力，今日算是修为略有小成，也幸有婵儿和倾颖不离不弃、生死相随之助，其间种种波折无数磨难，也令婵儿和倾颖深受煎熬。当初婵儿独身一人在玄冥天为我孤单百年，倾颖不畏生死伴我四海遨游，如此情义，我当铭记在心，从此天长地久，永无分离之时！"

张翼轸一番当场情深意重的表白，直令戴婵儿和倾颖泪雨滂沱，心中柔情无限，恨不能飞身向前，与张翼轸相拥入怀。戴风和倾东也是老怀大慰，不禁老泪纵横，无限感慨。三元宫灵动等人，清虚宫天清、成华瑞等人，极真观真明、真平等人，但凡对张翼轸之事略知一二之人，无不清楚个中艰辛，众人无不欣慰点头。

张翼轸话题一转，朗朗一笑："今日大事有三，一是玉帝归位，重掌天庭；二是应龙渡劫成功，从此再无天地限制；三来嘛，便是趁在下的大喜之日之际，也有一件喜事要与诸位分享……"

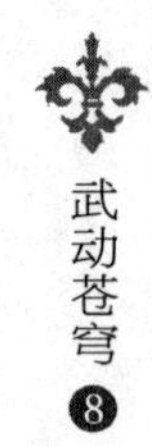

终成正果

众人鸦雀无声，倾耳细听。

张翼轸果然没有让众人失望，呵呵一笑说道："既然诸位如此抬爱，在场之中不是四海阁弟子便是四海阁的亲朋好友，并无外人，而且正值千载难逢的玉帝归位大事，说起来相助玉帝重掌天庭也有诸位一份功劳，也恰好在下有些天命天福可用，玉帝又是天命所归之人，可以转化天命天福到他人身上，既如此，在下就自作主张将天命天福均分给当场诸位，诸位若不嫌弃，只管静心接受便是。"

嫌弃？天大的笑话！天命天福堪比天仙仙力，难遇难求，即便寻常飞仙若无机缘，也是千百年来未必会得到一份，张翼轸却好，却将无数珍贵无比的天命天福均分给在场诸人，如此气魄，如此大度，如此海量，如此胸怀，天地之间只此一人而已！

绝无仅有！

此言一出，除了灵空之外，所有人等全部呆立当场，不敢相信自己的耳朵。一时全场寂静无声，飞仙以下之人，全是无法压制内心的狂乱激荡之意，甚至有修为稍低之人，竟被如此突如其来的巨大喜悦当场震惊得晕死过去。

天命天福，寻常人仙分上一份，可即刻晋身地仙之境，而且成就飞仙比起其他地仙容易许多。若是地仙顶峰之人，便能一步跨越生死界限，飞仙大成，从此脱胎换骨，长生不死。若是飞仙顶峰，有此天命天福，迈出晋身天仙的至关重要一步，天仙大成只是时间问题。

即便是神人得天命天福，也可延年益寿，若有资质极高之人，突破自身体质所限，成为异变神人也大有可能。可以说，天命天福乃是天降甘霖，即便是花草树木得之也有益处可得，当真是功不唐捐，只因万事万物皆在天地之间。

也不知过了多久，忽有一人惊醒过来，扑通一声跪倒在地，声嘶力竭大喊一声："阁主之恩，大过天地，小人愿誓死追随阁主，若有丝毫违背，甘受天雷击顶魂飞魄散之苦！"

此人一言既出，众人如梦方醒，才相信方才所听之话属实，顿时跪倒一片，齐声感谢张翼轸大恩大德。张翼轸也不说话，心念一动，在场数千人只觉一股若有若无之力自身上悄然而生，柔和却又坚定不移地将众人齐齐托起。

只此一手，顿时让在场所有人心生臣服膜拜之意，能在动念之间令数千地仙平身而起，却又将力道拿捏得恰到好处，此等法力超乎世间想象。

灵空和应龙对视一眼，二人心知以他二人目前修为，无法做到如张翼轸一般行云流水挥洒自如，果然，在修为之上，张翼轸已然达到大象无形的境界。

"此事也并非我一人之功，也有应龙、烛龙等人，更有商鹤羽、青丘以及四海龙王、无天山金王相助，不必说还有潘恒身为天魔却力斩天魔的大义之举，有无明岛、无根海两位飞仙率领无数飞仙下凡舍命相拼，也有诸位地仙、人仙宁死不屈，不为魔帝威势屈服，是以才有玉帝圆满归位，天地恢复清明之皆大欢喜之事。天命天福与诸位均分，也在情理之中！"

张翼轸此说听在众人耳中，众人心中都觉无比受用，虽然明知张翼轸不过是客套之言，只是如此一说，却是让人心中更是对他的大义之举感激不尽。

话一说完，张翼轸也不耽误，转身对灵空说道："还请师傅施法！"

应龙在一旁连连点头，由衷赞道："怪不得翼轸会得天道成就玄仙，只此一事，便可得功德无量，若不得天道认可，才是真正的天道不公。"

潘恒长叹一声："不想我算计多年，虽有所得，终不如翼轸大善之举，今日我对翼轸口服心服。"

烛龙脸露赞许笑容，不住点头。

灵空向前，先是遥遥向上天深施一礼，随后双手虚托，如同接下自虚空之下降落之物一般，举于胸前，微闭双目，口中念念有词。过了少许，他猛然睁开双眼，眼中精光大盛，亮如旭日，犹如万道光芒，照射在在场所有人身上。

众人光芒及体，只觉温暖舒适，如醍醐灌顶，直入体内奇经八脉，飘然之间如在云端，浑身上下无一处不舒坦莫名，同时感到自身修为极速提升，以前力有不及或是心有不悟之处，无不一通百通，瞬间心开意解，犹如直冲云霄，修为一飞冲天。

随着灵空光芒一收，原本晴朗无云的空中蓦然七彩祥云涌现，紧接着一阵金玉

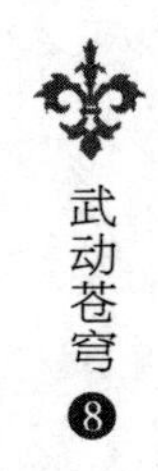

交接之声传来，哗啦一声天降大雨。只是此雨不同寻常，不但光华流转，还微妙香洁，隐含沁人心脾之香气，令人神清气爽，心情大好。

片刻之后，灵空轻吟一声，双手一收，但见漫天彩雨顿时消失不见，七彩祥云也是消散一空，恢复朗朗乾坤。众人无不感到全身轻盈，直欲乘风而去。不出片刻，人群之中传来无数惊呼，只见紫气、红光闪耀不断，不多时数千人之中，竟有数百人成功晋升境界，由人仙晋身为地仙，或由地仙跨越生死之门，飞仙大成。

不但人仙、地仙乃至飞仙各有所得，便是一众神人也收获颇丰，不说四海龙王得此天命天福，一时心中顿起感应，心知寿元至少延长三千年以上，便是一众龙子龙孙之中，竟有数人心有所悟，隐隐感应到无上天机，正是神人异变迹象。

所有人等各得好处，真平身在人群之中，也是修为大长，隐隐有突破地仙顶峰的迹象，不过因见灵空化身玉帝之故，心绪难平，无法突破最后关头，成就飞仙之境。

自灵空化身玉帝，饶是真平成就地仙之后，已将她与灵空之事看淡，也是大为震惊，差点惊叫出声。随后蓦然想起灵空先前与她道别之事，才知原来灵空虽然当时并未得悟天机，不过所言所行也是暗合天道，当时已有惜别之意。

现今看来，她与灵空果然是天地之别，绝无可能。她未想到，灵空竟然身为玉帝，贵为天地之尊，不提她真平不知何年何月才有可能修成飞仙，即便飞仙大成，也是与玉帝之尊相去甚远，不过是痴心妄想罢了。

按下真平一番心思不提，却说众人得了实惠，一时山呼一片，纷纷拜谢张翼轸和灵空大恩。二人也不推脱，站立台上领受众人谢意。随后，灵空郑重宣布张翼轸大婚之礼正式开始。

顿时群情沸腾，玉皇顶上祥云涌现，天空之中天乐齐鸣，众人各展神通，极尽欢悦之能事。只见仙气缭绕，处处莺歌曼舞。蓝魅率领一众魅妖当众起舞，其舞如流光飞舞，其魅颠倒众生，当即令定力不深的修道之士醉倒一片。

四海阁张灯结彩，处处欢声笑语。张翼轸在应龙、烛龙的陪同之下，打扮一新，只是左手紧握混沌珠，多少有些怪异，好在众人全都见怪不怪，每人都恨不得挤上前来，亲口向张翼轸道谢并且祝贺一番。张翼轸也是颇有耐心，来者不拒，与大家一一见礼，更令所有人都心生敬意。

幸好有青丘和商鹤羽张罗，再有玉成等木石化形辅助，画儿也是跑前跑后，说是帮忙，其实倒也平白增添了无数忙乱。好在众人无人在意画儿的手忙脚乱，都当她为懵懂孩童。不过玉成等人对画儿却是敬若神明，不敢稍有不尊。画儿自不在意木石化形等人的尊崇，浑然不将木石化形圣女身份放在心上。

众人一晌贪欢，一直鼓乐喧天，待月上中天之时，众人仍是将张翼轸围在正中，道喜恭贺之声不绝于耳，商鹤羽看不过去，替张翼轸解围说道："良辰美景，洞房花烛，诸位还请放过翼轸，正是新郎入洞房之时，怎可在此处与我等说个不停！"

此言一出，众人轰然叫好，纷纷散开。张翼轸虽说修为超绝天地之间，不过被商鹤羽一说还是面红耳赤，一脸窘迫。商鹤羽不忍再当众令翼轸羞愧，急忙护送他到四海阁之内的洞房之中。

洞房之中，春意浓浓，红烛高烧，佳人妖娆。洞房两间，戴婵儿和倾颖各居一处，只怪寂寞长天，情深恨夜短。

次日一早，灵空和任平素向张翼轸告辞，灵空回归天庭，重掌灵霄宝殿。任平素自是要回到玄女身边，从此永不下凡。

张翼轸笑道："他日灵霄宝殿之上，我是以师傅相称，还是口称玉帝？"

灵空嘿嘿一笑："玉帝终有一日会由他人来做，你我师徒情谊，却是与世长存。你且说说，哪个合适？"

灵空一走，箫羽竹、王文上自然要随同回升天庭。之秋不听箫羽竹之言，执意留下。风楚者在一旁远远站立，不敢近前。张翼轸瞧得真切，开口说道："风楚者，若不嫌弃，可以四海阁逗留一些时日，一是可以多与地仙交流一二，传授他们一些修行心得；二是等我闲暇之时，可以将控风之术悉数相传，你意下如何？"

风楚者大喜过望，忙不迭点头说道："好，太好了，在下谨遵师傅之命！"

众人无不诧异，何时风楚者竟然成了张翼轸徒弟？张翼轸也不多说，淡然一笑，转身对任平素说道："母亲请多保重，待我将一应事情处理完毕，定会到玄境之上，亲见玄女之面，向她当面致谢。同时，另有要事相问。"

任平素早有预料："可是要问玄女，传闻之中的玄仙究竟何人？"

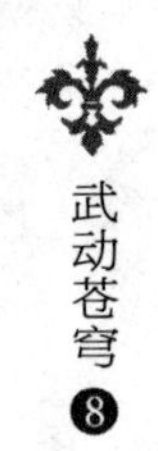

再会三老

张翼轸笑着点头："不错，母亲所言极是，另外孩儿还有一事想要请问玄女，当年以道法立天地之人又是何人？"

任平素答非所问："轸儿，混沌珠不可离手，也是诸事不便，还是早些解除此事为好。"

话一说完，也不等张翼轸有何话说，挥手遥冲虚空只一招手，便见一道白光自天而降，将任平素正好笼罩在内。随后任平素含笑冲张翼轸遥一挥手，便与白光一起一闪之间消失不见。

张翼轸摇头一笑，也不过多思虑此事，转身对商鹤羽和青丘说道："四海阁之事，此后便交由你二人全权处置，相信以你二人之能，定能令四海阁兴盛一时。"

青丘笑道："四海阁之主身为玄仙，两大供奉一个是玉皇大帝，一个是万龙之始，若再不兴旺，我与鹤羽岂不是天地之间最无能之人！"

张翼轸也是哈哈一笑，又对成华瑞说道："华瑞，若清虚宫并无要事，你可长居四海阁之中，多亲近青丘、鹤羽等人，也好多些修行心法。"

成华瑞一连数日如在梦中，直到现在仍是不敢相信张翼轸竟然成为对他而言闻所未闻的玄仙，据说已是超越此间天地的存在，更是骇人听闻。

听张翼轸如此一说，成华瑞自然求之不得，急忙点头答应。天清却是心有不甘，说道："华瑞，为师有意卸下清虚宫掌门之职，将掌门之位传你，也好得些轻闲，与你天有师伯一起留在四海阁。"

成华瑞对师傅天清颇为敬重，听天清一说，也是一时踌躇，想了一想，心生一计："掌门一职不如找其他弟子暂时代理，师傅可以和我一同留在四海阁，也好共同修行。"

随后三元宫灵动等人也是不愿离去，情愿留在四海阁之中，只当一名弟子。极真观真明、真平等人也是同样心思，毕竟对于修道之人来讲，追求天道才是最终目的，一旦见到前行之人达到如此境界，众人自然要奋起猛追，不甘落后，对于掌门之职或是其他虚名全然看淡。

张翼轸见天下三大道观归心，也是心中欢喜。不过说来也是，在四海阁如此盛名之下，天下三大道观之名早已名存实亡。

猛然间又想起一事，问成华瑞道："华瑞兄，可否请你到鬼仙洞天走上一趟，询问一下可是有人知道红枕魂魄下落？当时红枕被罗远公击杀，我不及感应她是再入轮回还是形神俱灭，总要问过才是安心。"

成华瑞当即答应："翼轸尽管放心，些许小事，稍后自有结果。"

见众人各自忙碌，灵空等人也已回转天庭，潘恒上前说道："翼轸，我也该回到天庭之上，做些该做之事，如此……我二人以后天庭再见。"

张翼轸也不挽留，说道："我心中仍有疑虑未明，他日定会亲上天庭寻到潘兄。只是以潘兄目前状况，又该何去何从？"

潘恒胸有成竹地答道："自然是先面见玉帝，随后回到魔门之中，重振魔门士气才为上策。"

张翼轸恍然大悟："原来先前众多天魔被你打落尘埃，不过是保他们一命，让他们重新入世修行罢了。潘兄，现今天魔之中再无领袖人物，此后你当为天魔第一人，看来日后要以魔帝相称了。"

潘恒悄然一笑，算是默认张翼轸所说，随后又语重心长说道："虽说现在道门一统，正是兴盛之际，不过万事万物自有兴衰，他日魔门振兴之时，还望翼轸手下留情，莫要赶尽杀绝才是。"

张翼轸正色答道："仙魔对立，天地平衡，非人力所能为。我虽不能完全超脱物外，不过一向顺应天道而行，潘兄倒也不必多虑。"

待潘恒告辞而去，青丘一脸忧虑说道："潘恒此人杀伐果断，行事决绝，身为天魔却能力斩天魔，此后由他担任魔帝，魔门大兴之日不远矣。"

张翼轸自得地一笑："青丘无须担忧，魔门即便兴盛至少也要数千年之工，若想再与仙家抗衡，非万年以上不可。万年之后，就算仙魔分庭抗争，到时也不过是维持平衡之态。至于再久远以后之事，谁人可以预料，更是不必担忧，或许到时玉帝不得人心，不顺天道，再被魔帝所败也只是寻常之事。"

青丘想起先前之事，开口相问："潘恒身为天魔，为何在天魔大举来犯之前，

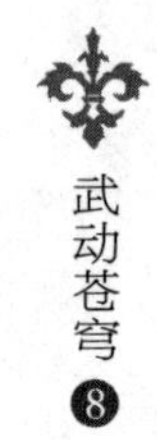

抢先一步现身，并且与我等联手斩杀天魔，有何深意？”

张翼轸微一沉吟，说道：“此事我也思忖再三，听潘恒所言，他被逼入魔同时也有自愿之意，怕是当时他得悟天机，察觉天帝有变，或许更深一层，能够暗中感应到天帝被打落凡间也未可知，由此也就顺势入魔，也好以后机缘到来之时，可以一展身手。”

“翼轸所言极是，我也有此想法。”却是应龙想了一想，说道，“灵空归位，天庭易主，魔帝逃窜，自然需要另有魔帝取而代之。潘恒隐忍千年，不出手则已，一出必中，听他口气，定是心中笃定，对天地大局有所推算才是。”

青丘听完一脸凝重：“此人当真了得，但愿日后不与翼轸或是天下道门为敌才是。”

商鹤羽呵呵一笑：“青丘总是心思过重，潘恒虽然心机颇深，不过也是懂得顺应天道之人，若非如此，怎会有今日之事？待他回到天庭之上，定会与灵空相谈。魔门现今元气大伤，也正需要潘恒重振雄风。不过魔门经此一役，数千年也无法恢复鼎盛之时，更何况现今天地之间有翼轸坐镇，至少不会再出现仙魔大战之事。”

几人谈论半晌，张翼轸唤过玉成，说道：“如今危机已除，可将爹娘接到四海阁长住，玉成你也可恢复真身，不必再假扮我的模样，可好？”

玉成自无异议，再三谢过张翼轸对木石化形的大恩大德，张翼轸挥手笑道：“我本木石化形之子，救助木石化形理所当然，何必言谢？再者我与玉成情同手足，也不能见死不救！”

与玉成交代一番，张翼轸又与戴风和四海龙王说些话常，几人都有意在四海阁长住一些时日，一是难得出海一次，二是正好就此机会与飞仙、地仙多些交流也是好事。张翼轸欣然应允。

戴婵儿和倾颖首次以张翼轸之妻身份现身众人面前，还多少有些羞不可抑。戴婵儿还好一些，依然直来直去，倾颖却是端庄许多，俨然是贤惠之相。二人与众人一一见礼，这才来到张翼轸身边，还是戴婵儿先行问道：“翼轸，如今大事已了，你何时动身前往灭仙海？”

戴风听了嗔怪说道：“婵儿，如今身为人妻，怎会催促夫君出门，是为失礼。”

张翼轸不以为忤，说道：“即刻起程，此事越快解决越好，毕竟魔帝还潜藏不出，万一还有谋算也是不好。我自当速去速回！”

倾颖柔情似水：“夫君保重！”

烛龙在一旁插话说道：“也正好众人正在四海阁，也好有个照应。有我和应龙在此，谅魔帝也不敢再斗胆前来惹事，翼轸你只管前去即可。”

张翼轸当下也不耽误，拱手辞别众人，闪身间来到东海之上。

认定灭仙海方向，张翼轸瞬息之间便现身在灭仙海之前。灭仙海一如以前天雷滚滚，阴风阵阵，不过在张翼轸眼中看来，却全如轻风吹拂，再无半点威力。待张翼轸一步踏入灭仙海之后，顿时风平浪静，天雷消隐不见，阴风无影无踪，如同一片寻常水域。

片刻之间出得灭仙海，来到香水海之上。海香依旧，空中却并无三日，也不见未名天所在。张翼轸情知定是玄真子三老以神通法力隐没，当即心意微动，调动元始之风。不过一缕细如轻烟的元始之风刚刚升起，眼前情景顿时大变。

不远处未名天蓦然现形，空中乍现三日，正是尧娃、舜娃和禹娃。

不等天上三娃有所反应，蓦然三人凭空现形张翼轸眼前一丈之外，来势之快连张翼轸也是微感吃惊，险些没有感应到三人的到来。三人只一现身，便顿时愣住，为首之人上下打量张翼轸半晌，忽然仰天大笑：“哈哈哈哈，不想当年老夫以死绝之气为你疗伤，助你出得未名天死绝之地，却暗合天机，天道果然叵测，竟然让你成就玄仙大道，可喜可贺！”

张翼轸一见此人，当真眉开眼笑，深施一礼说道：“翼轸见过玄真子、玄问子和玄天子三位前辈！”

玄天子从玄真子身后跳出，一把拉住张翼轸胳膊，左看看右看看，过了半晌才点头说道：“不错，不错，老匹夫没有看错，张翼轸确实已达玄仙之境，果然非同凡响，连我糟老汉也不得不佩服三分，佩服，佩服！”

玄问子却是踱着方步，围着张翼轸连转七圈，才敢相信张翼轸一身修为果然如玄真子和玄天子所说，一脸无奈摇头说道：“道法一道，看来也有过人之处。不想在中土世间这般污浊天地之间，也有张翼轸这般奇才问世，倒是让人匪夷所思。”

玄真子呵呵一笑，正要说话，忽然眉头一皱，抬眼望天，只见天上三日其中一日突然变大，大如巨山朝张翼轸等人铺天盖地压来！

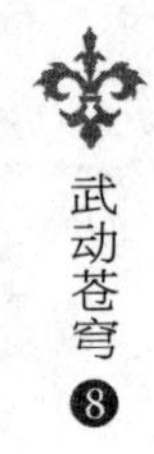

投石问路

眼见烈日映照得周围火光滔天，直欲将香水海的海水烧化，张翼轸等人岿然不动，一脸淡然笑意凝望空中越来越近的烈日。烈日见众人动也不动，不由孩童心性大起，猛然催动万丈烈焰，直朝四人袭来。

玄真子三人自是不怕，习以为常，三人有心要看看张翼轸现在是何等神通，是以各自站立不动，也不出手阻拦。张翼轸心知肚明，不动如松，只是有意无意间微微点了一下头。

随着张翼轸头一点下，烈日在临近众人身前数十丈之处戛然而止，光华乱闪一通，随后化为一个粉嫩的七八岁孩童模样，飞一般来到张翼轸身前，先是小嘴一噘，不满地说道："翼轸哥哥欺负尧娃，用怪力将尧娃拦下，差点让我闪了老腰！"

尧娃明明是小孩模样，却说话老气横秋，假装大人，令人忍俊不禁。

玄真子三人在一旁见状却是连连点头，心道张翼轸果然修为大涨，能够轻松接下尧娃的真阳之火，天地之间并无几人可以做到。

张翼轸被尧娃责怪，哈哈笑道："尧娃故意使坏，想要让我当众出丑，我不过是轻轻挥动一缕轻风罢了，可是远比不上你的真阳之火！"

不提与尧娃如何嬉闹一番，随后张翼轸便随三老步入未名天之中，又有风伯、土伯相见，一并略过不提，单说张翼轸向玄真子三人详细说来世事变迁和天庭之变，三人尽管远离世间已久，也是听得入神，直为张翼轸的离奇经历和天地局势担忧。待听到师傅灵空竟是天帝之时，三人对视一眼，目光之中全是惊奇、钦佩之色。

待张翼轸将混沌珠展现在三老面前之时，三人一时错愕当场，又听张翼轸竟是将混沌之力与死绝之气融合之后而成就玄仙，更是无比惊诧。对于混沌珠三人早有耳闻，却并没有如张翼轸一般如此奇思妙想，竟然将两种无上之力合二为一。

"依我所想，混沌之力比起死绝之力应该还稍逊一筹，否则不会被死绝之气以少胜多。是以我将混沌珠带来此处，正是心有所想，若是将此珠之中的混沌之力注入三老体内，与死绝之气融合，不但可保在未名天死绝地安然无事，也可以让三老随意出入中土世间，不会引发天地塌陷！”

张翼轸将心中想法和盘托出，毫不保留。

三人听完，却是面无表情，久久无语。过了许久，连尧娃也等得不耐烦正要开口催促之时，忽听玄天子长叹一声，说道：“你二人明明动心，却偏偏谁也不肯先开口！也罢，就让我糟老汉当这个坏人又能如何，翼轸，将混沌之力注入我的右手之中！”

张翼轸点头一笑，心道三老也是有趣，三人都有到中土世间一游之心，却谁也不愿承认，怕被别人指责。还好玄天子为人直来直去，有一说一，主动道破三人心思。

混沌之力被张翼轸束缚在手心之中，不敢稍有放松。听玄天子一说，伸出左手与玄天子右手掌心相对，微一催动，便将混沌之力源源不断地转输到玄天子体内。

过不多时，玄天子微一点头，张翼轸急忙收功，微一感应，混沌之力不过用去七分之一。再看玄天子闭目少许，忽然身形原地消失不见，不多时又凭空原地现身，一脸喜色：“妙，妙极，果然有用。方才我到东海一游，一切无恙。翼轸，此计可行！”

张翼轸也是心中大定，问玄真子和玄问子道：“二位前辈可否要试上一试？”

二人虽然一脸迫切，却对视一眼，都摇头不语。张翼轸一脸惊讶地看向玄天子，玄天子叹息一声：“既如此，二人敬酒不吃吃罚酒，翼轸，合我二人之力将老匹夫和老穷酸拿下，强行将混沌之力注入一试。”

张翼轸见玄天子冲他挤眉弄眼，心知是计，呵呵一笑，一伸手便拿过玄真子手掌，也不多说，立时将混沌之力输入。玄真子丝毫没有抵抗，却假装急得大叫：“翼轸好生厉害，修为如此高绝，竟能一招将我拿下，佩服。”

随后又如法炮制，将混沌之力注入玄问子掌心之中。不过玄问子虽未反抗，也没有喊叫，只是闭目不语。

不多时玄真子和玄问子都将体内的混沌之力全数融合，张翼轸再一感应，混沌珠之中仍有半数混沌之力，正不知如何处置之时，却被玄真子一把拉住，说道：“翼

翼轸，随我来。”

二人闪身来到未名天的长恨湖前，玄真子说道：“凝聚一团元始之风，包裹混沌珠将其丢入长恨湖之中即可。”

张翼轸也多说问，依言而行。混沌珠一入湖水之中，顿时湖水沸腾，云雾弥漫。过不多时云雾散去，湖水恢复平静，一切如旧，似乎并无何事发生。不过张翼轸却是清楚，长恨湖已由一处死水转变为可以生养万物的活水。

成功将混沌珠的危机化解，张翼轸顿觉一身轻松，冲玄真子一笑说道：“前辈，若有意到世间一游，可以随我前往四海阁。”

玄真子顾左右而言他：“翼轸，不如在未名天多住一些时日，也好再领悟一下死绝之气的精髓所在。”

张翼轸心知玄真子有心出得此地，却又唯恐被玄问子挖苦，是以不敢当面承认，当下也不勉强，说道：“魔帝尚未除去，天地尚未完全恢复清明。待我将魔帝拿下之后，他日无事之时，定会前来叨扰三位前辈。”

二人返回玄天子和玄问子之处，张翼轸提出要即刻重返世间，玄真子也不挽留，说道：“也好，还是拿下魔帝之事要紧，我们三位老不死的也就不再留你，翼轸，请多保重。”

张翼轸正要离去，却听尧娃哀求说道：“三位爷爷，现在天地清朗，尧娃想随翼轸哥哥到世上看看，可好？”

玄真子微一沉吟，竟是点头应下：“尧娃与翼轸投缘，也是生性好奇，前往世间一游也并无不可。尧娃切记不可惹是生非，一切听从翼轸安排。”

尧娃高兴得一跃而起。

待张翼轸与尧娃走后，玄天子一脸深思状问玄真子道：“以翼轸眼下修为，定然也清楚一些内幕，当年与我三人相争以道法立天地之人应该高居三十三天之上，听来已是不理天地之事，连天帝被魔帝打落凡间也不闻不问。老匹夫，依你看来，我三人重入世间应该不会被他视为挑衅之举吧？”

玄真子“哼”了一声：“至少以目前情形推测，他还算守诺，遵循道法自然之理，从不出手干涉天地之局，也算是难得。我三人入世之后，若他现身，倒也正好问他一问，现今我三人得翼轸之助可以自由出入天地之间，他又做何感想？”

玄问子却是摇头说道："怕只怕，说不定翼轸此举，也是他有意为之！"

玄真子和玄天子一齐放声大笑："笑话！他再是神通广大，也不可能算无遗策，更何况翼轸是得天机之人，所谓天机不可泄露，即便他是当初立天地之人，如今超然事外，更不可能事事历历在心。况且若他真有心阻止我等重返世间，对翼轸前来未名天也不会坐视不理！"

玄问子沉思良久，突然点头赞道："老匹夫还是用心深远，让尧娃随翼轸前往世间，好一手投石问路之计！"

张翼轸与尧娃出得未名天，轻松过了灭仙海之后，尧娃一步踏入中土世间，来到东海之上，高兴地在海上四处游走，直惊得无数鱼虾纷纷躲避。张翼轸见状笑道："尧娃不可放肆，你的真阳之火可以焚烧万物，稍有不慎，便是灭顶之灾。"

尧娃稍有收敛，笑嘻嘻说道："翼轸哥哥尽管放心，尧娃知道分寸，不会放出真阳之火。以后我就扮作翼轸哥哥的弟弟，弟弟当然要听从哥哥之话。"

二人说笑间，正要飞身返回四海阁之时，尧娃忽然愣在当场，手指头顶烈日说道："天上之日名天娃，本是我的兄弟之一，不过被人抹了神识，再无灵性。只是不知何故，我忽然心生感应，仿佛天娃传讯给我，说是有人藏身于他的背后！"

什么？

张翼轸一听此言顿时大吃一惊，随即想通个中缘由，立时明白是怎么一回事，忙道："尧娃快传话给天娃，让他不动声色，配合我二人擒拿魔帝！"

尧娃才不管魔帝是谁，也不理会魔帝如何神通广大，一听张翼轸说有好戏可看，当即喜出望外，急忙照办。片刻之后，尧娃答道："天娃并未被抹去神识，一切安好……他说那人藏于他的背后，借他的光芒掩藏行踪，稍后他会突然收起光芒，翼轸哥哥可以乘机将坏人拿下。"

张翼轸暗暗点头，心道魔帝果然聪明，竟然想出藏身于太阳之后，高高悬于虚空之中，将世间看得一清二楚却无人可以猜到，好心机。

静候片刻，猛然间眼前光芒一收，张翼轸见时机已到，也不多说，动念间闪身来到烈日之后，果然见魔帝正潜伏在此，盘膝而坐于虚空之中，竟是正在入定修行。

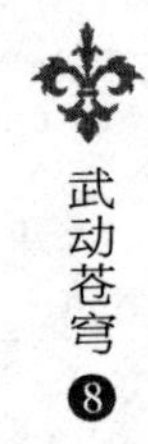

仙路何处

机不可失，张翼轸右手竖立胸前，顺势一转，一道若有若无的清风直朝魔帝袭去。

魔帝蓦然睁开双眼，冷哼一声："来得好快，比本帝想象中聪明不少，好小子！"

起身正要躲开张翼轸一击，不料尚未起身，忽觉炎热难耐，空中白光大盛，双日齐出，迸发万丈真阳之火向他扑来。

魔帝大吃一惊，尚未来得及想通为何会天现两日，就被张翼轸的清风拂中。清风柔弱无力，却顿时令他全身绵软，再也提不起丝毫力气，神通全失，修为全无，不由骇然大叫："元始之风……张翼轸，你真的修成了玄仙之境？"

张翼轸点头承认："正好可将你一举拿下，以正乾坤！"

魔帝哈哈一笑："本帝身为魔帝，乃是不死之身，你将我拿下又能如何，不过是白费心机罢了。再者说来，本帝身为你的亲生父亲，你当真要不顾父子之情，要亲手弑父不成？"

张翼轸微叹一声："为天道请命，为天下苍生立太平，为母亲求公正，即便我背负杀父之名也再所不惜。张子名，若你不被镇守，天理难容！"

随后他不慌不忙自脖间取下一物，正是母亲所赠的镜界。执镜在手，张翼轸心有所悟，微微一笑说道："今日我才豁然开朗，为何会有此物随身？镜界乃是无上法宝，正好得元始之风相助，可以将天地之间任何一人收入其中，永世镇压，令其再无出头之日！若非玄仙以上境界，绝无开启镜界之能。"

魔帝一见镜界，再听张翼轸所言，顿时脸色大变，再无先前的傲慢之意，恳求说道："翼轸，看在你我父子情分之上，且饶本帝一次，日后定有报答……"

张翼轸摇头黯然说道："事已至此，多说无益，张子名，万善由心，万恶也由心，你自作自受，怪不得别人……收！"

张翼轸和尧娃回到玉皇顶上四海阁内，众人都对尧娃怜爱不已，戴婵儿更是用手捏住尧娃的脸蛋，逗弄尧娃，尧娃好生无奈，又不好拂众人面子，只好假装不动。张翼轸并未向大家说明尧娃来历，不过应龙和烛龙还是一眼看出尧娃的三足乌本体。

尧娃对应龙也是另眼相看，不过二人只是微一点头，并未多说，彼此心知肚明。

相比之下，尧娃最喜欢和画儿、倾景一起玩耍，三人常在一起玩得不亦乐乎，沉醉中不知岁月流逝。

张翼轸将魔帝被收之事一说，众人都放下心来。正好成华瑞自鬼仙洞天返回，说是并未找到红枕下落，怕是当时已然魂飞魄散。张翼轸听了不免黯然神伤，久久不能释怀。

不过成华瑞却带来了吴沛的消息，原来吴沛神识当初被张翼轸打入鬼仙洞天之后，因为张翼轸所下禁制之故，无法修炼鬼仙之道，想要轮回转世之时，却被柳仙娘发觉。吴沛不知何故一见柳仙娘就心生恐慌，当即主动说出真相，令柳仙娘大为心伤的同时又一怒之下对吴沛施展锁魂术，让他既无法修炼鬼仙也不能轮回转世，永世只能做一名没有法力任人欺负的小鬼！

得知吴沛落得此等下场，张翼轸稍感欣慰。成华瑞对红枕佳人消散也是感慨万千，难以心安。

此后无事，张翼轸暂时压上飞升天庭乃至三十三天与灵空、九天玄女会面的心思，只顾安心闲居四海阁。张翼轸陪同戴婵儿和倾颖漫步，与应龙、烛龙来往四海之间，又和商鹤羽、青丘商议世间道门局势，也抽空与尧娃、画儿和倾景一起玩闹一番，不觉时光匆匆，不知岁月变迁，恍惚之间，又过了数月有余。

此时四海龙王已然回归四海，金王戴风也回到无天山。玄冥因与四海龙王交好之故，也不再回天涯海角独自一个居住玄冥天内，而是四海为家，成为四海龙王的座上宾，偶尔也会在四海阁小住。毕方尤其喜欢无天山，一直在无天山的强木林中避世不出。

玉成将张翼轸爹娘接来之后也长居四海阁，不过不久爹娘不习惯四海阁的喧嚣，又回到了太平村。

蓝魅因与西海太子倾巍定亲，率领一众魅妖镇守西海之西。世间所有化形而出的木石化形全部在玉成的带领之下，住在四海阁日夜修行，期望有朝一日证得大道。

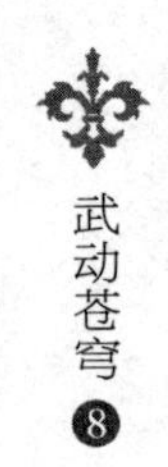

三大道观的掌门全部辞去掌门之职，甘愿在四海阁修行。成华瑞虽然最终还是领了清虚宫掌门一职，不过也时常逗留在四海阁之中，与众人交流神仙之术鬼仙之道，乐不思蜀。

忽一日，张翼轸心有感应，得知灵空在天庭之上、九天玄女在玄境之上，同时唤他前往，说是有事相商。张翼轸微一沉思，已然猜到所为何事，当下也不耽误，辞别众人飞身升空。

张翼轸走后不久，四海阁突然来了三位不速之客。三人如同世间寻常老人，并无一丝奇特之处，声称是张翼轸故交，特来寻他话旧。商鹤羽、青丘不识来人真面目，不过也是不敢怠慢。应龙和烛龙感觉有异，不过却说不出来究竟哪里不对，心中疑虑不解，围绕三人打量半晌，也说不出所以然来。

尧娃和倾景、画儿出去游玩未归，三人便在四海阁安心住下，每日与一众地仙谈论长生之道，倒也自得其乐，直让商鹤羽、青丘暗中惊讶，更让应龙和烛龙百思不得其解。

过了一月有余，三人忽然提出要到世间四处游玩一番，还特意问询应龙、烛龙中土世间有何处古怪莫名，应龙不解其意，不过也是如实相告，三人谢过应龙好心，也不多说，辞别而去。

三人前脚刚走，无巧不巧，张翼轸便自天庭回转。张翼轸与众人说起天庭之事，潘恒与灵空会面，正式确认潘恒升任魔帝一职，从此臣服玉帝，在他任魔帝期间，绝不会引发仙魔大战，同时希望张翼轸在世间依天道而行，莫要一味扼杀魔门中人。

灵空就任玉帝之后，励精图治，将天庭治理得井井有条，一切已然走向正轨，再无隐患。同时灵空也叮嘱张翼轸上与玄女玄仙共谋天地大局，下与飞仙地仙共创凡间盛世。张翼轸欣然应允。

应龙听完，忽然问道：“可是见到玄女？玄女有何指教？另外玄仙是否便是当初以道法立天地之人？”

张翼轸悄然一笑，答道：“确实见到了玄女，不过自始至终玄女未发一言。至于玄仙其人，其实也不必非要清楚此人的来龙去脉，或许天地之大，玄仙化身万千，正是我等身边任意一人。”

如此回答自然不能让应龙满意，不过张翼轸却不再作答，直让应龙颇感无奈，只好说道：“月前有三位老人前来寻你，说是你的故友，偏偏在你回来之前告别而去……等等，难道此三人便是玄仙不成？我总觉三人有些古怪之处，却又说不清道不明。”

张翼轸听了微微一怔，随后说道：“来得早不如来得巧，看来，玄女一言不发便是大道无言之意……应龙，好歹你也是万兽之祖，切切不可着相。玄仙玄女既然不现身天地之间，正是大象无形之象，管他那么多作甚。应龙，天庭之上或是世间之地，任你去留，如此还不称心如意不成？”

应龙哈哈一笑，摆摆手，冲烛龙说道：“我二人到九天之上逍遥一番，如何？”

此后，应龙、烛龙时而在天庭遨游，时而在四海阁闲居，好不快活自在。张翼轸时常与戴婵儿、倾颖一起，长居咫尺天涯之内。自然少不了画儿做伴，还有尧娃也赖着不走，不肯回到未名天。倒也正好以尧娃的真阳之火照耀咫尺天涯之内的山水万物，令其内迸发勃勃生机，再加上张翼轸的无上妙法和神通，时日一久，竟将咫尺天涯经营得不比天庭差上分毫，远胜无数仙家福地。

倾景除了精进修行之外，也不时缠着张翼轸，好让他传授一些快速成就飞仙之法。

张翼轸总是挨不过倾景的纠缠，将控水之术悉数相传。倾景倒也不负厚望，修行神速，数年之间已是体质大变，只差一步便可突破神人体质，晋身飞仙之境。

之秋也不飞升天庭，在四海阁中闭关不出，只有张翼轸前来之时才会现身相见，其余之时只是自行修炼，从不多发一言。张翼轸看在眼中，心中颇多无奈，却又不知该说些什么，只好假装不见。

时光如风，飘然不知所踪，转眼间十年已过。此时中土道门大兴，天下修道之士如过江之鲫，一时倒也人才辈出，道门空前兴旺。先前圈养地仙的五洲自有灵动、真明、真平等人率众前往居住，成为真正的仙家福地。

与此同时，魔门经过十年的休养生息，也渐渐恢复元气，形成数大门派并立之势，其中有一家门派自称赤华门，门主为一名女子，行事决绝，颇有大将之风，隐隐为魔门之首。

此女名凝婉华。

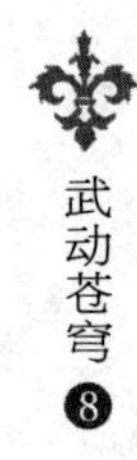

三年之后。

忽一日，灵空自天而降，不请自来，前来四海阁做客。张翼轸正好自咫尺天涯之中携戴婵儿、倾颖现身四海阁，师徒相见甚欢。

说些旧事，寒暄已过，灵空嘿嘿一笑问道："倒是忘了恭喜翼轸喜得千金，可是取了名字？"

张翼轸点头一笑："刚过满月，尚未命名，怎么，师傅有意卖弄一二？"

灵空眼睛一瞪："敢说玉帝取名是卖弄，胆子不小？该打！来，让师祖抱抱！"

戴婵儿急忙向前，将怀中女儿递给灵空。灵空慈祥地凝视半晌，赞道："此女骨骼清奇，眉清目秀，再有面色红润，体内隐有一股火性气息，不如名为思清，翼轸，你意下如何？"

思清？张翼轸心中蓦然一动。

张翼轸自无异议，戴婵儿和倾颖微一商议，也是点头认可。灵空当即哈哈一笑："如此甚好，翼轸，正好我得些空闲，随你前往太平村一游！"

张翼轸一行数人，安步当车，来到太平村。太平村山色依旧，青翠喜人，更显青山妩媚之景。太平河日奔流不息，浑然不知岁月变迁，更不曾见当年的青衫少年如今面容不改，淡然而立，身在尘世却已不再是尘世中人。

张仁夫妇得道家养生法术之助，平常修习一些吐纳之法，较之常人倒是身体健康许多。二人见张翼轸全家来到，另有客人随行，自然喜出望外，招呼众人入座。

爹娘现今诸事无忧，身边有入世修行的木石化形服侍，画儿和倾景也常来看望二老，也是安享晚年，如今又见张翼轸喜得千金，更是大喜过望。

灵空变作寻常道士模样，依然以三元宫道士身份出现，二老自然不会想到，眼前之人竟然是家家户户祭拜的玉皇大帝！

灵空与二老拉些家常，说了半晌，张仁忽然发问："灵空道长，不知你俗家是何姓？我怎么总觉得与你格外投缘？"

灵空嘻哈一笑："说来翼轸与我相识多年，也从未想到这个问题。实不相瞒，灵空我俗家也是姓张！"

张翼轸一愣："当真？"

灵空得意笑道："怎会有假？如假包换，千真万确！"

见张翼轸犹自疑惑不已，灵空又道："同样姓张，与张子名却是全无关系，与你张翼轸嘛，或许有，或许没有！"

见灵空又故弄玄虚，张翼轸也懒得再问是灵空姓张还是玉皇大帝姓张，索性不再理他。转身见戴婵儿和倾颖与娘亲在一旁说个不停，昔日的无喜公主与东海公主，竟然也如寻常小女子一般，也令他一时感慨不已，心中暖意融融。

正在仔细端详思清的娘亲忽然"咦"了一声，连叫"怪事"，惹得张仁急忙凑上前去，忙问："出了何事？"

娘亲却不说话，将怀中思清推到张仁面前，说道："看看这女娃像谁？"

张仁静心一看，忽然惊叫出声："稀奇……思清和红枕小时候一模一样！"

（终）